LOS TRABAJOS DE HANSEN

Ficciones patagónicas

Fanchovich, Miguel
Los trabajos de Hansen / Miguel Fanchovich. - 1a ed - Ushuaia : Editora Cultural
Tierra del Fuego, 2021.
240 p. ; 21 x 15 cm.
ISBN 978-987-3642-60-9
1. Literatura. I. Título.
CDD A860

Autor: Miguel Fanchovich
Editor: Editora Cultural Tierra del Fuego
Diseño y diagramación: Guillermo Rajneri
Ilustración de tapa: Mercedes Chiesa
Corrección de textos: Editora Cultural Tierra del Fuego

Impreso en Latingráfica, Buenos Aires, Argentina
Cantidad de ejemplares: 500
Primera edición, septiembre de 2021

AUTORIDADES

Gobernador
Gustavo Melella

Vicegobernadora
Mónica Urquiza

COMITÉ EJECUTIVO DE LA
EDITORA CULTURAL TIERRA DEL FUEGO

Presidente
María E. Lucía Rossi

Representante de la Editora Cultural Tierra del Fuego
Florencia Lobo

Representante de la Municipalidad de Ushuaia
María Belén Molina

Representante del Municipio de Tolhuin
Lourdes Soledad Gorostegui

Representante de la disciplina Letras
María Victoria Lerario Sánchez Menú

Representante de la disciplina Artes Visuales
Gabriela Sais

Representante de la disciplina Música
Juan Ignacio Sueyro

LOS TRABAJOS DE HANSEN

Ficciones patagónicas

MIGUEL FANCHOVICH

A Nélida Attie, mi vieja
A la memoria de Gustavo «Pucho» Giménez

ESE LEJANO SUR
(nieve)

I

Helga Auer

1.

Helga Auer se acercó a la ventana. Envolvía con sus manos una taza de té humeante. Miró hacia la calle por primera vez en el día. Nevaba. Algo común en la comarca durante toda la temporada invernal, inclusive hasta bien entrada la primavera. Ese invierno se mostraba particularmente riguroso. Bebió un sorbo. Había endulzado la infusión con miel, le había puesto más que de costumbre. Igual le agradaba. Dejó su mirada extraviarse más allá. La ayudaba a no pensar, a concentrarse en el simple sabor del té de la mañana, a poner la mente en blanco.

Observó las casas y las calles blanqueadas por la ventisca. El Pico del Cristo, arriba, permanecía oculto tras una cortina de nubes arremolinadas por el viento.

Alterando la uniformidad blanca, vio al viejo Guillermo, la única persona a la intemperie esa mañana. Como de costumbre caminaba con una lentitud que parecía retroceder el paso del tiempo. Colgada de sus hombros, la bandolera de lona. En la mano derecha, una rama a modo de bastón. Helga lo miró sin prestarle ninguna atención en particular. Que el viejo vagabundo pasara frente a su ventana no era más que la constatación de que la jornada comenzaba en Colonia Alpen como otra de las tantas. Todos los días atravesaba el pueblo más o menos a la misma hora. Bajaba de la parte alta, donde la única calle se tornaba una huella que se metía en el bosque. Allí dormía el viejo dentro de un colectivo abandonado de la compañía La Cruz del Sur, que llegó a la colonia un verano con algunos turistas y ahí quedó, la transmisión rota, la empresa quebrada. Por unos meses estuvo en una especie de playón, donde lo había estacionado su chofer, al costado del London Hostel. Con la confirmación de que el vehículo ya no se movería por sus propios medios y nadie lo iría a buscar, Robert Wood, propietario del hostal, lo llevó de tiro con un tractor hacia el sitio de su reposo definitivo, donde terminaría de herrumbrarse, ya resignificado como refugio del viejo Guillermo, al que Helga Auer contemplaba siguiendo la misma dirección de cada mañana, rumbeando para el lado de la carpintería, a la entrada del poblado, donde le daban un poco de mate cocido con pan a cambio de que embolsara las virutas y el aserrín, más alguna otra tarea de limpieza general del taller.

Ver a Guillermo era para Helga como divisar una contrafigura de la formación rocosa con la forma del Cristo que vigilaba la colonia desde la cima del cerro. Le parecía que los dos habían estado ahí desde siempre. La montaña, inmóvil; el viejo, deambulando.

De niña le tenía miedo a esa figura desgarbada, vestida con ropas oscuras y algo raídas. Veía al vagabundo como una de esas sombras deformes y monstruosas que se proyectaban sobre las paredes en las noches de insomnio y temor.

Aquella mañana una Helga desentendida del mundo, solo concentrada en la dulzura del té, vio al vagabundo detenerse frente a su ventana. El viejo gesticulaba, movía el palo que usaba de bastón como si fuese una pala. Una de las changas de Guillermo en invierno era la de palear la nieve acumulada para limpiar el acceso a las casas a cambio de unas monedas, ropas y cosas usadas o alimento. Helga lo observó unos instantes, segundos o minutos, envolviendo el recipiente entibiado con sus manos para calentarlas. En tanto, la ventisca rigurosa aporreaba la enclenque figura del hombre que se movía intentado hacerle ver a la vecina que estaba dispuesto a quitar la nieve de la vereda. La mujer permaneció inmutable durante todo ese lapso. Contemplaba al viejo como si estuviera observando, impasible, una estatuilla cualquiera de su colección de figuras Hummel en la vitrina, tan blanca como su casa, sin saber que esa sería la última mañana en que el viejo Guillermo bajaría la calle desde el colectivo herrumbrado hacia la carpintería. De haberlo sospechado, o de haber tenido la revelación en ese momento, acaso tampoco le hubiera otorgado al hecho una importancia tal que pudiera haber alterado la marcha de su rutina.

Helga Auer bebió otro sorbo. Fue sintiendo el regocijo de la dulzura de la miel sumada a la tibieza del líquido entibiándole a su paso el pecho. Otra cosa que la satisfacía era habitar la casa paterna, un chalet suizo que había decorado a su gusto luego de la muerte de su padre. Las paredes pintadas en blanco, con detalles en celestes y rosados de tono pastel. El ambiente era cálido y perfumado. Helga se fue dejando arrobar por el sabor del té, su dulzor y tibieza, y por la calidez de su hogar, y por el perfume que expelían los cuencos con hierbas secas dispersos por la sala. Cerró un instante los ojos y esa acción la ayudó a desplazar de sus pensamientos al viejo Guillermo, que seguiría su rumbo hacia la carpintería con ese caminar moroso, tambaleando en medio del viento blanco.

2.

Helga tejía. Sentada en el sillón, junto a la ventana, tejía. Era su pasatiempo invernal. En las otras estaciones se dedicaba a fabricar conservas y dulces artesanales. Preparaba escabeches con carne de caza, principalmente de ciervo ahumado. Mientras su padre vivía era él quien le proporcionaba los animales. Cuando Hans enfermó, apenas una semana antes de morirse, y ya no volvió a salir al campo ni a manipular un arma para cazar, ni los cuchillos para destazar las presas, estas faenas las comenzó a realizar Alfonso Cortez, empleado de confianza y encargado de la finca, en la que criaba algunas ovejas, además de cultivar el ruibarbo y recolectar las frambuesas y las grosellas con las que Helga elaboraba sus dulces.

Alfonso Cortez vivía en un rincón del galpón de esquila. No se trataba de una habitación dispuesta dentro del cobertizo, sino de apenas un tabique de madera que disimulaba el acotado ángulo que ocupaban un catre, una estantería donde se entremezclaba la escasa ropa que el peón poseía con los enseres y alimentos, una tabla dispuesta sobre caballetes a modo de mesa y una silla. Había una pequeña ventana, junto a ella la estufa precaria, de esa que los lugareños llaman «tacho», porque se improvisa a partir de un barril metálico. La luz, por demás escasa en los largos inviernos, ingresaba a través de una ventana con los vidrios rajados y mugrientos. El rechifle de los fuertes ventarrones, por demás generosos en toda época del año, se filtraba por cualquiera de los resquicios, de esos que abundaban en el techo y las paredes del galpón.

Durante el invierno o en los días lluviosos del verano, Alfonso mateaba pegado al tacho mientras el fuego avivado con charamusca no dejaba que el agua perdiera la temperatura adecuada, y el humo continuaba ennegreciendo la diminuta pava y la piel curtida del peón, quien entre mate y mate vigilaba el pastoreo del rebaño pispiando el movimiento de las ovejas por detrás de los mugrientos vidrios cuarteados.

La finca Auer estaba a tres leguas del pueblo. En realidad, la tranquera de ingreso estaba a esa distancia, el campo se extendía unos cientos de hectáreas por la estepa. Lindaba con el aserradero de los Wood. Los patriarcas de ambos clanes, junto con otros migrantes alemanes, galeses e ingleses, habían conseguido del gobierno las tierras y se las habían repartido, no sin algunas peleas, en las que los Auer y los Wood fueron siempre aliados.

En el casco del establecimiento, además del galpón de esquila y los corrales, había un invernadero, de unos cuarenta metros cuadrados, y una pequeña cabaña. Mientras estuvo activo en el trabajo de campo esta construcción de madera, levantada sobre un basamento de piedra, fue el refugio de Hans. Solía pasar días, incluso semanas allí. Después de su muerte, Helga decidió clausurarla. Las cosas de su padre —ropas, armas, trofeos de caza— quedaron prisioneras adentro, intocables. Nadie entraba a ese santuario, ni siquiera ella, que había dejado de ir a la finca hacía ya varios años.

Entre punto y punto, Helga miraba hacia afuera, más que nada para levantar la cabeza, así descansaba la vista y su postura. Seguía nevando, aunque con menor intensidad. Después del mediodía, el viento había ido amainando hasta llegar a la calma y daba una tregua. Algunos niños, de los pocos que había en Colonia Alpen, jugaban con sus trineos aprovechando el declive natural.

La calle se podía transitar cuesta arriba o cuesta abajo, según se fuera para el lado del glaciar, donde nace el Río Chico, o hacia el lado de la carpintería, junto al portal de acceso a la colonia, una estructura con forma de arco hecha de troncos. Yendo hacia arriba podría decirse que el pueblo culminaba, o comenzaba, en el colectivo herrumbrado que le servía de refugio al viejo Guillermo, yendo hacia abajo desembocaba en el llamado Cementerio de los Pioneros, poco más allá de la carpintería y el arco de troncos que determinaba el ingreso a la colonia.

Las voces chillonas de la algarabía de los niños acaparó por unos minutos la atención de Helga. Tal vez alguna vez fantaseó con ser madre, quizás en los días de sus juegos con muñecas, no podía recordarlo. De haber tenido ese deseo alguna vez, seguramente lo había sepultado hacía ya una veintena de años. Emitió una especie de suspiro amargo y volvió a las agujas. Contó susurrando los puntos. Evocó, por un meandro caprichoso en el sosegado fluir de sus pensamientos, la finca familiar y no pudo evitar que viniera a su mente la imagen del interior del galpón del aserradero vecino. Recordó que Alfonso debía traerle el parte con las novedades en la finca y carne de cordero, como lo hacía todas las semanas. Quizás esto lo pensó solo para espantar aquella imagen.

Si volvía a nevar con intensidad, la acumulación sobre el camino formaría un manto pesado y al peón le sería difícil poder acercarse al pueblo a caballo. Aunque estaba acostumbrado a los rigores del invierno en la comarca patagónica, cuidaba, tal vez en demasía, a su alazán. Los caballos no marchan bien cuando la nieve fresca se les apelmaza en las patas formando una bota que puede hacerles pisar mal. Por eso, pensó Helga, «seguramente no va a venir por unos días». No le preocupaba demasiado.

Durante el invierno las tareas en el campo menguaban y el peón tendría poca cosa que decirle; además, debido a su frugalidad, las provisiones que tenía en la despensa le durarían más de un mes. Ella tampoco hubiera arriesgado al animal en condiciones como esas. Le gustaban los caballos. Su padre le había regalado una yegua para sus quince. La bautizó Manchada, por el pelaje. Le agradaba cabalgarla por los senderos de la comarca. La montó por última vez aquel domingo que hubo reunión de familias en la finca. Después se desentendió del animal y del campo, al que regresó una tarde, varios años después, en una camioneta manejada por Robert Wood solamente para poner el candado de clausura a la cabaña de papa Hans.

Helga volvió a mirar por la ventana y volvió a ver al viejo vagabundo. Esta vez, pala en mano, quitaba la nieve acumulada en la vereda del almacén de ramos generales de José Chader.

Manipulando la herramienta el viejo Guillermo parecía tener otra vitalidad. Helga veía volar las paladas de nieve hacia los costados. No parecía ser el mismo viejo de andar enclenque que había pasado horas antes aporreado por el temporal.

No podía precisar la edad del vagabundo. Probablemente nadie en el pueblo había averiguado ese dato, seguramente por considerarlo irrelevante. Para ella siempre había sido viejo. El rostro surcado de arrugas, su piel apergaminada, cuarteada, pegada al cráneo como si no tuviera por debajo más que huesos, los ojos pequeños y azules, hundidos bajo unos párpados prominentes, la barba gris y enhollinada le otorgaban un semblante pedregoso. Lo hacían ver como si se tratara de un hombre que había atravesado el umbral de la temporalidad. Tal vez vagaba eternamente por haber pactado con alguna fuerza superior, o quizás porque esta se lo había impuesto como pena. Desde siempre le resultó extraña la figura del vagabundo, acaso influenciada por prejuicios y lecturas fantásticas. A su modo de ver, no armonizaba con el aspecto del resto de los habitantes de la comarca, ni siquiera con el de los peones venidos de provincias remotas o de países vecinos. Su vagar incesante, por más que fuera lento, y a veces achacoso, contrastaba con la quietud general de la vida en la colonia.

Así se hilvanaban los pensamientos de Helga mientras descansaba la vista y la postura viendo al viejo Guillermo limpiar de nieve la entrada al almacén de ramos generales de José Chader, al que Helga vio salir poco después, cuando la labor de limpieza estuvo finalizada, con un paquete que le alcanzó al viejo, quien en el intercambio le devolvió la pala al patrón, para luego levantar el morral, que había dejado apoyado, junto al palo que usaba como bastón, al costado de la puerta del hall frío del almacén, y lo vio colocar dentro del saco de lona el paquete, sin revisar su contenido, confiado en la justicia de la paga por la tarea cumplida. Helga también observó, antes de volver a bajar la cabeza para continuar con su tejido, a Chader dando unas palmadas afectuosas sobre el lomo encorvado de Guillermo, quien, habiendo ya tomado su bastón y cruzado sobre su hombro la bolsa, emprendía el regreso, cuesta arriba, hacia su destartalado refugio.

El almacenero musulmán era uno de los pocos habitantes de la colonia que le propiciaba al vagabundo un trato franco, sin afectaciones. Chader era un hombre adusto y un hábil negociante. Nunca tuvo una buena relación con Hans Auer, quizás por eso jamás pudieron cerrar un trato; o tal vez justamente por esto nunca llegaron a congeniar. No fue por una cuestión religiosa, como algunos murmuraron, que se menospreciaran mutuamente. Eran dos hombres de convicciones firmes y estas convicciones resultaron ser distintas. Tenían en común, eso sí, la debilidad por la realización de buenos negocios, si llamamos «un buen negocio» a una transacción comercial que aporte la mayor cantidad posible de dividendos con la menor inversión posible, sin reparar en la equidad o justicia del trato. En ese aspecto los dos eran ambiciosos, salvo que Auer solía utilizar algunos atajos para satisfacer su ambición y aquello que no podía lograr a través de sus habilidades lo obtenía por la fuerza. Esto último le disgustaba a Chader, quien logró y sostuvo una relativa prosperidad gracias a sus facultades para el comercio, sin apelar a intimidaciones de matón. Tampoco las necesitaba, podía persuadir usando su astucia. No era productor, y no le interesaba esta actividad. Nunca le importaron la caza y la vida al aire libre. Quedó al margen de la repartija de tierras entre los llamados pioneros. Tal vez por pertenecer a otra cultura y ser relegado por estos, posiblemente porque había llegado después a la colonia y era más joven, acaso no le atrajera poseer hectáreas de una estepa arrasada por el viento. De todos modos, José Chader se las ingeniaba para obtener beneficios. Poseía cuatro galpones en Villa Soto, la ciudad más cercana, en los que acumulaba una parte lo producido por varios de los estancieros de la comarca. Pero jamás cerró un trato comercial con los Auer ni con los Wood, y en sus fueros íntimos se jactaba de eso.

3.

Helga Auer observó a Chader reingresar al almacén pala en mano. El viejo Guillermo ya había desaparecido de su campo visual. Volvió a bajar la mirada hacia el tejido, dio unos puntos, los contó susurrando. Oyó el carrillón del reloj dar las cuatro. Posiblemente fuera la hora de una de las oraciones diarias que realizaba el almacenero. Para cada ocasión cerraba el negocio y se dirigía a la sala de su vivienda, situada detrás del local. En verdad, el almacén era más bien la antesala de la casa que José Chader compartía con su esposa Zahra. Ambos cumplían los preceptos de su religión: los salat, los ayunos durante el ramadán, la limosna, la profesión de fe. Les restaba la peregrinación a la Meca, algo que sus dos hijos, los mellizos Omar y Rashid, pudieron concretar, a instancias de sus padres, al cumplir los dieciocho años. Después del viaje, los hermanos se instalaron en la Capital, donde vivían abuelos y tíos paternos, para sus estudios universitarios. Rashid se recibió de abogado, no sin algunos tropiezos, y se quedó en la ciudad. Omar, con el diploma de contador público en la valija, retornó a la colonia, a la casa paterna. Al año se radicó en Villa Soto. Allí se encargaría de regentear la exportadora de lanas y carnes que había establecido su padre en sociedad con Bradley

Shepherd, un estanciero inglés, criador de ovejas y de caballos árabes; tan amante del whisky como de sus muchas hectáreas en la Patagonia y las libras esterlinas. Shepherd era anglicano, pero ni él ni Chader dejaban que la religión se interpusiera en los negocios.

Helga Auer bostezó. Llevaba más de tres horas tejiendo, con breves pausas para descansar la vista y la postura. Dejó tejido, lana y agujas sobre la mesa ratona y se levantó del sillón. Iría primero al baño, a orinar, luego se prepararía un té de hierbas. Afuera estaba escarchando, el frío se intensificaba. Había dejado de nevar, eso lo constató la última vez que observó por la ventana, y las nubes habían dado paso a un cielo límpido. Los últimos rayos de sol de la tarde iluminaban al Cristo en la cumbre. Ese era el acontecimiento que Helga siempre esperaba. «Un advenimiento mediante el cual la gracia de Dios se derrama sobre la colonia», consideraba en silencio. Apuró sus pasos para volver lo antes posible hacia el sillón y la ventana. Así podría contemplar al Cristo teñirse de un dorado resplandeciente, mientras disfrutaba su té, previo a rezar el rosario, ese día le tocaban los misterios luminosos.

Que el cerro más elevado de los que rodean a Colonia Alpen culmine en una formación rocosa en la que los tehuelches no vieran más que eso mismo, una piedra enorme, colosal, con vetas y fracturas, y en la que los primeros pobladores distinguieran la imagen de Cristo portando la cruz señala un aspecto cultural relevante para la región. La gran mayoría de los colonos, aunque profesaran distintas religiones, tenían en común el cristianismo. No ha quedado en claro cuál fue la persona que por primera vez vio la figura del Cristo en la piedra. No hay noticias sobre si aquella persona tuvo una epifanía y, de repente, al levantar la cabeza hacia la cumbre se encontró con la imagen de Jesucristo tallada por la naturaleza, impulsada por la propia divinidad, en la formación rocosa, o si, tal vez, el observador o la observadora le haya dedicado tiempo y una inspección minuciosa al peñasco para ir descubriendo en cada relieve, en cada veta, en cada arista la efigie de un Cristo sufriente cargando su cruz. Lo cierto es que no todas las personas que elevaban la mirada hacia la cima podían descubrir inmediatamente al Cristo. Todavía hay escépticos que, al igual que los tehuelches, solo alcanzan a ver un risco. Algunos devotos afirman distinguir la escultura más que nada para no contradecir un hecho seguramente propiciado por el mismísimo Creador y para evitar negar la presencia del Nazareno, y no porque hayan encontrado la imagen tal como se la describe.

La misma Helga tuvo dificultades para constatar aquella beatífica presencia. Cuando era niña fue Danila, su madre, quien le informó de la existencia del Cristo. Sentadas en el umbral de la casa una tarde de verano le dijo que mirara hacia arriba, para ver la imagen del Jesús sobre el pueblo. Ella elevó su vista hacia el cielo y buscó el Sol. La madre rió. La niña no comprendió aquella risa, ya que había mirado hacia el lugar preciso, pues Dios estaba en el cielo y era La Luz, por lo que en el Sol debían vivir él y su hijo, el Niño Dios. A la pequeña le costaba reconocer que ese hombre sufriendo en la cruz, que siempre veía en la pared, a la cabecera de la cama de sus padres, resultara ser el mismo Niño Dios del pesebre, al que asociaba con una celebración donde recibía regalos y no con el martirio y la muerte.

Aquella tarde de verano, su madre le señaló la cima rocosa y fue describiendo, sin dejar de seguir con su dedo índice a la distancia, y bien pegadita a la niña, los contornos de la cara, del torso del cuerpo de Jesús y sobre su hombro, indicando una saliente, la cruz. La pequeña Helga en ese momento no vio nada de lo que le decía. Le llevó años de educación religiosa, como pupila en el instituto de las Hermanas Adoratrices de la Santísima Trinidad, en Villa Soto, poder ir interpretando los caprichos de la piedra durante cada fin de semana o vacaciones en los que retornaba a la colonia. Hasta que un día terminó de descubrir, por completo y tal como se lo había señalado Danila, al Cristo tallado en la cumbre. Se sintió reconfortada. Lo había logrado. Como acto reflejo, le llegó el impulso de ir a contárselo a su madre, pero esta había muerto algunos meses después de que, sentadas ambas en el umbral, le señalara por primera vez la presencia de Cristo allá arriba, vigilante y protector de Colonia Alpen.

En el tiempo en que acontecieron los hechos aquí narrados, la colonia no contaba con una iglesia, ni con un cura estable. Apenas si había una pequeña capilla de madera y piedra que hicieron construir, justamente, Robert Wood y Hans Auer. A ella acudían regularmente la mayoría de los habitantes del poblado. Encendían velas, oraban. A veces, cuando se juntaban varios vecinos, luego de rezar charlaban de los misterios del evangelio o de cosas mundanas.

Durante el verano o algunos fines de semana solía acercarse gente de Villa Soto para ver el prodigio natural del peñasco con la forma del Cristo. Los contingentes eran encabezados por el párroco de la villa. La visita se completaba siempre con un rezo en el pequeño oratorio. En esas ocasiones, algunos de los pobladores de la colonia, los que no podían viajar regularmente a la ciudad, aprovechaban para confesarse. Se llegaban a formar colas de hasta una decena personas esperando fuera de la capillita.

Helga Auer retornó al sillón junto a la ventana con una taza de humeante té de hierbas en las manos. El rosario de plata con cuencas de cristal opalina blanco envuelto en la muñeca derecha.

Apoltronada a gusto bebía la infusión caliente y observaba, afuera, bien arriba, a través de la ventana, al Cristo. Los rayos del último sol iluminaban su perfil, el resto del cerro ya estaba en sombras, al igual que la colonia. Los relieves nevados de la piedra, al ser alcanzados por la luz, desarrollaban una gama de amarillos y rosados que iban del ámbar al magenta. El cielo profundizaba su azul, y lo surcaban algunas hilachas de nubes teñidas de púrpura. Helga embelesada, sin dejar de disfrutar del celestial juego de iluminaciones y matices de color, bebió un sorbo y otro, hasta vaciar la taza. Sintió una y otra vez la dulce tibieza de la infusión en su boca y el sabor de las hierbas. Advertía, y ratificaba, que se hallaba en paz en su refugio, y no necesitaba salir de él para tener un contacto real con el mundo. Transcurría el tiempo bendito del día.

Desplegó el rosario y se inclinó levemente para recogerse en la oración. Entrecerró los ojos. Rezaba sintiendo la suavidad de las cuencas en sus yemas como una ciega, soltando apenas su voz para susurrar «Creo en Dios, Padre todopoderoso, Creador del cielo y de la Tierra…», sin dejar de sentir la presencia del Cristo que se iba ensombreciendo en la cumbre.

Hans Auer

1.

Al terminar la oración, el interior del coqueto chalet suizo se hallaba en penumbras. El manto de nieve afuera ayudaba a irradiar la última luz del día, que ingresaba a través de los cristales para reflejar una tenue fosforescencia azulada en el inmaculado de la casa.

Helga volvió a enrollar el rosario en su muñeca derecha, agarró la taza vacía depositada en la mesa ratona y se levantó. Luego volvería por el tejido, la lana y las agujas, para guardarlos en el canasto correspondiente a esos enseres. Antes debería dejar la taza en el fregadero y sacar de la alacena las velas y la caja de fósforos. Era el momento en el que diariamente encendía dos velas y las dejaba sobre la credencia, junto a la foto de sus padres, eternizados en un instante de la juventud, posando juntos sonrientes, radiantes. Consagraba, en esta ceremonia íntima, una vela blanca a su madre, una roja a su padre. Encendía primero la blanca, luego la roja. Las dejaba arder hasta que se consumieran en su totalidad.

Aquella vez, durante unos cuantos minutos la sala quedó iluminada solo por las dos llamitas trémulas.

Necesitó regresar al sillón. No le quedaban ganas para otra tarea que la de permanecer allí, en reposo.

Echó un vistazo hacia la noche helada. Un resplandor perlado comenzaba a teñir el aire. Sin verla, tenía la certeza de que la luna estaría subiendo por el Este, desde el mar. Vio el recorte de las iluminaciones de las casas vecinas proyectarse a través de las ventanas, ya cubiertas por las cortinas, hacia la calle. Volvió la vista al interior de su hogar. Lo fue abarcando con la mirada. Se entretuvo unos instantes con las sombras de los muebles proyectándose oscilantes. El recorrido culminó en el centro de la fuente de luz, y se fijó sobre la imagen en el portarretrato flanqueado por las velas.

Pensó en su padre, pensó en papa Hans, extrañamente risueño en la fotografía.

Era aún joven cuando enviudó y quedó a cargo de una niña de siete años. Hasta ese momento no había sido un esposo solícito. Su parquedad no se lo había permitido. Además, la rudeza de su temple, que él consideraba indispensable para desarrollar las labores de pionero en aquellos lugares abandonados por Dios, lo tornaba un hombre irascible en determinadas circunstancias. Si la psiquis de Helga lo hubiera consentido, en ese instante podría haber recordado las ocasiones en los que Hans abofeteó a Dalina por meras discrepancias domésticas. Con la niña, en cambio, siempre tuvo un trato diferente. Alguna vez le propinó unas nalgadas, pero en forma blanda y con una severidad casi impostada. Sin ser un padre que expresara su afecto de manera notoria, trataba siempre a su hija de manera cordial, hasta con una serenidad que contradecía su carácter guerrero.

Es que Hans Auer se veía a sí mismo como una especie de soldado civilizador, aunque resultara algo anacrónico en esos tiempos. Para algunos resultó ser un simple oportunista, para otros un matón, al que llamaban despectivamente «el chiflado Auer». Sus aliados, como Robert Wood, valoraban su espíritu de lucha, su tenacidad. Podría considerárselo, sin lugar a dudas, un colono y era uno de los fundadores de la aldea.

Sin llegar a igualar en prosperidad a los Wood o a otros pobladores, incluso la de algunos arribados con posterioridad a la comarca, había logrado un acomodado pasar. Si se había dedicado a hacer negocios era, principalmente, porque creía que la posesión de bienes, suntuarios o no, le otorgaría más poder. Para ello necesitaba prevalecer sobre otras personas, con el fin de reclutarlas, o, en caso de que se le opusieran, combatirlas. Por esto mismo supo hacerse de varios enemigos, muchos de los cuales resultaron ser más astutos que él y se volvieron un obstáculo.

—Papa Hans, papa Hans…

La niña desde su habitación reclamaba angustiada y lloriqueando la presencia de su padre. Se había despertado después de una pesadilla en la que una piara de chanchos salvajes, quizás escapados de las historias de cacerías que papa Hans contaba, la corría. En la huida desesperada tropezó con un tallo y cayó de bruces sobre el lodo. Una vez en el suelo inmundo comprobó que aquello que había creído una rama resultó ser una de sus muñecas. De alguna manera sabía que era una de sus muñecas, aunque no llegaba a reconocerla por lo deformada que estaba. Parecía mucho más grande, del tamaño de una persona. Estaba toda embarrada, pisoteada, y tenía un rostro humano. La niña, espantada, pretendió levantarse, pero no pudo. Carecía de la fuerza necesaria para hacerlo. Giró la cabeza y al hacerlo se encontró con las fauces abiertas del jabalí sobre ella. En ese instante se despertó y comenzó a pedir por su padre. Lo llamó una y otra vez sin dejar de llorar, pero papa Hans no acudió y aquella noche le costó volver a dormirse.

Helga recordaba, o creía recordar, que la niña, ni bien pudo sosegarse, comenzó a prestarle atención a los murmullos que provenían de la planta baja de la casa. Quizás haya oído la conversación que Hans mantenía con Robert Wood y otros colonos en la misma sala que ahora ella ocupa, eliminada ya la rusticidad del ambiente para adaptarlo a sus gustos más delicados.

Seguramente no llegaba a evocar lo que esos hombres decían. Acaso en su memoria hayan quedado algunas palabras, las que le resultaran más llamativas, y no mucho más.

—El gauchito ha estado diciendo que las tierras son suyas, que se las ha dado el intendente de Villa Soto y que le están por otorgar el título de propiedad.

—Puras macanas. El gobernador nos la prometió a nosotros.

—¿A nosotros o a la colonia? Tengo entendido que eran para

ampliar el ejido.

—Es lo mismo.

—La cuestión es que el gauchito López ya levantó una casilla y comenzó a alambrar.

—¿Qué hacemos, vamos a Villa Soto y apuramos al intendente o directamente a la capital para hablar con el gobernador?

—Yo no molestaría al intendente. No conviene. Le estoy vendiendo madera al municipio.

—Dejémonos de joder con toda esa burocracia. Si hablamos con uno y con otro, después empiezan con las dilaciones y ponen como excusa la coyuntura política. Arreglemos el tema nosotros.

—Concuerdo con Hans. El gauchito se metió en nuestras tierras, es fácil.

—Pero él dice que…

—Importa un carajo lo que digan López y el intendente de la villa. En la colonia nos manejamos de otra manera. Si no hacemos algo, cualquiera va a venir a meterse en nuestras tierras con excusas y cuentos.

Aquella noche, Hans dejó la casa armado con el Máuser.

La niña quedó arriba, sola, en su cuarto.

Previo a la reunión de vecinos en la sala del sobrio chalet estilo suizo, el padre la había cargado en sus brazos dormida para depositarla en la cama, y la había arropado antes de despedirse con un beso en la frente.

Helga, que no se animaba a cerrar los ojos por temor a que volvieran los chanchos salvajes, se preguntaba por qué papa Hans no la había escuchado cuando lo llamó sollozando al escapar de la pesadilla. Necesitaba su protección, pero no atinó a bajar, porque había gente grande y los niños debían evitar entrometerse en las cosas de los mayores. Entonces se quedó despierta, intentando apartar sus pensamientos de cosas feas, tratando de entender lo que conversaban. Poco a poco, sintió que el sueño regresaba. Los murmullos se fueron adormeciendo, oyó lejanos unos ruidos de pasos abajo y el sonido de la puerta de calle al cerrarse. Después sobrevino el silencio.

2.

Hans Auer volvió de madrugada a su casa. La niña dormía.

Estaba satisfecho. Había cumplido con su tarea, una de las que le exigía su condición de pionero. En el recibidor, colgó el fusil, se quitó primero la campera, sucia de hollín y con olor a humo, a continuación las botas embarradas. Se calzó unas pantuflas. No se acostó. Debía estar temprano en la finca, necesitaba contratar peones golondrinas para la esquila. Marchó hacia la cocina a prepararse un café bien cargado, al que cortó con unas gotas de kirsch. Después, sosteniendo con sus grandes dedos el asa del tazón lleno, regresó hacia la sala. Se ubicó junto a la estufa para retemplarse. Era una noche fría y la había pasado mayormente a la intemperie. Echó dos buenos leños y atizó el fuego. Se arrellanó en su mecedora.

Con el primer sorbo de café en la boca, tuvo la sensación de que ese sería un buen día.

La niña oyó la voz de su padre entre sueños. Le llevó unos segundos salir de ellos para encontrarse en la vigilia con la sonrisa de papa Hans, de pie junto a la cama.

—Arriba, dormilona.

—Papa —balbuceó la niña restregándose los ojos—. Papa, ¿anoche saliste a cazar chanchos?

Papa Hans no le preparaba un desayuno tan rico como el que le hacía su madre. Igual le agradaba. Lo que más le gustaba era que, a veces, le permitía comer dulces. Ese fue uno de esos días. Aquella mañana, un papa Hans sonriente como el de la fotografía le había permitido saborear algunos dulces, recordaba Helga, que se levantó para encender la lámpara. Aprovechó para echar dos leños a la estufa y atizar el fuego. La casa se había enfriado un poco.

¿Tendría el viejo Guillermo algún tacho para calentar el interior helado del herrumbrado colectivo?

De pronto Helga Auer se topó con aquella inquietud, impropia de ella que no se metía en la vida de nadie.

Nunca antes le había interesado saber cómo vivía el vagabundo. «Es seguro que sí», se respondió. Hacía años que estaba en la colonia y había resistido a otros inviernos tan rigurosos como ese.

No quedó convencida. Se acercó a la ventana y trató de mirar hacia lo alto de la calle. Por la ubicación del chalet no alcanzaba a ver el refugio del vagabundo, metido en el bosque. Lo último que podía divisar, en lo más alto de la calle, en la vereda de enfrente, era la imponente casa de Robert Wood, junto al hostal.

Pensó que, tal vez, como la luna iluminaba el paisaje, podría constatar si había, al menos, alguna columna de humo que pudiera indicar la presencia de un tacho dentro del destartalado colectivo o un fogón afuera. Avistó humo, bastante, diseminado por sobre el pueblo. Aunque no podía precisar de dónde provenía exactamente. Como sucedía siempre durante las noches heladas, todas las casas de la colonia lanzaban abundantes bocanadas a través de sus chimeneas.

Decidió olvidarse del asunto.

Fue hacia la cocina. Guisaría algo para cenar.

Papa Hans le había dicho una vez que el vagabundo se llamaba Willem, que Guillermo era una traducción de ese nombre al español y que, como toda traducción era una traición, que algún agente de frontera creyéndose un patriota le había castellanizado el nombre. «Willem vino del lado del mar» le dijo. Eso lo recordaba bien.

Había recorrido leguas de estepa caminando, siempre subiendo, hasta toparse con el pueblo. A muchos no le cayó en gracia que llegara un extraño y se instalara. Encima uno con ese aspecto de pobre hombre descarnado, vestido con ropas sucias hilachentas, el rostro hundido en una barba hirsuta. Una imagen que contrastaba con los rubicundos y pulcros colonos. Consintieron que se refugiara ahí porque creían que estaba de paso, y que se marcharía en unos días, pues es lo que hacen los vagabundos al fin y al cabo. Con el tiempo fue ganándose la confianza de los menos maliciosos. Guillermo no hablaba bien el español, pero no significaba esto un obstáculo; en la comarca casi nadie tenía un perfecto dominio de la lengua oficial del país, la mayoría por ser inmigrantes de naciones con otros idiomas, los menos por tener como lengua madre el aonek´o ´a´jen.

Hans Auer le consiguió un sitio donde cobijarse durante las noches y los días más inclementes, un obrador en desuso, en el lote donde poco después levantarían la capilla. Lo hizo por caridad cristiana y, además, para contradecir a Ryan Payne, quien afirmaba que el vagabundo era portador de un secreto oscuro y por lo tanto no debía permanecer en el pueblo. La pica entre Auer y Payne se había iniciado unos años antes, cuando el inglés pudo quedarse con unos acres de tierra junto al río. Hans codiciaba esos terrenos, pues resultaban ser un oasis en la estepa. El río les otorgaba mayor fertilidad y fácil acceso al agua para animales y humanos. Auer obtuvo finalmente unas hectáreas más que Payne de tierras altas, sin riego natural y con un raleado bosquecito de árboles achaparrados por el viento, aunque con bastante coirón para pastura.

La repartija de tierra entre los colonos resultó peliaguda. Payne y Auer terminaron a las trompadas durante una de las reuniones llevada adelante en Villa Soto. De vuelta a la colonia, que en esos tiempos no era más un rancherío, continuaron amenazándose. Cerca de la medianoche el inglés, borracho como una cuba, salió a buscar al alemán. Cuchillo en mano avanzó hacia la casilla, en la que vivía solo. Dalina, con la que ya se había casado, paraba en una pensión en la villa. Helga no había nacido todavía. Auer se hallaba recostado en el catre leyendo la biblia a la luz de las velas, oyó los gritos de Payne afuera. Maldijo por lo bajo antes de incorporarse y tomar la pistola colt calibre 38. Harto de las bravatas de Ryan, salió tirando al bulto hacia el lugar de donde provenían los insultos en una mezcla de español e inglés. Una de las balas dio en la parte externa del brazo derecho de Payne. Ante el escándalo, los otros colonos salieron de sus casillas, algunos también armados, todos portando faroles y linternas. Se encontraron con Ryan Payne tirado en la tierra, sangrando. Seguía lanzando maldiciones contra el alemán, que ya había cerrado la puerta y se disponía a beber un trago.

Al otro día, una delegación policial de Villa Soto, a donde
habían llevado al herido para sus curaciones, se apareció por el
esbozo de lo que luego sería Colonia Alpen. El sargento al mando
preguntó por el paradero de Auer al primero de los colonos que
encontró afuera. «No sé, ha de andar por ahí», le habrá dicho
indolente, sin deseo de entregar a su compañero.

De todos modos, como no había más que nueve casillas
desparramadas en un radio de doscientos metros, no les
resultó difícil dar con el alemán y llevárselo para la seccional.
Auer permaneció tres días detenido en la ciudad. Al regresar, a
pedido de los demás colonos y del juez de paz de la villa, debió
disculparse con Payne. Lo hizo de manera fría, obligado. Payne
aceptó las disculpas sin tragárselas, con la misma hipocresía e
igualmente forzado a hacerlo. Los dos continuaron sinceramente
enemistados, ya de manera más o menos tácita, más o menos
prudente, según la discrepancia.

Cuando Robert Wood y Auer decidieron construir la capilla,
el vagabundo debió dejar el obrador, que sería desmantelado.
Wood le dio a Guillermo permiso para usar como refugio el
colectivo abandonado que él mismo había llevado tiempo atrás
hacia el monte a tiro con su tractor.

Ambos propusieron el proyecto durante la reunión mensual
ordinaria en la que los antiguos pobladores debatían sobre el
manejo de la cosa pública de la colonia. En ese momento Ryan
Payne se opuso a que desalojaran al vagabundo del obrador, agregó
que el colectivo no le pertenecía ni a Wood ni a la comuna, sino
a sus propietarios, por más que la empresa en quiebra nunca lo
hubiera reclamado. El inglés no quería que se construyera allí una
capilla. En realidad no quería que Wood y Auer lo hicieran, y se
llevaran todo el crédito. Por otra parte, él se consideraba agnóstico,
aun sin comprender del todo el sentido del agnosticismo. Había
oído la palabra de boca de algunos anarquistas con los que había
tratado antes de recalar en la comarca y le gustaba cómo sonaba.
La votación lo dejó al inglés refunfuñando. Abandonó la casa de
Wood, en la que se realizaban dichos mítines, dando un portazo.

Helga Auer rehogaba la cebolla que había picado con esmero cuando sintió la fortísima racha de viento que hizo gemir la estructura del coqueto chalet estilo suizo. Dejó la cuchara de madera a un lado para persignarse con la mano ya liberada. De las inclemencias del clima de la comarca, solo detestaba el viento, pues la asustaba cuando soplaba con rabia y arrachado. Si bien se sentía generalmente segura en su hogar, protegida por la imponente estructura de vigas que papa Hans había hecho construir, pasaba unos segundos de espanto con cada ramalazo de ventarrón.

Después de santiguarse echó el caldo en el sofrito, le agregó papas y zanahorias cortadas en cubos pequeños. Tapó la olla. Encendió la luz que iluminaba los fondos de la casa. Fue hacia la ventana de la cocina. Alcanzó a observar el mecer frenético de los árboles aporreados por las ráfagas. La nieve polvo era arrastrada en remolinos. El aire de la noche se había vuelto blanco. Corrió las cortinas para no ver más hacia afuera. Esa intemperie la abrumaba.

3.

Helga Auer, que saboreaba el guiso sentada sola a la mesa, nunca supo lo que sucedió lejos de su cuarto aquella noche en la que siendo una niña soñó el ataque de los chanchos salvajes. Ella era una niña, y dormía cuando papa Hans, junto a Robert Wood y otros colonos, aleccionaron al gauchito López.

A Venancio López le decían «el gauchito» porque vestía y vivía a lo gaucho; difícilmente se lo viera sin estar montado en su lobuno. El diminutivo se debía a su baja estatura y su escuálida complexión. Había llegado a la colonia cabalgando desde Curacó, en La Pampa. En ese entonces tendría una treintena de años. Había sido peón rural desde los once. Recién llegado a la comarca se conchabó en la estancia de Bradley Shepherd. Trabajó poco más de cinco años allí. Se encargaba principalmente de la tropilla, en especial de los caballos árabes a los que Shepherd era aficionado. Se lució como domador y como arriero, hasta que un pingo lo golpeó feo en la columna durante una doma. Debió permanecer unos días internado en Villa Soto con tres vértebras aplastadas. Necesitó más de un mes para retornar a las faenas, pero ya no pudo volver a jinetear baguales. Fue desplazado de esa tarea por un jovencito criado en la estancia, hijo del capataz.

Por cuidar y amansar sus mimados caballos, Shepherd tenía un trato preferencial con Venancio. Fue él quien intercedió con el intendente de Villa Soto para que le otorgara unos terrenos, de esos que estaban repartiendo por la zona de la colonia, a fin de que el gauchito pudiera afincarse. Como lo que decía el estanciero inglés era palabra santa, el funcionario, sin las acostumbradas dilaciones burocráticas, le otorgó a López un predio de cinco hectáreas. De este modo, Shepherd, que no daba puntada sin hilo, se congraciaba con el maltrecho peón dándole la libertad de ser propietario de una parcela de campo que le otorgaba el gobierno y evitaba seguir conservando entre su plantel de peones a un tullido que le sería de poca utilidad.

Auer, Wood y cuatro colonos más ingresaron subrepticiamente al terreno. Venancio López dormía en la casilla que había levantado, de manera provisoria y precaria, con maderas y chapas. El gauchito aquella noche se había pasado con los tragos de ginebra, estaba hundido en un sueño profundo. Ni siquiera los bufidos del lobuno al detectar los movimientos lograron alertarlo.

Uno de los colonos soltó al caballo y le dio una palmada en los cuartos para que saliera al galope. El resto quedó vigilante. Wood, entre tanto, iba vertiendo el keroseno que llevaba en un bidón sobre las paredes de la covacha. Hans Auer armó una tea con unos cartones enrollados y la acercó a las maderas embebidas en combustible. Las llamaradas envolvieron el rancho en segundos. El alemán lanzó un grito de guerra. El vozarrón arrancó del sueño a López. El gauchito abrió los ojos confundido y no vio más que fuego y humo. Se levantó de un salto. Instintivamente fue hacia la puerta que estaba ardiendo, como todo lo demás. Salió envuelto en llamas a revolcarse en la tierra. Alguno lo cubrió con una manta con el fin de ahogar el fuego en las ropas. Con la misma frazada lo envolvieron para inmovilizarlo y comenzaron la golpiza. Las patadas y los culatazos le cayeron en andanadas. Enseguida se desmayó. A los atacantes, el cuerpo exangüe del enemigo les indicó que ya estaba concluida la misión. Auer y sus compadres permanecieron un rato absortos y en silencio observando el fuego consumir los restos de la precaria vivienda antes de retirarse del sitio.

A la madrugada, un peón, que se dirigía a la finca de Payne, a una legua de ahí, vio los restos carbonizados todavía humeantes del rancho. Se acercó. Encontró a Venancio tirado, la mitad de su cuerpo enrollado en una manta. Tenía parte de la ropa quemada, adherida a la piel; la cara deformada por los golpes. Todavía respiraba, echando débiles estertores.

Con gran esfuerzo el peón logró cargar al herido para tenderlo cruzado y boca abajo sobre la grupa de su caballo. En la colonia no había médico, ni nadie que pudiera realizar este tipo de curaciones. Optó por dar el parte a su patrón. Este se había retirado a vivir en una cabaña, en el campo, a la vera del río. Hacia allí se dirigió el muchacho.

Payne ya había iniciado sus tareas. Estaba leñando cuando vio venir el caballo cargado con el bulto detrás del jinete. Malició que algo malo había sucedido.

—¿Quién es? —preguntó.

—El gauchito López —respondió el joven desmontando—. Lo encontré tirado junto a lo que quedaba del rancho. Apenas si respira.

El inglés supo de inmediato quiénes habían sido los ejecutores. Los maldijo una vez más. Con la ayuda del empleado subió el cuerpo fláccido a la caja de su chata Ford para llevarlo a Villa Soto.

De pronto, luego de una racha que hizo temblar la estructura del chalet, el interior quedó casi a oscuras. Las dos llamitas temblorosas sobre la credencia en la sala proyectaban más sombras que luces. Un tenue resplandor de la luz de la luna reflejada contra la nieve ingresaba por una de las ventanas que todavía permanecía sin cubrir.

Helga ya casi había terminado de cenar. Se levantó para buscar más velas. Las encendió y las fue distribuyendo por la casa. La interrupción de la energía eléctrica era bastante común cuando la colonia era azotada por los temporales. Sabía, además, que el servicio no se restablecería al menos hasta el día siguiente. Debían venir los operarios de Villa Soto y revisar si el problema estaba en el transformador o en el cableado.

Sin luz eléctrica no podría leer ni oír el radio, por lo que a Helga no le quedaba más que lavar los utensilios e irse a dormir. Aquella iba a ser una noche larga. Desde afuera, los aullidos del viento la ponían en alerta. Escuchaba el ruido de las chapas azotadas y el chasquear de las frondas de los árboles. Además no tenía sueño, no todavía. Se sirvió una medida del licor de fresas que ella misma había preparado durante el verano. Tal vez la ayudaría a lograr una modorra placentera.

Al subir hacia su cuarto, apagó todas las velas, menos las dos dedicadas a la memoria de sus padres.

Ya en la cama envuelta entre las cobijas, dejó la mente vagar. Sus pensamientos iban de un lado a otro. «Como el viejo Willem, pero sin salir de mi casa», pensó, al percatarse del deambular de sus cavilaciones. Advirtió al instante de que había pensado al viejo Guillermo con el nombre de Willem, tal como lo llamaba papá Hans. «Willem fue marino», le dijo alguna vez.

Ella era niña y había visto una sola vez el mar. Le pareció avasallante ver esa inabarcable extensión azulada. Sintió temor ante el embate estruendoso de las olas que rompían furiosas contra las piedras llenando de rocío salado el aire. Si el vagabundo había luchado contra esas fuerzas descomunales, era un valiente. No entendía por qué había recalado de manera definitiva en un pueblo apresado entre los cerros, limitando su vagabundear a un ir y venir hacia arriba y hacia abajo por la única calle de la colonia. A no ser que esa fuera su pena.

De pronto sintió lástima por el viejo Guillermo. Y por papa Hans, que murió por el frío. Los dos estaban a merced de la intemperie. Uno en cada extremo del pueblo. Arriba, en la parte alta, el vagabundo dentro de un colectivo ruinoso; abajo, en el Cementerio de los Pioneros, descansaba papa Hans, helado dentro de la tierra helada por la que había peleado. Uno vivo, el otro muerto. No entendió tampoco por qué los hermanaba de esa manera. El viejo siempre le había resultado un ser extraño, en cambio su padre, a pesar de los reproches que pudiera hacerle, era lo más entrañable. Ha de ser por el viento, o por el licor, pensó risueña, y se puso a rezar.

Helga Auer

1.

Venancio López luego de unos meses pudo restablecerse de las quemaduras y las contusiones. Como el juez de paz de Villa Soto, notoriamente influenciado por Shepherd, falló a su favor, retornó al lote. Allí volvió a levantar el rancho, esta vez de manera definitiva. Las averiguaciones sobre la identidad de sus agresores fueron someras, más que nada un formalismo. La justicia nunca quiso saber de ellos. Total, el damnificado continuaba con vida y, además, le otorgaban el título de propiedad de las tierras que ocupaba. Asunto cerrado.

Helga Auer recién supo de la existencia del gauchito López cuando este estaba ya amancebado con Lucinda Quinchel, la sanadora de la comarca, a la que conoció en la ciudad.

Venancio había viajado para hacerse revisar en el hospital por lo que él creía era culebrilla. Ese día la guardia estaba atestada de gente. Mientras esperaba, una mujer le comentó de una sanadora que atendía a pocos metros de allí, en la pensión de Manfredi. El gauchito, que debía volver lo antes posible a sus quehaceres en el campo, fue a verla. Lucinda le dijo que aquello que él creía culebrilla era en realidad sarna y le dio un ungüento casero hecho con llantén» y «palo pichi», que debía aplicarse diariamente sobre la zona afectada. Sin ningún rodeo, le aconsejó hervir las cobijas, además de mejorar la higiene personal y la de su vivienda. Le regaló unas pastillas de jabón de hierbas que ella misma preparaba. Le pidió que volviera a la semana siguiente para controlar la evolución.

Venancio dejó pasar apenas dos días. Cabalgó hasta Villa Soto tan solo para estar frente a la muchacha de nuevo. La sanadora le había provocado un nuevo escozor.

—Gusto de verlo, Venancio —dijo Lucinda Quinchel al recibirlo con una sonrisa dibujada en el rostro—. ¿Ha tenido algún inconveniente?

—No, no… digo, sí, me he puesto el ungüento, pero no pasa nada, sigue igual.

—Es que necesita darle más tiempo, lleva unos días hasta que la pomada le haga efecto. Por eso le dije que volviera recién la otra semana.

—Perdón, doctora, no sabía…

—No soy doctora, Venancio. Soy sanadora. Es muy distinto… Es algo más espiritual.

El gauchito se puso colorado. —Ah… claro, claro… —Luego tartamudeó un poco—. Este, digo, ya que vine, no sé, por ahí usted, Lucinda —hizo una pausa—. ¿Puedo llamarla por su nombre, verdad?

—Sí, cómo no… con confianza, hombre…

El gauchito se quitó la boina para retorcerla entre sus manos nerviosas.

—Lucinda, la verdad es que… es que yo… vine para… yo vine…

La sanadora cortó el balbucear inseguro de Venancio: —¿Necesita hablar de algo más? ¿Alguna otra cosa que le ande pasando a usted?

—No, no… Digo, sí, sí, lo que pasa es que yo…

De pronto el gauchito quedó en silencio. No pudo seguir

hablando. Tenía las mejillas encarnadas, se sentía acalorado. Unas gotas de transpiración resbalaban por sus sienes.

Lucinda sonrió y esbozó con algo de picardía. —Creo que ya voy entendiendo, ¿se trata de algún mal de amores acaso?

Venancio agachó la cabeza, el cuerpo rígido, la boina retorcida, estrujada entre sus manos. Permaneció en esa posición unos segundos antes de abandonar la habitación a la carrera, sin decir nada, sin despedirse siquiera.

Aunque estuvo a punto de no animarse, regresó en la fecha indicada para el control. El remedio casero había hecho su efecto, las ronchas casi habían desaparecido y no sentía necesidad de rascarse, pero el que perduraba era otro picor. Esa vez ingresó a la habitación que Lucinda Quinchel ocupaba en la pensión de Manfredi con un manojo de coloridas alverjillas en sus manos. Casi que no necesitó palabra alguna. A la semana, la sanadora ya atendía en el rancho del gauchito López.

Helga, que no podía dormirse, repasaba instancias de su vida como si fueran un relato, que se iba narrando sin hablar, puro pensamiento, puras imágenes. Viajaba hacia el pasado de manera desordenada, caprichosa, a los saltos.

Le vino a la mente una mañana en la que montaba a Manchada, la yegua que le había regalado papa Hans. La evocación la tomó por sorpresa. Siempre intentaba evitar volver a ese día. De pronto, tuvo la sensación de que con el correr de los años iban apareciendo en su memoria mayores detalles de aquel hecho. Eso la angustiaba.

Era una mañana de verano. Cielo azul, sin atisbos de nubes. Soplaba una suave brisa del Oeste. Trotaba en su yegua por la finca, sentía en la cara el aire fresco. Percibía con deleite, de eso Helga se acordaba perfectamente, el aroma que desprendían las hierbas al ser calentadas por el sol y evaporar el rocío de la noche. Iba recorriendo en paz una parte de las leguas de estepa patagónica que le habían otorgado a su padre y que él, por su parte, había sabido conquistar.

Se sentía plena, feliz, liberada, aquella mañana que cabalgó por última vez.

Robert Wood, su esposa Elizabeth y los dos hijos del matrimonio, Ewan y Sean, habían ido a comer un asado a la finca. Mientras papa Hans asaba un cordero a la estaca, y el resto se reunía en torno al fogón, ella decidió salir a cabalgar. Le pidió a Alfonso que ensillara a Manchada. El peón fue a buscarla a los corrales. En el galpón le colocó arreos y recado. Luego acercó el animal a la cabaña. Helga la montó y se alejó sola.

Al rato, el menor de los Wood, Sean, se le acercó al galope en su tordillo, un animal veloz, cruza con tersk. El jinete azuzaba su caballo a viva voz. La bulliciosa aparición la arrancó del ensimismamiento. Sean se le puso a la par y soltó un simple «hola». La joven le respondió con otro «hola». Anduvieron un tramo sin decirse nada más. Observándose de reojo. Luego fueron iniciando una charla. Hablaron del clima, del paisaje, de los caballos, de algunos aspectos cotidianos de sus vidas en la colonia, de sus sueños. A ella le agradaba el jovencito, incluso sentía cierta atracción por él. Pero no podía decidir cuál de los dos hijos varones de Robert Wood le gustaba más, si Sean o Ewan.

En ese entonces estaba convencida de que algún día sería, primero, la novia y, luego, la esposa de uno de ellos.

Helga Auer se levantó para ir al baño, no tanto por necesidad física, sino para evitar ese recuerdo maldito.

Sentada en el inodoro pensó nuevamente en Manchada. Había querido a esa yegua y pretendía dejarla al margen de aquel suceso.

Fue el gauchito López el que la domó. Lo recordaba bien. Como el maltratado cuerpo de Venancio no podía tolerar una jineteada violenta, utilizó el método suave y paciente de los tehuelches para amansar al animal.

Consintió realizar el trabajo a pedido de su compadre Alfonso Cortez. Además necesitaba el dinero. No es que hubiera desaparecido el rencor que sostenía contra el alemán Auer. Si bien el juez de paz se desembarazó del caso, él sospechaba que ese alemán chiflado había sido uno de los atacantes esa noche.

Solo Helga y Alfonso trataron en esos días con el gauchito. Hans evitó inmiscuirse.

La muchacha regresó de la cabalgata hecha un manojo de nervios. A pesar de que intentaba ocultar sus emociones al padre y también a los invitados, no podía evitar que unos gruesos lagrimones encharcaran sus ojos y bañaran sus mejillas enrojecidas. Desmontó a Manchada y, sin decir nada a nadie, se la entregó al peón. Luego entró corriendo a la cabaña, para encerrarse en el baño.

—Algo le pasa a tu niña, Hans —dijo Elizabeth Wood, que preparaba las ensaladas, ayudada por su hijo mayor Ewan, en la improvisada mesa de tablones dispuesta afuera—. ¿Quieres que vaya a ver qué es lo que le sucede?

—Déjala, Elizabeth, ya se le pasará. Son cosas de las mujercitas —sentenció Hans desde su puesto en el asador.

Al rato volvió Sean al galope. Desensilló, ató al tordillo y se abalanzó sobre la hogaza dispuesta sobre la mesa. Tronchó un pedazo con el cuchillo y lo engulló.

—Parece que cabalgar con Helga le ha despertado el apetito a Sean —acotó con picardía Robert Wood, guiñándole un ojo a su esposa.

Hans, tenedor y cuchillo en mano, repasador sobre el hombro, anunció: —La carne está lista. Vamos a comer.

Helga demoró en salir. Lo hizo después de varios llamados. Papa Hans y los Wood estaban sentados a la mesa, su padre y Robert en ambas cabeceras. Ewan ya había acaparado la conversación, como de costumbre. La muchacha ocupó un lugar apartado de Sean. Comió poco, apenas un bocado, y en silencio. Permaneció cabizbaja hasta que todos terminaron de almorzar. Recién en ese momento se levantó para buscar algo en la cabaña. Salió con un libro de hojas ajadas amarillentas que había pertenecido a Dalina. Se alejó del resto para sentarse a leer sobre una pila de troncos puestos a secar. Nadie le preguntó nada, ni siquiera Ewan, que no había parado de parlotear en todo momento.

Le dolía ahora pensar en papa Hans. Porque se le había instalado en la memoria aquel hecho maldito, que estaba asociado a la única actitud que conscientemente le reprochaba a su padre, aunque nunca se había animado a decírselo en vida.

Lo regañó entre lágrimas arrodillada junto a su tumba en la primera visita al muerto. Recién en ese momento se animó a hablarle de su enojo para con él. Recién en ese momento, ahogada en llanto, le confesó lo que había hecho. Ya eran dos los que conocían el pesado secreto: su padre muerto y Alfonso Cortez. Y nadie más lo sabría de su boca.

Acaso era ese viento borrascoso el que removía aquellos recuerdos que pretendía esconder. Se preguntaba Helga, que había vuelto a arroparse en su cama, insomne, angustiada y sola en el caserón a oscuras mientras el temporal sacudía la noche.

2.

Hans Auer no estuvo a la altura de papa Hans esa vez que una Helga joven y acongojada necesitó de su protector, del cazador de cucos y de chanchos salvajes, del pionero.

Hans Auer minimizó el dolor de su hija.

Hans Auer justificó a Sean.

Una Helga joven y acongojada sintió que su padre la había abandonado.

Aquel día, al atardecer, regresaron de la finca en la camioneta. La jovencita no habló durante todo el trayecto. Tuvo en todo momento la vista fija en el paisaje, a su derecha. Evitó mirar a papa Hans, sentía una íntima e inexplicable vergüenza, y rabia, mucha mucha rabia. Su cuerpo, el que antes le pertenecía solo a ella, había sido profanado. Sean le había tendido una trampa. Se había tirado del caballo adrede. Lo hizo en forma tal que ella creyera que se había caído. Fingió además estar golpeado. Helga desensilló para socorrer al muchacho. Ni bien estuvo cerca, la tomó de los hombros y la tiró al suelo. La besó en la boca. Ella no atinó a nada, quedó confundida. Sean aprovechó para abrazarla y provocar que los dos cuerpos rodaran hasta quedar sobre ella. Le fue desabotonando el saco. Una vez abierto el abrigo, metió con premura y torpeza su mano por debajo del pullover. Le sobó las tetas. En un momento las apretó hasta hacerla gritar del dolor. Luego fue bajando la mano hacia la entrepierna. Helga hacía fuerzas, apretaba los muslos para dificultarle el acceso hacia su vulva, íntima y secreta. Gritó. Se resistió desesperada. Forcejeó y logró asestarle un golpe en el rostro que lo conmovió, esto le permitió darle un empujón y zafarse del peso del cuerpo del muchacho. Una vez liberada se levantó y corrió hacia Manchada, a la que montó de un salto antes de espolearla con los talones para que corriera y le permitiera alejarse lo más rápido posible. Galopó hasta la cabaña, enceguecida, llorando, mientras estrujaba las riendas con furia.

Durante la noche, después de la cena y de lavar los platos, Helga se acercó lentamente a su padre, que se entretenía limpiando las armas en la sala, se ubicó frente a él, sentada bien al borde del sillón. No contaba con la seguridad ni con el sosiego suficiente para arrellanarse.

Permaneció en silencio, observando cómo su padre desarmaba una pistola. Al cabo de un rato, habló: —Sean se portó mal conmigo —dijo en voz bien baja.

Su padre no respondió. Se hallaba enfrascado en la tarea.

—Me manoseó —se animó a soltar previo al sollozo.

Hans entonces sí levantó la cabeza para mirarla.

—¿Te hizo algo más? —inquirió lacónico, y algo molesto por tener que escuchar confesiones que lo incomodaban.

—Me toqueteó… tocó mis… —alcanzó a decir entre gimoteos, pero no se animó a seguir.

—¿Hizo algo más que tocarte?

—No… —susurró, la cabeza gacha, lagrimeando, sorbiendo los mocos, la pera hundida en el pecho, el pelo cubriéndole el rostro, las manos juntas, apretando un pañuelo sobre su regazo.

Hans hizo una pausa. Tomó el cepillo y lo introdujo en el cañón del arma. No sabía bien qué decirle a su hija, no se sentía preparado para enfrentar situaciones como esas. Pensó en Dalina, para eso sí la necesitaba.

No preguntó detalles, no quería albergar en su cabeza la imagen de Sean magreando a Helga. Cuando se manifestó lo hizo tratando de ser equilibrado, de no generar mayor alteración en su hija. Se expresó desde su condición de macho rústico:

—No te preocupes, hija. Son cosas naturales entre hombres y mujeres. Es obvio que le gustas a Sean. Él es un muchachito brioso y no habrá podido contenerse ante tu belleza. Tómalo como un cumplido de su parte.

La joven Helga supo inmediatamente que la charla con su padre había terminado. Se incorporó. Cabizbaja largó el «buenas noches» de rigor, lo hizo tan solo por costumbre. Subió las escaleras y se encerró en su cuarto, para poder llorar libremente.

Helga Auer se removía inquieta en la cama. La casa a oscuras. El viento atronador hacía de las suyas afuera. No podía dormir, no iba a poder dormir. Cerró los ojos, apretó los párpados.

Hans Auer torpe.
Hans Auer indiferente.
Nunca más volvió a ser papa Hans. No hasta su muerte. No en la vida real, sino en los recuerdos de Helga.

Un día la niña fue al baño y se horrorizó. Sintió miedo. Algo le pasaba, ¿estaría enferma? Le salía sangre de ahí abajo. Rompió en llanto. Inconscientemente clamó por su madre. Quería que Dalina estuviera en la casa con ella, diciéndole qué era lo que le estaba sucediendo, tranquilizándola como lo había hecho siempre. La oyó papa Hans y se acercó. Averiguó desde el otro lado de la puerta. Su voz sonaba alarmada. Helga seguía llorando. No se animaba a contarle al padre que un hilo de sangre resbalaba por entre sus piernas. Hans insistía del otro lado de la puerta, no se atrevía a ingresar. Por fin la niña habló. Como pudo, sollozando.

Hans Auer comprendió la situación y trató de calmarla. Le dijo que no se preocupara, que todo estaba bien, que nada malo le estaba ocurriendo. Pero realmente no sabía cómo actuar en esos casos. No sabía decirle a la niña lo que debía hacer. Abandonó la casa y subió presuroso la calle hasta donde vivían los Wood. Fue por Elizabeth, ella podría ayudarlos a Helga y a él.

Helga Auer volvió a levantarse. Sentía sed. Encendió una vela para no bajar las escaleras a oscuras. Cubría la llamita con la mano al avanzar, trataba de evitar que se apagara por alguna corriente de aire. A su paso iba derramando una luz mortecina que generaba sombras vacilantes. Ya en la cocina, agarró un vaso de la alacena y lo llenó con agua. Fue hacia la sala. Depositó la vela y el vaso sobre la mesa ratona. Descorrió un poco la cortina. Se sentó en el sillón a beber, y a mirar hacia afuera. La ventisca blanqueaba el aire de la noche. Los copos de nieve eran arrastrados por el vendaval y se estrellaban contra los frentes de las casas y contra todo aquello que se le pusiera en su camino.

En medio de ese blanco telón furibundo Helga creyó ver una mancha, una figura umbrosa que se movía. Se acercó a la ventana empañada. Deslizó la mano sobre el cristal para quitar la leve capa de humedad. No podía precisar qué o quién era, pero algo se desplazaba. Probablemente fuera un animal. Aquella aparición misteriosa la aterrorizó. Con un movimiento rápido cerró la cortina. Luego apagó la vela, para no denunciar su presencia dentro. Volvió a subir hacia su cuarto marchando a tientas. Se metió en la cama para refugiarse agitada bajo las sábanas y el edredón.

Se sintió más sola que nunca.
Indefensa.
Clausurada.

Helga casi ni salía de la casa. Apenas si atravesaba la calle, cada muerte de obispo, para comprar alguna cosa en el almacén de

Chader. Había dejado de lado la costumbre, cotidiana durante varios años, de ir a rezar a la capilla que papa Hans y Robert Wood habían levantado para los devotos de la colonia.

Le bastaba con rezarle al Cristo en la cúspide del cerro a través de la ventana.

Desde poco después de la muerte de su padre, luego de que los pintores hicieran su trabajo, nadie había ingresado a su hogar. Ni siquiera Alfonso, a quien atendía en el hall frío.

El peón, devenido en encargado de la finca por la misma paga, era la única persona que la visitaba de manera periódica, para acercarle alimentos, más la materia prima para elaborar los dulces y las conservas, que el mismo Cortez se encargaba de vender. También para rendirle cuentas de lo producido en la finca y de los trámites que hubiera realizado en Villa Soto.

El coqueto chalet estilo suizo se había transformado en su refugio, su convento. Era una coraza, un caparazón cubriendo su cuerpo.

Helga, tapada hasta la cabeza con las mantas, velada en esa íntima tiniebla, oró. «Ángel de mi guarda, dulce compañía, no me desampares ni de noche ni de día. No me dejes sola que me perdería».

3.

Helga Auer asomó la parte superior de su cabeza de entre las mantas. Dejó sin cubrir nariz, ojos y frente. Respiró profundo. Se quedó mirando hacia arriba, hacia la nada en brumas. Una mortaja de negruras la envolvía.

Desde afuera le seguían llegando los quejidos fragosos del ventarrón.

Su mente, como la noche, era un caos. Entrechocaban los miedos actuales, con los que arrastraba desde su niñez, y le volvían las penas que había sabido juntar en sus treinta y siete años de vida.

Cerró un instante los ojos. Apretó fuerte los párpados.

Al hacerlo, la oscuridad, la otra, la de los enceguecidos, poco a poco se fue iluminando. Y comenzaron a aparecer formas que armaron finalmente una imagen.

Un fondo de chapas, máquinas y troncos. Una bombilla encendida colgando de las vigas. Un haz de sol oblicuo, poblado de minúsculas partículas, que encerraba en un rectángulo una porción del piso cubierto de polvo y cepilladuras.

En medio de la escena, Sean le mostraba un punto brillante que sostenía en su mano.

Vio en el rostro de Sean otro punto, uno que le iba creciendo, como una gota de tinta roja se expande al caer sobre un lienzo blanco.

A partir de ese momento, la imagen se fue tiñendo hasta quedar enrojecida.

Necesitó desesperadamente abrir los ojos, para escapar de su infierno interior. Prefería recalar en la nada fuliginosa del afuera.

Sin embargo no pudo huir, desde bien dentro le fue viniendo la culpa.

Ella había deseado que Sean se muriera, que desapareciera de la faz de la tierra, de su vida, de sus recuerdos.

Y Sean había muerto.

Había sido un accidente, de eso estaba segura.

Y ella, Helga Auer, había matado a Sean, por accidente.

No había querido matarlo. Quería que se muriera, pero naturalmente, así como así, sin responsabilidades, sin responsables, sin que el peso de la condena cayera sobre ella.

Nunca tuvo la intención de dispararle.

Ese día había concurrido al encuentro sin pensar que lo mataría. Llevó el arma porque sí, por mera precaución. Como desconfiaba de las intenciones de Sean, si este intentaba propasarse, podría amedrentarlo solo con apuntarle.

No le había creído del todo las disculpas escritas en un papel.

Aquella tarde de domingo, antes de ir al encuentro, Helga había sacado la pistola a escondidas del mueble en el que papa Hans guardaba sus armas.

La llevó en el bolsillo derecho de su gabán. Desconocía si estaba cargada. Su padre le había enseñado cómo disparar la Browning, aunque nunca antes había tirado con ella, ni con ninguna otra arma de fuego.

En las celebraciones de nochebuena, que las dos familias pasaban siempre juntas, volvieron a encontrarse Helga y Sean. Ella apenas si aceptó su saludo y le respondió con monosílabos alguna de las preguntas que el muchacho le lanzaba para tantear el terreno. Quería saber si ella le guardaba algún rencor por lo sucedido. Por lo esquiva que se manifestaba Helga, entendió que sí. Entonces cambió sus planes. Esperó el momento apropiado para pedirle papel y lápiz. Si bien a ella le resultaba extraña esa solicitud de parte del muchacho, fue hacia la habitación donde estaba el escritorio de su padre, arrancó una hoja del block y tomó un lápiz del lapicero. Se los dio a Sean de manera indiferente y volvió a sentarse en el sillón junto a la radio. Pasaban una edición grabada del programa musical que ella seguía semanalmente. En un momento Ewan se acercó, había estado ayudando a Elizabeth en la cocina, y se puso a hablar. Tenía una voz aflautada y unas maneras que a Helga le encantaban. Le gustaba oír a Ewan monologar, pues es lo que hacía. Hablaba torrentosamente, casi sin pausas para respirar. Sus temas no eran los habituales de los hombres de la colonia. Ninguno de ellos solía hablar de música, de ropas, de las modas en las grandes ciudades.

Sean apoyó el papel sobre la mesa ratona y escribió, con mala letra y peor ortografía, una nota, una especia de carta. Luego dobló el papel en cuatro partes, se levantó del sillón y al pasar lo dejó caer con disimulo sobre el regazo de Helga. Ella se sorprendió. Agarró la nota y la ocultó dentro de una de sus mangas. No quería que nadie se diera cuenta, mucho menos Ewan, que continuaba parloteando sobre las modas europeas, a pesar de que estaba hojeando El Patagónico, periódico de Villa Soto.

En tanto, en la cocina, Elizabeth organizaba los platos a servir, Hans y Robert jugaban a las cartas, fumaban cigarros y bebían cerveza en el comedor.

Helga leyó la nota en su cuarto, antes de dormir. En ella Sean se disculpaba por su actitud, y le pedía otra oportunidad. Le proponía encontrarse en las afueras del pueblo, justo a la entrada del cementerio. Él la pasaría a buscar por allí el domingo, a las dos de la tarde.

Quedó perpleja, confundida. Se preguntó una y otra vez si quería realmente ir a encontrarse con Sean. Si era lo correcto. Si se animaría a hacerlo. Era innegable que el muchacho le gustaba, y que también ella a él. Pero cuáles serían las intenciones de Sean. No podía saber cuán sinceras podían resultar sus disculpas. Además ella seguía sintiéndose agraviada, humillada.

Sus pensamientos y sus deseos eran un mar de contradicciones.

Finalmente concurrió a la cita.

Le dijo a papa Hans que iría a visitar la tumba de Dalina, y no mintió en eso. El padre no se opuso. Helga cortó un manojo de flores del jardín y salió caminando rumbo al cementerio.

Habló con su madre. Le contó lo que le estaba sucediendo. Derramó algunas lágrimas. Rezó.

A las dos de la tarde apareció Sean. Montaba un caballo oscuro.

—Lo usan los peones para ir al monte. Es de tiro, es manso. Subí —le dijo y le tendió la mano para ayudarla.

—Hola —solo atinó a decir Helga.

—Hola —respondió Sean—. ¿Te parece que vayamos a conversar al aserradero? Los peones se fueron y papá me dejó al cuidado. Tengo que estar ahí hasta que vuelvan, a la tardecita.

—Sí —dijo tímida Helga. Se sentía insegura. Dudaba todo el tiempo.

Entraron a uno de los galpones. Había máquinas, troncos y maderas. El piso cubierto de tierra y virutas. Una lamparilla encendida colgaba de las vigas. Por una ventana, a la derecha, ingresaba un haz de sol que parecía una pieza sólida, de aristas rectas, formada por millares de minúsculas partículas doradas. Ese prisma resplandecía en forma tal que sumía en las sombras todo lo que estuviera por fuera y se volvía lo único real en el espacio.

Los dos quedaron quietos parados uno frente al otro, sin saber bien qué hacer ni qué decirse.

—Disculpame por lo... —comenzó a pedir Sean, pero se interrumpió.

No se animaba a completar la frase, porque el resto de lo que debía detallar le pesaba.

Helga no habló, bajó por un instante la cabeza. —Tengo algo para darte —balbuceó el joven.

Ella lo miró. Había dolor en su mirada, y miedos. Sean se le fue acercando. Levantó despacio el brazo derecho y atinó a rozarle con las puntas de los dedos el pelo. Helga se echó instintivamente hacia atrás. Metió su mano en el bolsillo. Sacó el arma y apuntó el cañón hacia la cara del joven que, en respuesta, exhibió una mueca estúpida de asombro.

—No te me acerques, Sean, por favor —rogó Helga y cargó el arma. Pretendía amilanarlo.

—No, Helga, te lo juro que no pienso hacerte nada malo. Por el contrario, mirá, mirá —pidió Sean y sacó de su bolsillo un estuche que abrió para mostrar su contenido.

Helga vio el brillo de la gema de un anillo.

—Es para vos... —dijo Sean con voz sosa, y forzando un mohín idiota.

Esa acción la paralizó. Por unos segundos una Helga alelada se fue enredando en una maraña de sentimientos contrapuestos. Extrañamente pensó en Ewan, y recordó sus ojos, y sus cabellos bien peinados, y sus modos de muchacho distinguido. Al mirar a Sean, no vio más que una máscara con un mohín sonriente e inmediatamente lo abominó. El Sean de su interior había mutado, era un ser repulsivo. Le sobrevino una sensación de asco porque volvió a sentir, como si fuera nuevamente real, aquella mano, que ahora sostenía un anillo, mancillando su intimidad con una lascivia torpe, sin un ápice de ternura.

Crispada como estaba aferró la pistola con toda la fuerza que le daba la bronca, sin llegar a percatarse de que el dedo se le había deslizado hacia el gatillo. Jaló de él sin advertir que lo estaba haciendo. Una parte de su cerebro emitía una orden incontrolable producto de la desesperación, del enojo, y no de la venganza fría.

La aturdió el estampido. El retroceso del arma fue tan fuerte que esta se le escapó de las manos. Toda esa acción instantánea, ahora lo recuerda Helga Auer arropada en su cama, en medio de la oscuridad, fue pasando como en cámara lenta. Alcanzó a ver el gesto idiota de Sean desdibujarse, y el impacto en pleno rostro.

Después sin darse tiempo a nada, salió del galpón corriendo.

Alfonso Cortez la encontró ingresando a la finca. Lloraba desconsoladamente presa de los nervios y la angustia. Temblaba.

Le preguntó qué le sucedía.

En un primer momento la muchacha no podía hablar, ahogada y sollozante como estaba.

Cortez la ayudó a sentarse sobre unos troncos. Fue por un vaso con agua. Se lo alcanzó a Helga, que ni bebió.

—¿Qué ha sucedido, señorita Helga?

—Fue un accidente —alcanzó a responder lloriqueando.

Cuando Cortez le dijo que la llevaría a su casa, la joven confesó:

—Sean, Sean Wood está muerto.

La confidencia llenó de asombro al empleado de confianza de los Auer. Nada bueno podía provenir de aquella noticia. A partir de la revelación de la muchacha supo que, de alguna manera, quedaba involucrado en el hecho.

—¿Puede decirme qué fue lo que pasó?

Helga tardó en responder, el vaso todavía lleno se agitaba apretado entre en sus manos tembleques.

—No quise… —dijo y volvió a echarse a llorar.

—¿Qué pasó, señorita? —preguntó nuevamente el peón.

—Se me escapó… el tiro, se me escapó… Yo no quería… No sé, no sé cómo… —hablaba y gimoteaba.

Estuvieron unos segundos sin agregar nada más. Cortez sabía que estaba metido hasta el cogote en ese embrollo y que debía hacer algo. Los comentarios que circulaban sobre el atolondrado hijo menor de Wood no eran halagüeños. Ya había maliciado, aquel día en que las familias estuvieron en la finca, que algo raro había sucedido entre Helga y el pibe. Iba a ayudarla. Resultaba imperioso que lo hiciera. Nada de lo sucedido debía salir a la luz, al menos no como realmente había pasado. Un hecho tal provocaría la disolución de la amistad entre el patrón y los Wood, y eso acarrearía muchos males a la colonia y a él mismo.

Ese domingo, Helga regresó a su hogar pasada las cinco de la tarde. Entró cabizbaja, saludó a Hans que se hallaba dormitando en la sala, al lado del radio, y subió a su habitación. Recién a la noche, después de cenar, aprovechó un instante en que su padre fue al baño para retornar el arma, que Cortez había antes limpiado, a su cajón.

Alfonso Cortez se encargó del cadáver de Sean, y lo hizo bien.

Los miembros de las familias amigas de los Wood estuvieron más de un año buscando al muchacho desaparecido por toda la comarca y poblados aledaños. En la capital los recibió el propio gobernador, que dio la orden directamente al jefe de la policía provincial de que destinara efectivos y móviles para realizar la pertinente investigación y colaborar con la búsqueda. Poco pudieron lograr, datos imprecisos, sospechosos contingentes a los que no podía imputársele ese crimen, algunos rastros que los dirigieron hacia lugares equivocados.

Cuando un grupo de cazadores de Villa Soto encontró el cuerpo en el fondo de un desfiladero, los carroñeros ya le habían comido las entrañas y la mayor parte de los tejidos blandos. Apenas si quedaba, de lo que en vida había sido el impertinente Sean Wood, algo de piel reseca, un manojo de cabellos pegados a los huesos y el agujero de la bala en el cráneo.

Helga Auer giró su cuerpo hasta quedar en posición fetal, envuelta en las cobijas.

Como solía hacer para invitar al sueño en algunas noches insomnes, comenzó a recordar cada una de las estatuillas Hummel que guardaba en la vitrina, tan blanca como su casa. Se las había enviado *tante* Frauke, prima de Hans, desde Baviera, para sus quince años. En cada niño buscaba alguna similitud con cada uno de los habitantes del pueblo. En un momento creyó tenerlos a todos representados por esas figuras. Había incluso una estatuilla que, según ella, representaba al viejo Guillermo cuando infante. Tenía un bastón y llevaba también un morral colgado. Eso sí, estaba fijo en su estante, no podía vagabundear como el viejo, por más que este lo hiciera con una lentitud que exasperaba los relojes.

Entre esas vanas disquisiciones, Helga Auer al fin se fue durmiendo.

II

Robert Wood

1.

Apenas despuntaba el alba en la colonia, la enfermera Clarisa Montes realizó la primera visita de la jornada a casa de los Wood. Descorrió los cortinados de seda y la luminosidad lechosa, fría, mortuoria característica de los amaneceres nevados se derramó por toda la habitación. En el centro, de frente a la ventana, la cama ortopédica de hierro discordaba con los muebles de estilo Luis XV, con el barroco damasco del papel pintado en distintas tonalidades verdes cubriendo las paredes, con el parquet de roble de Eslavonia, el nogal africano del cielorraso, sus molduras en madera de cerezo y la araña de cristal con caireles.

Acostado entre sábanas y mantas inmaculadas, el anciano observaba hacia la única calle de Colonia Alpen o, tal vez, hacia la nada. A su derecha, sobre el mármol de la mesa de noche, una campanilla dorada, un vaso con agua y un velador con tulipa verde. El ambiente olía a yerbabuena. El aroma provenía de una vasija de barro llena de agua arriba de la estufa. Algunas hojas flotaban en el líquido turbio.

Clarisa Montes, luego de despertar a su paciente, levantó el respaldar de la cama. En esa posición el anciano podría distraerse observando hacia afuera mientras le practicaban los ejercicios de rehabilitación que el médico de Villa Soto había prescrito. Consistían en tandas de masajes sobre distintos músculos, trabajar las articulaciones, más una serie de pruebas cognitivas. Luego, los medicamentos correspondientes a ese horario del día. Al finalizar, la enfermera anotó en un cuaderno los datos que consideró relevantes y llamó a Rosalía, mucama de años de los Wood, para informarle que ya podía darle el desayuno al señor.

Robert Wood había sufrido un derrame cerebral un año antes. Tenía la mayor parte del cuerpo paralizada, apenas si podía mover un poco su brazo derecho y balbucir algunas palabras con las que armaba frases inconexas. Mantenía, sin embargo, algunos raptos de cierta lucidez, aunque durante la mayor parte del tiempo sus pensamientos deambulaban sin ton ni son.

El patriarca de los Wood había quedado solo. Elizabeth lo había abandonado hacía ya varios años.

Después de que encontraran el cuerpo mutilado de Sean en el fondo de un desfiladero, la mujer ya no pudo tolerar habitar la casona familiar, desmesuradamente grande y ostentosa, llena de recuerdos de sus niños ausentes. Apenas podía convivir con un marido indolente, volcado por entero a sus negocios y su existencia de pionero. En todo ese tiempo, simplemente se limitó a perdurar, presa en aquellas tierras indómitas, exiliada de la ciudad en la que había nacido y que tanto añoraba. Cuando decidió no aguantar un día más de esa vida, simplemente se lo informó a Robert. Una tarde de octubre se alejó de él y de Colonia Alpen para recorrer en dirección al Norte, por última vez, la estepa patagónica. A la semana partía hacia Londres, regresaba a su ciudad natal, siguiendo los pasos del hijo mayor.

Ewan, unos meses después de la desaparición de su hermano, decidió dejar la comarca. La inexplicable ausencia del menor en un primer momento lo conmocionó al extremo de quedar sumido en el más profundo desánimo, un letargo que le imposibilitaba realizar el mínimo movimiento, tanto para buscar a Sean junto a sus padres y algunos de los vecinos de la colonia, como para continuar con sus quehaceres cotidianos que, de todos modos, no le requerían grandes esfuerzos ni físicos ni intelectuales, pues cumplía una función más bien decorativa en el hostal de la familia. Apenas logró volver a ser capaz de encargarse de su devenir y de poder reflexionar, lejos de unirse a la búsqueda o de volver a sus sencillas labores, comenzó a fraguarse una vida futura radicalmente distinta a la que había llevado hasta ese momento. Una vez que lo tuvo todo resuelto, habló con cada uno de sus padres para avisarles que había tomado la decisión de marcharse. Elizabeth, la primera anoticiada, se resignó, simplemente porque en la decisión de su hijo anidaba una postergada ilusión suya. Robert intentó oponerse, le recriminó que pensara en irse justo en ese momento tremendamente doloroso para ellos y sin saber todavía nada de su hermano. No quería perder otro hijo. Pero no contó con la férrea determinación de Ewan, que enfrentó la voluntad de su padre.

—Usted, papá, debiera entenderme mejor que nadie. Dejó todo en pos de un sueño, que es este lugar, esta colonia, con el hostal, el aserradero, el campo y su hacienda. Nunca miró hacia atrás para ver qué abandonaba. Usted, papá, hizo lo que justamente quiero hacer yo ahora, ir detrás de mi sueño, concretar mi proyecto de vida.

—¿Acaso andar vagabundeando por Europa es un proyecto de vida?

—¡Claro que lo es…! Le voy a pedir por favor, papá, que no tome a la ligera mis proyectos. Por otra parte, si usted realmente se ha preocupado en conocerme más o menos bien, sabrá que yo no encajo en este… No quisiera ser despectivo…

—Al menos piensa en tu madre. Desde la desaparición de Sean está desolada. Que el otro hijo, encima el más apegado a ella, se marche justo en este momento, le romperá el corazón.

—Ya hablé con mamá. Sabe que mi partida le provocará otro

sufrimiento, pero es algo que está dispuesta a padecer, pues tiene muy en claro que es por mi bien, y que mi decisión no fue tomada a la ligera, que es el resultado de un deseo irrenunciable. Además, usted papá, debiera prestarle más atención a su esposa, ella resignó su anhelo mayor, que no difiere tanto de los míos, para acompañarlo.

—Una esposa debe seguir al marido, está escrito: «El hombre se unirá a su mujer y los dos serán una sola carne».

—Un hijo no debe seguir obligado al padre.

—Claro que sí y eso también está escrito: «Honra a tu padre y a tu madre. Hijos, sean obedientes en todo, porque esto es agradable al Señor». Los hijos deben permanecer y luchar junto a sus padres, así se forman las dinastías más prósperas.

—El abuelo quedó en Barker, y su padre vivió y murió en Bibury, los dos trabajando la tierra en distintos continentes… both lived and died farmer, mientras usted, papá, se vino desde la llanura uruguaya a colonizar la Patagonia. No salga ahora con eso de la dinastía.

Robert Wood permaneció callado, no quiso esgrimir ni un argumento más. Entendió que no podría ni debía intentar torcer el destino elegido por su hijo. Dio por concluido el diálogo, subió a su camioneta mascullando bronca y partió raudo, levantando polvareda, hacia el aserradero.

Ewan Wood primero viajó a la capital, donde permaneció solamente unas semanas, luego a Europa. Vagó algunos años por el Viejo Mundo, hasta recalar en Londres. Allí se estableció. Como las mensualidades provenientes de la colonia solo le alcanzaban para sus gastos corrientes, les reclamó a sus padres un adelanto de lo que le correspondía por herencia para llevar adelante el emprendimiento con el que siempre había soñado, desde niño. Con ese dinero abrió una pequeña tienda de modas en el West End. Afincado y económicamente estable, amplió la descendencia de los Wood, con una esposa y cuatro hijos, tres niñas, Lizbeth, Eleanor y Brittany; más el varón, Sean Junior. Ninguno de ellos llegó a visitar Colonia Alpen. Tampoco Ewan ni Elizabeth anhelaron regresar al pueblo fundado por Robert Wood, Hans Auer y sus cofrades.

2.

La primera ventana que vio pasar al viejo Guillermo aporreado por el temporal fue la que entretenía a Robert Wood.

El anciano postrado entrevió una figura afuera. Se movía lenta envuelta en remolinos blancos. La vio blandir en lo alto un palo con uno de sus brazos. En un principio Robert no entendió de qué se trataba. Estaba confundido. Llegó a creer que él también estaba afuera a merced de la borrasca, incluso sintió un ramalazo de frío recorriéndole el cuerpo. Le agradó el hecho de volver estar al aire libre y que el viento estrellara la nevisca contra su rostro, como hacía una eternidad que no sucedía. Levantó como pudo el tembloroso brazo derecho y ensayó unos movimientos leves a modo de saludo. Luego llevó la mano a su rostro, para quitarse los restos de nieve. Disfrutaba ese repentino acontecimiento. Al ver hacia arriba se encontró con unos copos cristalinos que pendían sobre su cabeza. Quiso tocarlos, y no pudo. Regresó la mirada hacia la figura que seguía su marcha duras penas. Quién sería, se preguntó. No era Ewan, eso seguro, nunca se expondría a los rigores del clima. ¿Sería Sean, ese chiquillo inquieto? Descartó pronto la idea, la escasa movilidad de la forma contrastaba con el ímpetu de su niño. ¿Y Hans? ¿Qué era de la vida del alemán? ¿Por qué no venía a visitarlo? ¿Dónde estaban todos? Torció levemente el cuello hacia la mesa de noche. Allí había una campanilla, llamaría a Elizabeth. Trató de extender el brazo hacia ella. Sus movimientos resultaron torpes, descoordinados. Alcanzó a rozarla con la yema de sus dedos, pero la empujó con un costado de la mano. La campanilla cayó al piso. De todos modos, provocó un sonido. Al instante entró la mujer.

—Elizabeth —masculló el anciano al verla.

—Soy Rosalía, señor Wood —respondió la muchacha mientras

colocaba la campanilla en su lugar.

—Elizabeth, ¿dónde...? —llegó a decir, no podía terminar la pregunta, las palabras se le enredaban en su mente, también en su garganta.

—¿Necesita algo, señor? —averiguó la mucama y se puso a acomodarle las almohadas.

—Mis much...

Rosalía, sin decir nada, agarró el papagayo oculto debajo de la cama. El anciano sintió las manos de la muchacha por entre las mantas y una de ellas palpar su ropa, bajarle el pantalón del pijama, tomar su miembro e introducirlo en un agujero duro, que raspaba.

—Haga fuerza para que salga el pis, abuelo —pidió dulcemente.

Robert Wood hizo algún esfuerzo, sintió que algo de líquido le salía. Quiso hablar. No pudo, apenas llegó a soltar unos sonidos guturales.

—¿Quiere un poco de agua? —preguntó la mujer, que ya había sacado sus manos de debajo de las mantas y devuelto el recipiente de plástico a su escondite.

Sin esperar por una respuesta, agarró el vaso de la mesa de noche y lo fue guiando hasta la boca del anciano.

—A ver, abuelo, abra la boca —le solicitó con ternura.

Robert Wood volvió a intentar decir algo, pero sus palabras tampoco salieron esta vez. Sintió el borde frío del vaso en sus labios y el agua derramarse, parte por su lengua y garganta, parte por la comisura y la barbilla. Rosalía, luego de retornar el vaso a la superficie de mármol de la mesa, sacó un pañuelo de uno de los bolsillos de su delantal y con diligencia secó la boca del anciano.

—¿Desea algo más, señor Wood?

Robert la miró con ojos de extraviado, tal vez suplicando una respuesta, el saber qué era lo que pasaba, quién era ella, dónde estaban Elizabeth y sus muchachos. No logró decir nada.

—Le estoy preparando una rica sopa. En un rato se la traigo —anunció la mucama y se retiró de la habitación.

Robert Wood la vio irse con la cabeza de costado apoyada en un cojín. En esa posición permaneció unos minutos, observando la puerta entornada. Después, giró con esfuerzo el cuello para enfocar la mirada nuevamente hacia afuera. La figura ya no estaba, también se había marchado.

El viejo Guillermo levantaba la mano que empuñaba el bastón de palo de lenga cada día al pasar frente a la casona de los Wood. Realizaba esta ceremonia sin detener su marcha hasta la carpintería, y sin siquiera mirar hacia el ventanal. Comenzó con ese acto la mañana posterior a que, proveniente del hospital de Villa Soto, Robert Wood quedara instalado en esa habitación hasta el día de su muerte.

Aquella mañana marchaba inclinado hacia adelante, tratando de hendir el aire torrentoso y equilibrar su cuerpo contra las ráfagas arremolinadas que lo envolvían en nieve. Se le dificultaba caminar con los pies hundidos en el espeso manto blanco, y poco podía ver, los copos se estrellaban contra su cara y se le metían en los ojos. Avanzaba a duras penas. Aun así, realizó el ademán habitual al anciano, sin saber si este le correspondía la gentileza, sin saber si acaso lo reconocía.

Resulta difícil hoy establecer si el hecho de blandir el bastón era una expresión de respeto hacia el tullido patriarca, una especie de una broma ciertamente obtusa o si, acaso, constituía un ritual del vagabundo con algún propósito furtivo. Lo cierto es que hasta ese, el último día de su vida, cumplió con aquel particular formalismo.

«Era Willem», pronunció o solo pensó la frase entredormido Robert Wood, que transcurría por uno de sus efímeros instantes de cierta lucidez. Logró recordar la piel curtida, lo ojos azules pequeños hundidos bajo unos pómulos cadavéricos, la barba blanca hirsuta del viejo vagabundo. El alemán Auer le había traspasado la costumbre de llamar Willem a Guillermo. Así lo había anotado él mismo en la lista de los habitantes de Colonia Alpen que se encargó personalmente de llevar al registro civil de Villa Soto. El viejo le mostró un papel ajado escrito en español en el que aparecía como Guillermo. Nunca logró memorizar el apellido, lo copió en la lista y ni lo pronunció, tampoco le preguntó al vagabundo. Era algo así como Van der Deke, o Van der Drake. Este último le sonaba más familiar. Lo que le resultaba extraño era que desde el día en que apareció por la colonia, Willem ya tenía el aspecto de un viejo. Sin embargo, luego de… ¿cuánto tiempo había pasado? ¿treinta… cuarenta años…? el vagabundo seguía andando, mientras él, que era un hombre lleno de energía en aquellos tiempos, se había vuelto un geronte inválido, confinado para siempre en una cama.

Habló con Willem en contadas ocasiones y de temas nimios. Los que llegaron a conocerlo un poco más, no mucho tampoco, debido a la parquedad del viejo solitario, lo vinculaban al mar. Había sido navegante por años.

En torno al fogón, durante una de las tantas salidas de cacería, alguien había contado que el viejo había hecho un pacto con el diablo. Algunos se rieron ante tamaña ocurrencia, pero más de uno se quedó con esa espina atravesada. Otro se preguntó en voz alta qué contendría el morral que siempre llevaba cruzado al hombro. Arrojaron conjeturas absurdas y medianamente divertidas. Un gringo de Villa Soto, que esa vez se había sumado al grupo, afirmó con total seguridad que en el morral llevaba antiguas monedas de oro. Agregó que si bien él no conocía al tipo en cuestión, había obtenido el dato de un parroquiano en el bar Quilimbai, en El Cantizal. El hombre, un flaco vestido con ropas elegantes pero pasadas de moda, andaba averiguando por Willem, tenía la certeza de que se hallaba en la comarca. Se le acercó a la mesa con una botella de caña en la mano, le convidó. Le dijo que iba de paso y que andaba buscando a un viejo marino que se le había dado por vagabundear en tierra firme. Pretendía saber si lo conocía o si lo había visto en alguna ocasión.

—Mirá si el viejo ese va a tener oro, es más pobre que una rata vizcacha.—No sé, yo solo cuento lo que me reveló el hombre.

—Para mí que el Guillermo se hace bien el boludo. Habría que ver qué acovacha en el colectivo.

—El tipo me dijo que lo estaba buscando para cobrarle una antigua deuda…

—Eso sí se lo creo, amigo.

—Dijo que Willem, así lo nombraba, había incumplido y que debía pagar...

—¿Será verdad?

—Quién lo sabe, la verdad es contingente, mi amigo.

—Quizás el viejo está fugado.

—Esa noche, en el Quilimbai...

—A la mañana era...

—Bueno, esa mañana, ¿cuál de los dos estaba más borracho?

—¿Y habías ido a desayunar al Quilimbai o venías de corrido de la noche antes?

—Es en serio lo que digo, no bromeo.

—¿Y qué pasó con el parroquiano ese, lo sabe?

—No lo vi más. Yo también estaba ese día de paso por El Cantizal. No es pueblo donde uno quiera permanecer.

—Eso es seguro, amigo. Nada mejor, por estos pagos, que Colonia Alpen.

—De mi parte, prefiero Villa Soto.

—En cambio, mi hijo mayor y mi esposa eligieron Londres... That's life —Soltó amargo Wood, quien luego de secar el porrón de ginebra se alejó del grupo para orinar contra unos arbustos de mata negra.

3.

Rosalía ingresó a la habitación portando un cuenco con sopa humeante de vegetales y carne de cordero desmenuzada. Lo posó sobre el mármol tranco de la mesa de noche, tomó una silla y la acercó a la cama. Acomodó las almohadas para que el señor quedara apoyado más firmemente en posición de sentado. Extrajo de uno de los bolsillos del delantal una cuchara y una servilleta blanca de hilo, que le colocó al anciano a modo de babero. Sumergió la cuchara de plata en el caldo, revolvió brevemente antes de cargarla. Con cuidado fue acercando el utensilio con la sopa caliente hacia la boca de Robert.

—A ver, señor, abra la boca, por favor —pidió con suavidad la muchacha.

Robert Wood había vuelto a dormirse. Lo despertó Rosalía al moverlo y ponerse a ordenar sus cojines. La muchacha lo había arrancado de un sueño en el que contemplaba un mar antiguo y oscuro, trazado en una paleta de azules empetrolados. Se trataba de una pintura de tamaño monumental que abarcaba todo el espacio. Él en el medio, rodeado de olas gigantescas, densas, sombrías, inmóviles. Siempre le había resultado ajeno el mar, prefería las extensiones de estepa, el oleaje firme de bardas y de cerros, los bosques. Tal vez ese mar no fuera otra cosa que la noche derramada sobre el relieve de la comarca, se le ocurrió pensar mientras abría la boca y sentía el calor de la sopa mojarle los labios antes de inundar la lengua, el paladar, la garganta con la tibieza y el intenso sabor del caldo de cordero.

Entre cucharada y cucharada, que sorbía con bastante deleite, a pesar de no sentir demasiado apetito, miraba los movimientos que realizaba la muchacha. Observaba sus gestos, sus modos, la forma delicada con la que recolectaba la sopa en la cuchara y la acercaba hacia su boca, poniendo la palma de la otra mano debajo para contener en ella el líquido que pudiera derramarse.

No contaba con mucho más para entretener aquel ocio fatal, la condena de haber quedado anulado. Quiso decirle alguna palabra a la muchacha. Alcanzó a nombrarla de manera torpe:

—Rosalía —musitó.

—¿Sí, señor Wood, desea algo? —fue la respuesta solícita de la empleada.

No pudo emitir ningún otro vocablo. Masculló apenas unos sonidos. Esto lo contrariaba en esos instantes en los que contaba con alguna lucidez. Le hubiera gustado poder conversar con ella, en vez de sostener para sí mismo ese monólogo mudo que terminaba por ahogarlo. La imposibilidad de poder dialogar con alguien lo hundía en la tristeza, además lo irritaba quedar aislado de esa manera. Decidió no volver a abrir la boca para incorporar otro sorbo de sopa. Rosalía entendió. Apoyó la cuchara en el borde del cuenco todavía con casi la mitad del caldo. Le quitó la servilleta con la que le secó los labios y la barbilla. Se incorporó, tomó el recipiente y se retiró de la habitación en silencio.

Robert Wood no la vio irse, había cerrado los ojos y deambulaba por su mente entre tinieblas.

Durmió hasta el anochecer. Un velo crepuscular envolvía el ambiente cuando, al encender la lámpara, lo despertó Clarisa Montes. Volvía para realizarle la segunda serie de masajes y de ejercicios de estimulación del día.

—¿Me escucha, don Robert? —preguntó con voz suave la enfermera, inclinándose hacia el paciente.

El anciano se quedó viendo a la mujer, sin atinar a darse cuenta de quién era la dulce voz que oía, ni entender del todo lo que le estaba diciendo.

—Soy yo, Clarisa, don Robert. Si me oye, trate de levantar el brazo.

Movió la cabeza hacia el costado, y quedó con la vista fija en los ojos de la muchacha. Pretendía hablarle. Abrió la boca, de la que brotó una especie de gemido hondo. La enfermera aferró su brazo derecho, pudo sentir la calidez de sus manos envolviéndolo, y lo fue levantando lenta y pacientemente.

—¿Puede hacer este movimiento usted solito, don Robert?

El anciano la seguía mirando. Podía oírla, sí que podía, pero no llegaba a comprender lo que le manifestaba. La enfermera fue dejando de sostener al brazo, con el fin de comprobar si el paciente podía mantenerlo erguido. Lo logró por unos segundos, luego lo dejó caer.

Clarisa extrajo de su maletín de enfermería el cuaderno y una pluma para anotar este retroceso en la movilidad y el entendimiento del paciente. En una semana vendría el médico de la villa y debía darle un parte detallado.

Después de escribir, corrió las mantas para dejar el cuerpo del anciano solo cubierto por su pijama y poder así iniciar la sesión de masajes. Comenzó por los pies.

Robert había quedado con la vista fija en la araña de caireles que pendía justo encima de la cama. Las bombillas estaban apagadas, la enfermera prefería la iluminación tenue y concentrada de la lámpara de noche para realizar los ejercicios. Igual podía percibir el brillo de las gotas de cristal que formaban una delicada lluvia que permanecía estática en el aire. En tanto iba sintiendo las manos tibias de Clarisa subir por sus extremidades, detenerse en sus muslos cerca de la entrepierna. Cerró los ojos. Las manos firmes de la muchacha amasaban la carne, que se rendía trémula a las caricias. Llegó a sufrir algún dolor que de inmediato desapareció bajo una oleada de sensaciones placenteras, que no lograba identificar, pero que lo extasiaban. Como si estuvieran reflejadas en los fragmentos de un espejo roto esparcido, le fueron apareciendo imágenes sueltas, rasgadas, de un recuerdo. Una habitación, tal vez del hostal. Las nalgas de una mucama inclinada culo en pompa. Sus fuertes brazos sujetándola por detrás. Las manos sobre unas tetas generosas. La resistencia de la mujer que lo excitaba aún más. Los revolcones por la cama entre las mantas enredadas. Arañazos, mordidas y gimoteos. Largó un gemido sordo casi inaudible cuando comenzó a sentir un cosquilleo recorrer su zona genital, le siguió un espasmo. Sintió una viscosidad caliente salirse por entre sus nalgas.

Al segundo la enfermera detuvo el masaje. Se acercó a la puerta y llamó a Rosalía, que apareció en un santiamén. ,

—¿Sucede algo, señora Clarisa? —indagó mientras se restregaba las manos en el delantal.

—El señor se ha hecho encima. Habría que higienizarlo para poder seguir con los ejercicios.

—Enseguida lo limpio, señora —dijo la muchacha sin poder ocultar un gesto de fastidio.

—Bien. Espero en la sala —informó la enfermera saliendo de la habitación.

Rosalía fue a buscar agua caliente a la cocina. Al volver con la jarra enlozada llena, se acercó a la cómoda donde estaba posada la jofaina. La completó con agua hasta la mitad. Del cuarto cajón extrajo varias toallas, del primero una pastilla de jabón. Se acercó con estos elementos a la cama. Los depositó en el piso, necesitaría las manos libres para quitar primero la sábana manchada, después el pantalón del pijama al anciano y luego voltearlo de costado. Una tarea esforzada, debido a la pequeña complexión de la muchacha que estaba obligada a mover un peso muerto. Una vez que logró acomodar al señor, puesto de lado con los glúteos al aire, colocó un toallón por debajo del cuerpo, embebió en el agua una de las toallas pequeñas que había seleccionado y comenzó a restregarla por la zona embadurnada de mierda.

Robert Wood llegó a percibir el cambio en el uso de las manos de la mujer, no alcanzaba a darse cuenta de que era otra la que lo estaba desnudando de la cintura para abajo. Los movimientos tenían la brusquedad de una manipulación sin cuidado, como si no se tratara de su cuerpo lo que tocaba, sino una cosa cualquiera. Emitió varios quejidos en señal de protesta y porque, además, le dolían los músculos, las articulaciones. Quiso hablar, pero no podía coordinar los pensamientos fragmentados con la lengua, los manoseos toscos le impedían organizar sus ideas, solo podía sentir cómo su cuerpo era movido rudamente, sin que pudiera oponerse, hacer algún esfuerzo para contrarrestar las sacudidas. Algo tibio y húmedo le raspó una y otra y otra vez el ano y las nalgas. Sin poder llegar a conceptualizar se sentía sometido, violentado, impotente. Lo maltrataban y no encontraba la forma de poder defenderse.

Al concluir la faena, Rosalía juntó fundas y toallas en un gran fardo de telas blancas y se retiró de la habitación.

El anciano quedó arropado entre sábanas limpias, también había sido perfumado.

—Ahora que está aseado y huele rico, vamos a seguir con los ejercicios, don Robert —anunció la voz de la enfermera que había regresado luego de que Rosalía le informara que había terminado de higienizar al señor—. Si algo le molesta, trate de decírmelo de alguna manera, ¿me entiende?

El anciano no la miraba, tenía la vista perdida en los relieves de las molduras en el techo. Se hallaba fastidioso, se consideraba humillado. Ni bien advirtió las manos de la enfermera nuevamente encima de su cuerpo, largó un extenso quejido que le llenó de baba la boca. Escupió un colérico «¡Cunt!».

Elizabeth Padington

1.

Un chorro de luz de luna bañaba el centro de la habitación en penumbras y volvía aún más blanco el edredón impecable, como un manto de nieve fresca, cubriendo el cuerpo de Robert Wood, que permanecía con los ojos abiertos observando la repentina claridad lechosa atravesar el ventanal para derramarse sobre el núcleo de ese, su orbe cerrado, en perfecto contraste con los márgenes ensombrecidos.

Rosalía había olvidado cerrar las cortinas cuando ingresó, por última vez en el día, para hacer orinar al anciano y apagar la luz del velador. Al salir dejó la puerta levemente entornada. Siempre lo hacía, así podría oír desde la pieza contigua, la que ahora ella ocupaba y antes había pertenecido a Ewan, si el señor hacía sonar la campanita o si acaso llegaba a poder llamarla.

Robert volvió a quedarse solo, despierto, mirando sin ver más que sombras, cavilando sin hilar más que enredos, evocaciones confusas. Se había vuelto un fantasma andando a tientas entre otros fantasmas. Ninguno, ni él ni los otros, vivía una existencia auténtica.

Creyó evocar a su madre, pero se le hizo presente la imagen de una Elizabeth joven, amamantando a un bebote rubicundo. El niño posiblemente fuera Sean, o tal vez el propio Robert. Ya no importaba demasiado, todo se entremezclaba. Él mismo se había transformado en un recuerdo que vagaba por su propia mente.

Posiblemente, no lo sabía y no tenía forma de averiguarlo, Elizabeth viviría en algún lugar de Londres, también su primogénito, el refinado y parlanchín Ewan. No podía entender bien qué había pasado con Sean, ese chiquillo revoltoso. Quizás todavía anduviera por la comarca haciendo de las suyas, con ese atolondramiento tan característico de su personalidad. Todos ellos tenían algo en común, eran existencias fantasmales, proyecciones incompletas de su mente quebrada, débil; se constituían como recuerdos desgajados.

Elizabeth Nora Padington era la menor de los cinco hijos del diplomático inglés Edward Padington, o Teddy, como lo llamaban sus allegados, y de Beatrice Kingsford, dama de la alta sociedad londinense. Tenía una hermana, Ellen, con la que nunca había congeniado. Mientras vivieron bajo el mismo techo disputaron sus muñecas, el amor de sus padres, hermanos y primos, además de vestidos, zapatos y sombreros. Competían, con esmerada constancia y no poca belicosidad, en belleza, inteligencia, modales, categoría social de sus amistades y admiradores. Elizabeth sentía en sus fueros íntimos que Ellen siempre le había llevado la delantera, aunque jamás llegó a admitirlo. Sus hermanos Arthur, Conway y Finn no les prestaban demasiada atención, eran los mayores. Arthur le llevaba once años a Elizabeth. Ellos se dedicaban simplemente a sus asuntos. En la infancia a sus juegos de niños, en la juventud a sus estudios de varones, en la adultez a sus negocios de hombres.

Apenas Elizabeth había cumplido los doce años, la familia, excepto Arthur y Conway, que ya cursaban sus estudios en el London School of Economics, debió trasladarse al Perú. Edward había sido transferido, sin solicitud ni consentimiento, al consulado de El Reino Unido en la ciudad de Iquitos, en la Amazonía peruana. Para sus bien delineados objetivos en su carrera diplomática significaba un traspié, casi un volver a empezar; para su familia, fuertemente arraigada a la vida citadina de una metrópolis, un castigo; para sus jefes en el Foreign Office, un acto burocrático más que les permitía obstaculizarle cualquier posibilidad de ascenso al ambicioso Teddy Padington.

En Iquitos, Edward decidió mostrarse como el más común de los burócratas. De ese modo evitaría sobresalir, como siempre lo había hecho, por su capacidad de organización y, sobre todo, por su habilidad para generar lazos comerciales beneficiosos. Presumía que una gestión destacada animaría a sus jefes a dejarlo allí indefinidamente. Sin embargo no dejó ociosas sus virtudes, las redirigió para sus propios intereses. En los apenas cuatro años que estuvo en la jungla, como a él le gustaba decir, hizo por su cuenta, por fuera de las funciones oficiales, una serie de negocios que aumentaron su prosperidad. Apenas instalado en Iquitos su olfato comercial advirtió que aquella era una región de grandes posibilidades para hombres como él, y no desaprovechó la ocasión.

Por ser hijo de madre española, hablaba de manera fluida el castellano. Antes se había ocupado de las relaciones comerciales en la embajada de El Reino Unido en Madrid. Pero aquello no se le comparaba a la potencialidad de un territorio virginal en cuanto a la explotación. La feracidad de la selva se reproducía en el dinero que se podía obtener de ella.

Pero el placer que obtenía el padre al concretar negocios y apoderarse de sus utilidades no tenía su correlato en el seno de la familia. Ni la sofisticada Beatrice ni sus hijos pudieron en ningún momento adaptarse a la vida en el trópico.

No fue el propio Teddy Padington el que pidió su traslado, pues, contrariamente a lo que había creído en un principio, comenzaba a sentirse a gusto en aquel confín tropical que le permitía abastecer sus arcas, hasta volverse casi un magnate sudamericano; tampoco fueron sus superiores del Foreign Office, que ya se habían olvidado de él. Fue a solicitud de la influyente familia Kingsford, enterada de los pesares de Beatrice, que Edward debiera recalar en Montevideo. Para los Kingsford, este movimiento resultaba estratégico, no era una puntada sin hilo para beneficiar solo a una apesadumbrada mujer. Ellos tenían intereses en Uruguay por cuidar y hacer prosperar, poseían unas miles de hectáreas de campos para la producción bovina. Instalarían a Teddy como punta de lanza.

Elizabeth conoció a Robert Wood durante una estadía de descanso de la familia en Colonia del Sacramento. En verdad, el encuentro se dio en Barker, un poblado con un centenar de habitantes, a unos pocos kilómetros de la cabecera departamental. Edward quería involucrarse en el negocio de la exportación de carnes. Aprovechó esos días de vacaciones familiares para recorrer la zona y tratar con sus coterráneos propietarios de fincas ganaderas. Algunas veces Beatrice y alguno de sus hijos lo acompañaba. Se movían en el Bentley que la embajada le había destinado.

Aquella tarde, solo Elizabeth acompañó a su padre. Primero Edward estuvo unos minutos en las oficinas del único consignatario de ganado del pueblo. Luego se dirigieron hacia la finca Wood.

Ni bien atravesaron la tranquera, los perros rodearon el automóvil. Durante el corto trayecto por un sendero de tierra tuvieron por escolta a la ruidosa jauría. El casco de la finca, que contaba con dos galpones y una casona, se hallaba en el centro de un monte de enormes eucaliptos. Más allá, en otro claro, había una serie de corrales superpoblados de Hereford.

Al estacionar no descendieron del vehículo hasta que un hombre de unos cincuenta años, que luego se presentó como Noach Wood, salió para dispersar a los perros con apenas un chistido acompañado de un movimiento con las manos. Una vez efectuadas las cortesías del momento, más el preámbulo de Padington sobre el motivo de la visita, los hombres ingresaron a la casa. Elizabeth prefirió permanecer sentada en uno de los sillones de la galería. Se le había acercado un cachorro, que se desentendió del resto de la manada y de las indicaciones del amo, pues pretendía hacer partícipe de sus retozos a la recién llegada.

Al minuto, un joven Robert Wood hizo su teatral aparición. Venía al galope tendido en un alazán patas blancas, levantando polvareda. Aun así alcanzó a ver a la muchacha jugueteando con el perro. Unos metros antes de la casa, tiró de las riendas y sofrenó al caballo que llegó a levantar sus patas delanteras en un corcovo controlado. Elizabeth escuchó primero el ruido de los cascos, luego vio la nube de polvo. Dejó de lado al perro para contemplar el accionar del recién llegado, un atlético muchacho rubio, vestido de paisano. Nunca antes había presenciado en un ámbito rural, casi salvaje, el dominio de un jinete. Había ido, sí, al club hípico en Londres a ver una competencia de saltos ecuestres, pero lo consideraba un deporte de lo más aburrido. Nada que ver con ese despliegue de ímpetus casi desenfrenados que acababa de presenciar.

Robert desensilló de un salto, ató el caballo y fue presuroso a presentársele a la muchacha. Elizabeth lo saludó con reserva. No había tenido trato con campesinos. Rechazaba la vida rústica de la campiña o, al menos, eso había creído en todos esos años. Se sentaron en uno de los sillones de la galería. El muchacho, sin dejar de ser agreste, tenía ciertos refinamientos que dejaban traslucir un nivel digno de educación. Hablaba mucho, sin hacer demasiadas pausas. Durante los pocos minutos que duró la conversación, le contó sobre la vida de su familia, el funcionamiento de la finca, y le hizo una revelación, el sueño de marcharse de allí para establecerse en la Patagonia.

En los días que duró la estancia de los Padington en Colonia, se vieron dos veces más. Se despidieron una tarde, a la vera del río Uruguay. Robert la ciñó, delicado pero con sus brazos firmes, para besarla por primera vez.

Al retomar a su confortable y, en este punto, monótona existencia en Montevideo, Elizabeth, enamorada, sintió que algo en sus pareceres estaba cambiando. Ella, que siempre había gozado de las comodidades y las sofisticaciones de la vida citadina, se sentía atraída por lo que había de agreste en el temperamento apasionado de Robert. Tenía la certeza de que había encontrado a su futuro marido y que junto a él compondría el resto de su historia.

Unas semanas después, Robert ya la visitaba formalmente en la casa familiar. Estuvieron poco más de un año de novios. Se casaron en el Templo Inglés de Montevideo. Robert ya había tomado la decisión de marcharse junto a su esposa para colonizar la Patagonia.

El viaje fue largo. En barco hacia Buenos Aires, en automóvil hasta Villa Soto. El último tramo resultó desolador para

Elizabeth. Internados en la inmensidad de la estepa, las recientes convicciones de la muchacha, que ella creía firmes antes de partir desde la capital uruguaya, fueron desgranándose kilómetro tras kilómetro de viento, polvo y desolación.

El primer llanto en su nueva vida ocurrió en el tramo final del viaje, cuando debió pedirle a su reciente esposo que se detuviera a la vera del camino porque necesitaba orinar. Estaban en medio de un páramo, rodeados de pedregullo, calafates, flechillas, coirones, guanacos y bardas; bajo un cielo terroso que apenas dejaba pasar unos fulgores macilentos de sol. Ni bien descendió del auto, la envolvió una tolvanera y la hizo tambalear. Aun así, decidió seguir andando y alejarse del vehículo para esconderse tras unos arbustos. No quería que Robert la viera acuclillada con las bombachas bajas dejando escapar un chorro de orina por entre sus piernas. Ya era bastante traumático para ella tener que hacer sus necesidades al aire libre. Anduvo casi a tientas, vapuleada por el viento, con los ojos entornados para que no se le llenaran de arenilla. Una vez oculta tras un matorral, se hincó. Mientras dejaba salir la orina, una feroz racha de viento alteró el precario equilibrio de aquella posición, la hizo tambalear. Intentó aferrarse a las ramas, pero eran espinosas, le rasparon las manos y los antebrazos. Cayó de culo sobre el suelo árido, con las piernas y el sexo al descubierto, el pis escurriéndosele. Permaneció un instante así, sentada, indecisa. Se le apareció instantáneamente la imagen de Ellen en su cabeza, su hermana la señalaba y reía a carcajadas. El llanto le vino primero bajo la forma de un nudo en la garganta, después se soltó irrefrenable.

Comenzó a sentirse confinada, pero no se lo dijo a Robert hasta muchos años después, hasta el momento en el que le informó que se marchaba de su lado, del hogar, de Colonia Alpen, de la Patagonia. Desde ese viaje y durante todos los años que permaneció junto a su esposo sostuvo muda ese dolor, el del destierro.

Robert Wood se despertó sobresaltado. Una racha azotó las ramas de los árboles cercanos a la casa y estas latiguearon un costado del techo. Bramaba el viento afuera y el ramaje agitado arañaba las chapas provocando agudos chirridos.

El anciano miró a su costado. Buscó a Elizabeth en la penumbra. Los ventarrones característicos de la región la asustaban. Si soplaban por la noche, se desvelaba. De inmediato, se acurrucaba contra el cuerpo de su esposo, demandaba de él resguardo.

Robert lo recordaba, por eso miró hacia su lado. Se encontró en una cama desconocida, sin lugar para Elizabeth, y sin Elizabeth. Atinó a llamarla. Apenas si pudo soltar un gorjeo. Trató de incorporarse, se esforzó para lograrlo. Nomás pudo enredarse entre las cobijas. Volvió a querer llamar a su esposa. Esta vez soltó un largo quejido antes de pronunciar su nombre deformado.

Llegó a entender que estaba solo.

2.

Robert Wood quedó despierto. Oía el rechinar de las ramas forzadas por el viento a raspar el techo y las cenefas. Como la borrasca, sus pensamientos se batían farragosos.

Posiblemente Elizabeth estuviera en el otro cuarto, en el del hijo mayor. Desde la desaparición de Sean, se había apegado más a Ewan para consentirlo en todo.

En los meses de búsqueda la desesperación los unió. Una vez que se rindieron, ella dejó de hablarle, a menos que fuera necesario hacerlo. Cuando debía comunicarse con él, lo hacía con frases cortas, tajantes. Sostenían diálogos breves, de circunstancia. Se decían solo lo indispensable para sostener la rutina.

Ella nunca se lo dijo abiertamente, pero Robert comenzó a percibir en su esposa las actitudes de una madre que le reprochaba el destino de su hijo.

Elizabeth había percibido un cambio en Sean durante los últimos días. Lo notaba taciturno, como rumiando una idea. Siempre había tratado de imitar en todo a su padre. Desde niño lo seguía a todas partes; al menos, las veces que podía. Tendría diez u once años cuando comenzó a salir de cacería con él. Sin embargo, en las jornadas previas a la desgracia, estaba un tanto alejado de Robert, se había vuelto solitario. Dos días antes, había viajado solo a Villa Soto y no quiso decir para qué había ido a la ciudad. Respondió con evasivas. Horas después de confirmarse la desaparición, Elizabeth le preguntó a su esposo si acaso habían discutido o lo había reprendido por algo. Robert lo negó. Por otra parte, no veía en Sean la personalidad de un joven que llegara a querer fugarse del hogar paterno. A diferencia de Ewan, se lo notaba muy a gusto con la vida que llevaba en la comarca.

Una sospecha comenzó a rondar los pensamientos de Elizabeth. Esta sospecha involucraba a su marido, a Hans Auer y al séquito que los secundaba.

La disputa con Rayan Payne no concluyó luego de la conflictiva distribución de las tierras, solo cambiaron los objetivos de Wood y Auer. Una vez que todos obtuvieron los títulos de propiedad de sus respectivos campos, la pelea fue por la comercialización de lo producido. Las tierras de Payne contaban con abundante agua y un centenar de hectáreas de bosque virgen. Wood también era dueño de una extendida parcela boscosa. Apenas tuvo derecho sobre ese terreno, decidió instalar el aserradero para ganarle de mano a su vecino y rival. Payne, por su parte, en un primer momento solo se concentró en la crianza de ovejas Merino y Hampshire. En eso no era rival para Wood, pues este optó por la cría de bovinos Hereford, tal como su padre en Barker, pero sí para Hans Auer. El alemán carecía de vocación para la cría de ganado. Como era un amante de las armas de fuego, prefería las actividades que requirieran de su uso. Era un eximio cazador. En el negocio de la producción ovina, Payne le ganó fácil la delantera. Sus animales proporcionaban lana y carne en mayores cantidades y de mejor calidad, además de ser más hábil a la hora de negociar. El alemán no significaba una obstáculo para el inglés, más allá de que cada tanto este encontrara ovejas muertas a escopetazos y alambrados cortados. El autor material de los desmanes era el propio Hans, acompañado de algún otro ladero. Payne no tenía pruebas, pero sabía que «el chiflado Auer» era el promotor de los hechos. Por otra parte, más allá de provocarle a su rival estas ocasionales pérdidas con actos vandálicos, el alemán no contaba con otras herramientas para competir con el inglés, ya que no tenía ni la capacidad ni la disposición indispensables para ese negocio.

La guerra se desató cuando Payne, siendo ya un próspero ganadero, no quiso desaprovechar las grandes cantidades de madera que había en sus bosques y se decidió a instalar otro aserradero. Contrató como capataz a un maderero chilote, Segundo Oyarzún, para que se encargara de todo lo referente a la explotación forestal. Esto desató la puja con Wood quien se había constituido, y pretendía seguir siéndolo, en el proveedor monopólico de madera de toda la comarca y comenzaba a expandirse a nivel provincial.

Las primeras escaramuzas fueron a viva voz en cualquier circunstancia en la que se encontraran los dos, sumado Auer, aliado incondicional de Wood. En una de las reuniones donde los habitantes más encumbrados resolvían los asuntos de la colonia, llegaron a tomarse a golpes de puños. Primero se insultaron desde los respectivos sitios que ocupaban en la sala, después se acercaron y, rostro contra rostro, literalmente se escupieron maldiciones. Wood empujó a Payne, que debió retroceder trastabillando. Payne tomó envión y le lanzó una trompada. Se estrelló certera contra el pómulo izquierdo de Wood, que fue al piso con el labio superior lastimado. Al instante «el chiflado Auer» se le arrojó encima al inglés. Ambos cayeron. Pelearon de manera grotesca, uno sobre el otro. Sin espacio suficiente entre los cuerpos, rodando entre las sillas, apenas si podía darse alguna que otra bofetada. Debió intervenir José Chader que, con la ayuda de otros presentes, logró separarlos. Una vez puestos de pie, Payne le cuestionó al alemán su falta de códigos para la pelea, y mostró una marca en el brazo que parecía una mordida; también para la competencia leal en los negocios, y lo involucró con la matanza de algunas ovejas y los frecuentes cortes de sus alambrados. Auer reaccionó indignado abalanzándose nuevamente contra el inglés. Pero Chader lo paró poniendo su cuerpo firme por delante del de Payne. El alemán debió recular. El comerciante musulmán sabía hacerse respetar. Ni Auer ni Wood se animaban a enfrentársele abiertamente, más allá de vilipendiarlo a sus espaldas.

La siguiente contienda resultó sangrienta. Wood reclutó una parte de sus peones y, junto con Auer, decidieron amedrentar a Payne. No fueron demasiado creativos. Intentaron repetir el plan usado contra el gauchito López, quemarían el aserradero. El grupo marchó de noche a campo traviesa. Evitaron usar los caminos. Nadie debía conocer sus movimientos. Les caerían de sorpresa, mientras dormían, tal como lo habían hecho en la ocasión anterior. Para el último tramo decidieron dispersarse. Avanzaron por el monte de manera sigilosa. La idea era rodear el campamento, que contaba con un galpón, todavía sin terminar, y una cabaña donde vivía el chilote, y aparecerse por distintos flancos. Los que iban por el frente, comandados por el alemán, distraerían, de ser necesario, a los tiros, mientras el resto desde la retaguardia prendía fuego las edificaciones. Pero el plan fracasó. Payne se les adelantó. Sospechaba que Wood y Auer podrían pretender quemar el aserradero, que lo harían por la noche, que vendrían del lado del monte. No creyó que se les ocurriera atacar por distintos flancos, pero, de todos modos, tomó esa precaución. Él mismo se había instalado en la cabaña, junto a Oyarzún y dos peones más. Por las noches, establecían turnos de guardia de a dos, alejados del campamento, pero con vista hacia el lugar. Habían puesto una plataforma entre los árboles, a la que se accedía con una escala marinera. El campamento quedaba iluminado con faroles y tres fogatas en el claro.

Cuando Segundo Oyarzún, que estaba apostado en lo alto, vio la primera sombra, disparó al bulto. El hombre quedó tirado. Apenas se movía y con voz entrecortada clamaba por ayuda. En ese momento se desató el tiroteo. Desde la cabaña, Payne y uno de los peones respondían al ataque desde el frente. El peón que cumplía el turno de guardia con Oyarzún se encargaba, escondido en la fronda, de dispararle a los que pretendían acercarse por detrás.

Tras unos minutos de intercambio de disparos, los atacantes se replegaron. Dispersos huyeron por el monte. Uno de ellos quedó tirado. Aquel al que el chilote le había disparado el primer tiro, yacía muerto a pocos pasos del galpón. Era un muchachito, de una veintena de años, morocho, flacucho, de barba rala, peón de la finca de Robert Wood. Al verlo, Payne lo reconoció. Pidió que lo cargaran en la caja de la camioneta. Llevarían el cuerpo a Villa Soto.

Cuando la policía de la villa concurrió a la casa de los Wood, los recibió Elizabeth. Ella fue la primera receptora de la noticia de que uno de los peones había sido ultimado por ingresar a una propiedad privada de Ryan Payne con fines delictivos. Le informaron que eran varios los involucrados, que el resto había huido, y que necesitaban hablar con su esposo.

La mujer hizo pasar a los policías a la sala. Les convidó café, que saborearon mientras esperaban que el dueño de casa se apersonara. Según su esposa, se hallaba en el baño.

Robert Wood hizo su aparición sonriente, afable. Se mostraba tranquilo y un tanto sorprendido por la visita. Tomó café con ellos mientras se le informaba de lo sucedido. En ese instante esbozó su incredulidad ante lo narrado por los uniformados. Afirmó no poder entender lo que había pasado y por qué causa este empleado, que siempre había demostrado ser un peón correcto y servicial, se había unido a una banda de delincuentes.

Ni Elizabeth ni los policías llegaban a creer que Robert desconociera el accionar del muchacho abatido y de la banda de forajidos. Todos en la comarca conocían sus modos de operar. Tal vez Elizabeth estuviera más desinformada al respecto, o menos inmiscuida en esos asuntos, pero la policía y el juez de paz de la villa conocían al dedillo todo lo que sucedía. La mayoría de las veces no contaban con las pruebas suficientes, y tampoco les interesaba recabarlas. Preferían hacer la vista gorda de lo que sucedía en la colonia, mientras no afectara los intereses de Villa Soto. Actuaban de manera protocolar, por mero formalismo. Dejaban que los colonos se las arreglaran por su cuenta.

A Elizabeth no le interesaban los negocios de su marido, salvo el del hostal, del que participaba directamente. Trataba de no meterse en temas que aborrecía y no le importaba conocer sobre los mismos. Actuó de esa manera hasta que Sean desapareció. A partir de ese momento comenzó a recordar los distintos hechos en los que Robert había estado involucrado, le hizo algunas preguntas que no fueron respondidas más que con evasivas, ató cabos sueltos, indagó a los vecinos con los que tenía trato. No eran muchos. Poco a poco construyó la certidumbre de que la desaparición de su hijo estaba relacionada con las actividades de Robert.

El postrado Wood oía los fragores del temporal instalado en una vigilia forzada. Le hubiera agradado estar afuera otra vez haciéndole frente a la borrasca, como en tantas ocasiones antes, en los cerros o en el llano. De a poco fueron emergiendo algunos recuerdos de su mente generalmente enturbiada. Fue como si el mismísimo viento hubiera barrido las nubes en su memoria. Entonces le vino a la mente Hans, que había muerto luego de quedar expuesto, sin defensa alguna, una noche entera a la intemperie helada. Durante un tiempo él se había sentido responsable por ello, después el olvido lo fue invadiendo todo. Recordó también que de Sean solo habían hallado los huesos con un agujero de bala en el cráneo; que Elizabeth se había marchado tras los pasos de Ewan y nunca más volvió a saber algo de ellos; que el endemoniado Willem debía estar cagándose de frío, condenado como estaba a pasar cada noche de cada invierno dentro del colectivo picado por la herrumbre, subsistiendo de milagro; que los malditos de la colonia, Chader y Payne, al amparo de Shepherd, el mismísimo diablo, se habían vuelto los colonos más prósperos e influyentes, y que este se había quedado finalmente con sus tierras a un costo vil.

Al fin de cuentas, la Colonia Alpen que había erigido junto a Hans resultó ser una hembra colérica y voraz.

Elizabeth Padington supo, no por boca de su esposo, sino de terceros, que Robert y Hans, en los meses posteriores a la refriega, habían capturado a uno de los peones del aserradero de Payne mediante una emboscada. Esa noticia no la conmovió, sospechaba del accionar de ellos que, por otro lado, operaban de modo semejante al resto de los colonos. La violencia y los negocios iban de la mano en esta parte del mundo. Al menos, así lo había aprendido de su padre. Lo que la conmovió, sobre todo por no haberlo sabido antes, como madre protectora que era, fue enterarse de que Sean había sido integrado al grupo para su iniciación en los trabajos de los mayores.

Al peón, un hachero norteño conchabado por Oyarzún, lo capturaron un domingo por la tarde, mientras volvía cabalgando desde la villa. Había ido a la ciudad para «vaciar el cinto» luego de la paga.

Auer, apostado a la vera del camino, le disparó al pecho del caballo. El animal se desplomó, su jinete se fue al piso con él, sin entender lo que pasaba. En seguida Robert, Sean y dos más le cayeron encima a los golpes. Lo maniataron antes de cargarlo sobre la grupa del caballo de uno de ellos.

La idea, acordada por los dos líderes, consistía en liquidar a un adversario siguiendo la ley mosaica: «Fractura por fractura, ojo por ojo, diente por diente; la misma clase de defecto que le cause al hombre, eso es lo que se le debe causar a él». Pero además teatralizar la muerte propinándole a la víctima un suplicio que escarneciera, no ya al muerto, que resultaba un personaje secundario en esta historia, sino a su patrón, en este caso Ryan Payne.

La banda se internó en la estepa. Anduvieron durante poco más de una hora. Cuando Robert Wood consideró que estaban lo suficientemente apartados, dio la orden de detenerse, de bajar al peón, que solo jadeaba, no emitía ninguna queja, ninguna voz. Aunque estaba algo aturdido por la rodada y la tunda, sabía que nada bueno le esperaría. Pero ya no tenía remedio. Se preparó para aguantar lo que viniera de la manera más estoica posible.

A golpes de facón le rompieron la ropa hasta dejarlo desnudo. Así lo estaquearon. Una vez tendido, Auer le hizo algunos cortes para que manara la sangre y se fuera debilitando. Sin habérselo propuesto, quizás esta haya resultado, por el efecto, una acción piadosa.

El iniciado Sean ayudó a clavar las estacas a la tierra, pero más que nada se limitó a observar lo que hacían su padre y sus laderos sin decir nada. Todos hablaron poco, solo lo indispensable.

Anochecía y comenzaba a escarchar cuando dejaron al peón abandonado a su suerte.

En la colonia las noticias corrían como la llama en un reguero de pólvora. Sin embargo, había secretos muy bien guardados. Uno de ellos era el asesinato de Sean Wood. Solo Alfonso Cortez conocía la verdad sobre la desaparición del menor de los Wood. Él se había encargado del cadáver y de tapar todo rastro que pudiera revelar lo sucedido. Consideraba que le debía a la familia Auer la mayor lealtad, y volverse encubridor de Helga fue una de las formas de corresponderles.

Alfonso Cortez llevaba la vida de un pícaro cuando Hans lo conoció. Provenía de la región del Río Colorado. Escapado de la milicia, el muchachito rumbeó para el lejano Sur. En su huida se fue internando en la Patagonia, hasta aparecerse por Villa Soto, flaco, descarnado, con la piel pegada a los huesos, muerto de hambre y maltratado. En esa situación se cruzó con Auer que andaba buscando peones por la villa. Se había instalado en un bar de mala muerte donde solían recalar algunos jornaleros sin conchabo. Alfonso estaba ahí, no de parroquiano, sino de mendigo. Trataba de entrarle a un mendrugo de pan desperdiciado o a lo que fuera. Enterado por el bolichero de que Auer andaba buscando gente, se acercó a la mesa para pedir que lo contratara. En un primer momento el alemán no le prestó atención, el pibe era una piltrafa, de poco le serviría para el duro trabajo en la finca. De lástima le pagó un sánguche de mortadela, que el hambriento jovencito engulló en un rincón del local.

Luego de dos largas horas de permanecer en ese antro, sin poder encontrar el peón con las características que pretendía para cuidar la finca y hacer tareas generales de mantenimiento, Hans decidió que, provisoriamente, por un tiempo, hasta que encontrara alguien mejor, el pibe podría quedarse en el galpón de esquila a cambio de comida. Acaso, además, pudiera realizar alguna que otra tarea sencilla.

Pasado el mediodía Auer emprendía el regreso en su camioneta con Alfonso Cortez de acompañante.

Cuando aquella tarde, la del asesinato del menor de los Wood, Helga regresaba a su casa, desandando sola los kilómetros de ripio que la separaban de su hogar, el peón de confianza de los Auer se estaba encargando del cuerpo del jovencito baleado y de borrar los rastros en el galpón del aserradero.

Quitar el cadáver le resultó una tarea sencilla. Lo envolvió en unas bolsas de arpillera, que ligó con algunas vueltas de cuerda, antes de tenderlo cruzado sobre la silla del percherón zaino que estaba atado a un poste al costado del portón de entrada.

Un poco más trabajoso fue quitar la mancha de sangre sobre el piso cubierto de tierra y aserrín. El polvillo de la madera ya había absorbido casi la totalidad de la sangre. Cortez lo levantó con una pala y lo embolsó. De los rincones sacó más aserrín, y lo fue dispersando por el lugar, junto con algo de viruta, para que el piso volviera a estar cubierto de mugre.

Se marchó montado en su caballo, llevando a tiro al zaino con el cuerpo de Sean. Recorrió un trecho largo por la meseta esteparia subiendo hasta el pie de la serranía que marcaba el inicio de la precordillera. Se internó en los montes del faldeo y los atravesó siempre trepando hasta donde el bosque se achaparraba dando paso a la piedra. Siguió un sendero de lajas por la ladera, rodeando el cerro de Este a Oeste, sin llegar a la cima. Cuando se encontró con un despeñadero que interrumpía el paso, supo que era el lugar indicado. Accionando como un autómata, aflojó las cinchas para que el cuerpo se desplomara del caballo al piso. Una vez que el cuerpo estuvo liberado, fue arrastrando al muerto hasta el borde y lo arrojó al vacío. Sin morbo alguno, echó una anodina mirada hacia el fondo y emprendió el regreso. Continuó llevando a tiro el percherón hasta una zona más baja y menos escarpada. Allí lo liberó.

Esa noche se durmió tarde. Recién le vino el sueño luego de vaciar la botella de caña que le había sido entregada como parte de la paga de ese mes. Ya no tenía tan claro por qué se había metido hasta las verijas en el asunto, qué le importaba a él lo que pasara entre su patrón y Wood si, al fin y al cabo, lo malo de algún modo u otro siempre le llegaba y lo bueno ni se acercaba por su cueva.

Elizabeth Padington apenas si conocía a Cortez, pero lo juzgaba como un muchacho turbio, siempre con la cabeza gacha, mirando de reojo, en una extraña complacencia silenciosa. Le había advertido a Hans sobre los riesgos que podría correr la joven Helga si llegara a quedarse a solas con el peón. Durante un tiempo lo tuvo en una lista mental de sospechosos de la desaparición de su hijo. El empleado de los Auer era un poco mayor que Sean. Elizabeth podría haber asegurado que Cortez se sentía atraído por la muchacha. Pero esta obviamente no le podía prestar la mínima atención a un tipo que no tenía dónde caerse muerto. Además Helga le coqueteaba constantemente a Sean. Aunque nunca se lo comentó a Robert, ni tampoco a Hans, ella lo había observado cada vez que ambas familias se reunían. Tal vez el peoncito se hubiera sentido relegado, desvalorizado, por las dotes de su hijo, le envidiara incluso el ser parte de una buena familia y esto le produjera odio. No podía comprobarlo, pero esa idea también rondaba por su cabeza. Una noche, al acostarse, se lo comentó a Robert, que leía a su lado. Este levantó la vista del libro para mirarla con cierto desdén. Calificó la sospecha de su mujer como una ocurrencia estúpida y le pidió que no se entrometiera en sus asuntos.

Robert Wood

1.

Robert Wood volvió a despertarse. Se encontró sumido en la oscuridad, todavía acosado por una pesadilla en la que Willem blandía el bastón mientras le lanzaba maldiciones en una lengua incomprensible con los ojos inyectados de furia.

Desde fuera, los ruidos de la tempestad se volvían una presencia sólida, de lo poco con visos de realidad en esa existencia colmada de incertidumbres.

Aunque cabía una certeza, en aquella tierra maldita ya no tenía amigos.

El espectro maligno del vagabundo había logrado traspasar la barrera que limita los sueños para ingresar a la vigilia atormentada de Wood. Rondaba encubierto por las tinieblas, pero tan presente como el meo irrefrenable que se le escurría al inválido por entre las piernas e iba empapando de tibieza las sábanas. El breve placer de evacuar aquello que el organismo ya no podía retener, y la caricia tibia del orín, seguidos de la degradación de mearse encima y la inmunda sensación de las sábanas humedecidas, ya enfriadas, pegoteándose a la piel.

Willem reía y esgrimía el bastón como lo haría un hechicero.

Robert sentía su presencia cargada de malignidad.

Nunca antes había percibido al vagabundo bajo esa forma maléfica.

A no ser, comenzaba a exhumar de su atribulada memoria Wood, aquella vez, cuando el grupo de cazadores iba saliendo del pueblo, cada uno montado en su caballo, llevando a tiro otros, para transportar la carga.

Fue la última salida de Hans Auer.

El grupo se cruzó con Willem que volvía a la villa caminando, con su lentitud característica, el morral cruzado y el báculo en su mano izquierda. Les echó una mirada siniestra mientras elevaba el palo hacia el cielo encapotado y esbozaba una mueca al rezar:

—Ash Nazg durbatulûk, ash Nazg gimbatul, ash Nazg

thrakatulûk agh burzum-ishi krimpatul.

Alguno del grupo, seis en total, creyendo que era un saludo, le devolvió la gentileza, con un gesto o palabra.

—Me parece que los está puteando —señaló José Sarmiento, baqueano de Villa Soto que los acompañaba en cada expedición.

—¿Por qué mierda ahora no habla en español? —acotó Auer.

Wood no soltó palabra. Hacía tiempo, desde lo de Sean, que hablaba solo lo indispensable. Cabalgaba mirando hacia adelante, sin reparar en nada, solo yendo. Apenas si percibió, de refilón, al pasar a su lado, los ojos y la gestualidad del viejo vagabundo. Era extraña, sí, pero casi todo se estaba volviendo extraño en la comarca.

Aquella fue la última cacería de Hans, rememoró Wood, que no dejaba de oír los aullidos de la borrasca y de sentir la presencia del espectro escapado de su pesadilla.

Una noche como esa. Una noche tan impiadosa como esa debió pasar el alemán a la intemperie, sin su abrigo, sin su caballo, sin una mísera cerilla para encender un fuego salvador, sin armas. Despojado de lo indispensable para sobrevivir en la estepa helada.

Lo hallaron al otro día. Caminaba. Sus pasos temblorosos se hundían en la nieve. Le castañeteaban los dientes. Había marchado durante la noche, sin ver por dónde pisaba, sin saber bien hacia dónde iba. Lo importante era no interrumpir el movimiento. Dejar de andar se hubiera convertido en una condena a muerte por hipotermia.

Lo llevaron al refugio. Le proporcionaron ropas secas, abrigo. Quedó tendido sobre pieles junto a la estufa. Bebió abundante agua fresca, y té caliente. Esperaron allí hasta el día siguiente para ver si, ya recuperado, podía cabalgar de regreso a la colonia. Intentó montar, lo ayudaron a subir, pero no podía sostener su cuerpo firme y erguido sobre la cabalgadura. Debieron improvisar una camilla, que dispusieron entre dos caballos. Así lo llevaron hasta su casa.

Auer murió a la semana, en su cuarto, dentro del chalet estilo suizo. Helga lo acompañó, rosario en mano, cada instante de esa larga agonía.

Aquella batida de caza no había resultado fecunda. El grupo marchó durante dos extensas jornadas sin toparse con ningún animal digno de cazadores de fuste. Apenas si les habían disparado a unos pudúes, a los que desollaron al final de la jornada, una vez instalado el campamento.

Al tercer día José Sarmiento descubrió el rastro de un puma. Por el tipo de huellas que había dejado en la nieve, pudo saber que se trataba de un macho adulto de buen porte y que no andaría demasiado lejos de allí.

Comenzaron a seguirlo. Auer se salía de la vaina por tener al animal en su mira. Se lo notaba ansioso. Casi no dejaba descansar sus binoculares, que sostenía con una mano mientras la otra aferraba las riendas.

El terreno poco a poco se volvía más escarpado, se acercaban a los cerros. Estaba nublado. Hacía frío. El blanco ondulante del terreno nevado se fundía en el horizonte con un manto nubes bajas cenicientas que dejaban caer unos diminutos copos dispersos.

Dos horas después, Sarmiento descubrió una mancha pajiza que se movía cautelosa entre las piedras y los matorrales blanqueados. Dio el aviso. De inmediato todos detuvieron la marcha, quedaron en silencio. El alemán fue el primero en desensillar, fusil en mano. Deslizándose suavemente, respirando lo mínimo indispensable, se apostó detrás de unos arbustos. Demoró unos segundos en tener la presa en la mira. El animal todavía estaba lejos y Auer no contaba con la posibilidad de un tiro franco. Pero era tanta su impaciencia que igualmente disparó. La bala rozó los cuartos del animal, le provocó una herida superficial. El puma, asustado, se lanzó a la carrera y en un santiamén desapareció de la vista de los cazadores.

—Te apuraste, Hans —le hizo ver Robert Wood con una insidia amistosa.

El alemán tardó en responder. Se maldecía por dentro.

—Esta guerra no terminó —acotó malhumorado Auer con un pie en el estribo.

Montó, azuzó a su caballo y, antes de salir al galope, ordenó al grupo:

—Vamos. Ese desgraciado no se me va a escapar.

2.

Robert Wood compartía el cuarto y la oscuridad con el espectro de Willem. Percibía su presencia, rondaba por ese espacio sin pausa. Afuera estaría el otro Willem, el de carne y hueso, la verdadera ánima en pena. «Al final tenía razón Payne al sospechar del vagabundo», pensó.

Maldijo el momento en que se le ocurrió darle refugio en el colectivo abandonado. «¿Por qué carajo lo habré hecho?», se reclamaba.

Obviamente para llevarle la contra a Payne. Eso lo sabía. Pero buscaba alguna otra razón. Su lógica del momento lo llevaba a relacionar ese comportamiento con poderes ocultos, malignos.

Esa noche de rara lucidez, sumido en las tinieblas, mientras el viento blanco azotaba la comarca, el inválido colono empezó a otorgarle un carácter sobrenatural y malvado a Willem, para vincularlo con los males que en los últimos años habían asolado la colonia.

Las muertes. Los abandonos. La expropiación.

Él ya no era dueño de nada, ni siquiera de su miserable cuerpo. Había sido despojado de las propiedades que tantas luchas le habían costado.

Cuando precisó malvender sus tierras, asediado por los abogados de la familia Padington, Shepherd, estaba allí, son sus billetes prestos y una sonrisa propia del mismísimo Diablo.

Se dejó arrebatar la finca y el ganado, los bosques y el aserradero, el hostal y hasta la misma alma, a cambio de unas libras esterlinas que ya no le pertenecían y que debió enviar a Londres.

La muerte de Sean, más el abandono de Elizabeth y Ewan, lo habían quebrado.

Un día ya no tuvo ganas de pelear.

Se quedó solamente con la casa y con los pesos que restaron de la repartija entre su ex esposa y su primogénito. Juan Elwes, contador de Villa Soto, se hizo cargo de esa cuenta y pasó a ser su albacea.

Se quedó solo.

Hasta Hans se había muerto.

De puro terco el alemán se condenó.

El grupo había seguido el rastro del puma herido por unas horas. Estaba atardeciendo, cuando José Sarmiento, al observar las nubes azuladas que hacia el Oeste comenzaban a cerrarse sobre los picos, les sugirió ir en busca de un refugio cercano. Habría tormenta de nieve.

Los cazadores y arrieros que transitaban asiduamente esos parajes perdidos solían levantar, con la misma madera del lugar, unos precarios cobertizos para poder refugiarse cuando el clima se tornaba impiadoso. Distantes aproximadamente entre diez y veinte leguas podían encontrarse estos ranchos. Algunos hasta tenían provisiones, las básicas, como yerba y harina, que iban dejando sus ocasionales moradores cuando les sobraba, además de leña seca, papeles y fósforos.

Auer se negó abandonar la persecución de la que consideraba su presa.

—No voy a dejar que el puma se me escape por unas nubes de mierda.

—En menos de una hora tendremos un temporal de viento y nieve. Se va a poner fulero —advirtió el baqueano.

—¡Somos hombres, carajo! —gritó el alemán, espoleó el caballo y salió al galope tras el rumbo de animal.

El resto quedó observando la figura del jinete perderse en la distancia.

Wood miró a Sarmiento y asintió con un gesto.

—Volvamos, busquemos el refugio —dijo en voz baja.

Comenzó a reprocharse aquella actitud desde el momento en que se reencontró con un Hans tembloroso, calado hasta los huesos por el frío, casi muerto, y continuó haciéndolo durante cada día de su existencia. Consideraba que había abandonado a su único amigo. Se sentía un cobarde por eso, sin notar que apenas había sido la reacción de un hombre vencido.

Auer continuó persiguiendo al puma aun en medio del

temporal. Lo divisó nuevamente en una hondonada. El animal se había detenido a beber en un chorrillo. Seguramente cansado y algo debilitado. Desmontó y se fue arrastrando hasta ocultarse tras unas piedras. Estaba en lo alto, la posición lo favorecía, aunque la cortina de nieve resultara una molestia. Por eso, esta vez se tomó su tiempo, no gatilló hasta tener la presa clara en la mira. El disparo fue certero. El animal cayó en medio de unos estertores que duraron segundos. Luego ya no se movió. El alemán lanzó un grito de algarabía que retumbó en las piedras, luego bajó montado en busca de su presa muerta.

La observó por un rato y procedió a cargarla sobre su caballo. Esta acción le demandó un tremendo esfuerzo, debido al peso del animal. Pero pudo tender cruzado el cadáver y hacerlo firme con sogas.

Con la satisfacción del deber cumplido emprendió el regreso. Iría a reunirse con el grupo. Les demostraría a esos cagones qué clase de cazador, de hombre, era Hans.

Cabalgó adivinando el rumbo en el crepúsculo, hasta que la noche y el temporal lo cercaron.

La nieve caía torrencial en grandes plumones que el viento arrastraba para adherirse a todo aquello que se interpusiera en su camino. El jinete y su caballo fueron blanqueándose. Hans no podía ver por dónde marchaba, estaba cegado, por eso dejó las riendas flojas y se acurrucó sobre el lomo del animal. Él sabría hacia dónde rumbear.

Anduvo así no más de una hora, que el alemán juzgó una eternidad.

Primero sintió el olor a leña quemada, y le resultó el más agradable aroma de toda la existencia. Luego pudo entrever la columna de humo y, poco después, el contorno de un rancho y los resplandores del fuego que escapaban por las rendijas.

Se santiguó agradecido.

3.

El espectro del viejo vagabundo seguía merodeando oculto en la oscuridad. Robert no llegaba a verlo, simplemente lo sentía. De alguna manera tenía la certeza de que aquella presencia maligna lo acompañaba. «¡Andate, mierda!», quiso gritar Wood.

Apenas si pudo soltar un balbuceo acuoso antes de atragantarse. Carraspeó una y otra vez, para desbloquear su garganta, sin poder aliviar el ahogo. La desesperación lo llevó a querer incorporarse. Tomó impulso para quedar sentado, no lo logró. Giró su cuerpo, intentaba apoyarse sobre su único brazo medianamente útil y así hacer palanca. Tampoco pudo. Agitado, movido por la zozobra, buscó una última opción, quedar boca abajo. Este movimiento resultó. Con la cabeza colgando por el borde de la cama puso a trabajar los músculos del garguero, intentaba escupir, librarse de la flema. Después de algunos intentos, una baba espesa comenzó a manar a través de las comisuras de sus labios. Consiguió aliviarse. Podía respirar.

A duras penas alzó su cabeza para ubicarla de costado sobre el colchón. Las almohadas se habían caído. Le molestaba la mucosidad mezclada con saliva que se le había pegoteado en parte de la barba. Ya no se podía afeitar y nadie lo hacía por él.

Todavía seguía agitado debido al esfuerzo y al terror de sentir que se ahogaba. El corazón le latía acelerado.

El viento seguía silbando afuera. Podía oírlo. Conocía su inclemencia cuando arremolinaba la nieve. Por un instante se olvidó del espectro de Willem y de sus malestares y regresó hacia aquella noche para recrear en su mente el relato entrecortado que el alemán les había narrado, a él y al grupo de cazadores, mientras intentaba recuperarse junto al fuego, en el refugio.

Hans buscó reparo para su caballo bajo una arboleda, a un costado del rancho. Estaba desensillando cuando escuchó los ladridos. Un perro negro se le venía, mostrando sus dientes. Instintivamente manoteó la pistola que llevaba en la cintura.

—Tranquilo, amigo. Guarde el arma. No se me asuste.

La voz provenía de un paisano de rostro aindiado cubierto con un poncho de piel de guanaco que había salido del refugio farol en mano, seguramente alertado por los ladridos.

En ese momento se dio cuenta de que el caballo había seguido un rumbo distinto al que él pretendía y no se juntaría con su grupo esa noche.

—¡Juira, Lobito! —le ordenó el paisano al perro y preguntó—. ¿Anda perdido, don?

Hans terminó de atar el caballo a un árbol antes de responder.

—No, no, me agarró la tormenta mientras cazaba. Busco guarecerme hasta que afloje.

El paisano se acercó el caballo. Alzó el farol para iluminar.

—Lo felicito, don. Buena presa.

—Gracias —dijo tímidamente Hans. Temblaba. A pesar de estar bien abrigado, el frío se le había ido metiendo en el cuerpo—. ¿Puedo pasar a calentarme un poco? —preguntó.

—Puede —respondió el paisano alargando la palabra y le señaló el camino con el farol—. Eso sí —advirtió—, el rancho está lleno.

El alemán entró al pequeño y rústico refugio que, efectivamente, estaba atiborrado. Había siete personas más, además del paisano que salió a recibirlo, en los nueve metros cuadrados que tendría el cuchitril. Largó un saludo general, sin mirar a nadie en particular, y se acercó al tacho para retemplarse. Quedó cabizbajo, observando las llamas.

—Acá, el amigo, me pidió de pasar para calentarse un poco —dijo el paisano que ingresó detrás del Auer.

—Anda de cacería —agregó— y ha de ser bueno en eso, trae un puma muerto sobre el caballo.

—Sí, también tuve un poco de suerte —acotó el alemán algo amedrentado.

—Yo al don lo conozco —dijo uno que estaba tirado sobre uno de los tablones que servían de asiento y de cama.

Auer inmediatamente levantó la cabeza y miró hacia el rincón de donde había salido la voz. Aunque lugar apenas estaba iluminado, igual pudo ver el rostro del hombre. No alcanzó a reconocerlo.

—Disculpe, pero no recuerdo —dijo el alemán.

El tipo largó una risotada. El resto de los hombres permaneció en silencio.

—Claro, me olvidaba —agregó—, al que usted conoce es a mi hermano.

—No, no, no sé… —balbuceó enrojecido el alemán que comenzaba a sentir la hostilidad.

—Venancio López se llama.

—Ah, sí… —respondió el alemán tragando saliva.

—Quítese el abrigo, doctor, hace calor acá, le va a dar un sofocón —soltó otro, el que cebaba mates. Le habló sin mirarlo, mientras le echaba un chorrito de ginebra al mate espumoso ya servido y lo tendía hacia uno de sus compañeros.

—Estoy bien, gracias.

—No me pareció haberle preguntado si quería sacarse el abrigo, doctor. Se lo estoy ordenando. Es por su bien.

Auer se sintió acorralado. Quiso manotear la pistola que había vuelto a colocar en su cintura luego del encontronazo con el perro. Sus movimientos no fueron los suficientemente rápidos, o los del paisano que había quedado parado a sus espaldas lo fueron más. Una feroz trompada por debajo de las costillas lo dobló. Al instante tres hombres lo rodearon. Uno le quitó el arma. Otro el abrigo. Lo palparon, ya estaba desarmado.

—Las botas esas son lindas, me gustan —dijo uno.

El alemán entendió. Sin hablar se quitó las botas y las tiró a un costado.

—Ya puede irse —le dijo el paisano del poncho—. Eso sí, el caballo con las alforjas, el fusil y el puma se quedan acá, con nosotros.

—Va a tener que caminar, doctor —soltó entre risas el hermano de Venancio López.

Auer salió escoltado por el paisano del poncho de piel de guanaco, que permaneció apuntándole con su propia pistola hasta que la silueta del alemán envuelta en remolinos de nieve se fue perdiendo en la noche.

A Robert Wood le pareció que el espectro de Willem había dejado de rondarlo. Abrió grandes los ojos para intentar escrutar la oscuridad. Una niebla negra y densa fue todo lo que pudo ver. Pero sus otros sentidos, también atentos, habían dejado de captar aquella maléfica presencia escapada de su pesadilla. Se había desvanecido en las mismas tinieblas que antes lo amparaban. Andará vagando por otras habitaciones de otras casas de la colonia, pensaba. Cavilaba, pero no sabía. La certeza le llegó unos minutos después, cuando Clarisa Montes irrumpió en su habitación para iniciar la rutina diaria de rehabilitación.

La enfermera lo encontró enrollado entre las sábanas, con la cabeza caída hacia un costado, la barba apelmazada por la flema reseca, las almohadas tiradas en el piso. Acomodó primero al paciente y colocó en su lugar las almohadas. Notó la funda del colchón mojada. Llamó a Rosalía para que higienizara al señor.

—¿Cómo pasó la noche? —indagó la enfermera.

—Bien, al menos no hizo sonar la campanita —respondió Rosalía.

—Por el estado en que lo encontré no pareciera. Se lo nota bastante desmejorado.

La mucama evitó responder, en un santiamén cambió las sábanas. Después con un trapo humedecido se abocó a limpiarle la barba al señor.

Clarisa Montes, parada junto a la ventana, observaba hacia la calle.

—Encontraron muerto al viejo Guillermo —dijo.

Rosalía continuó callada. Había terminado de limpiar el rostro del anciano y se había agachado para sacar el papagayo de debajo de la cama.

Wood se sobresaltó al oír la voz de la enfermera anunciando la muerte de Willem. Creyó entender por qué el espectro del vagabundo lo había visitado aquella noche.

—Est... est... tu... vo... aq... aquí —balbuceó con voz inaudible.

—Tranquilo, abuelo —dijo Rosalía, mientras tomaba su miembro y lo colocaba en el orificio del recipiente plástico—.

Ahora haga pis —le pidió.

—Pobre viejo —agregó la enfermera todavía mirando hacia fuera—, lo encontraron en plena calle. Ningún vecino se enteró de que estaba a la intemperie. Habrá muerto de hipotermia, o por un ataque… vaya uno a saber.

—El señor ya está listo —señaló Rosalía y abandonó el cuarto.

Aquella mañana la enfermera le dedicó poco tiempo a su paciente. Ni siquiera se detuvo para anotar las novedades. Si las había, no eran halagüeñas. El hombre empeoraba día tras día. Ya casi no tenía momentos de lucidez. Apenas concluyó con los ejercicios de rehabilitación, arropó al anciano con las mantas y escapó sin decir nada.

Robert Wood volvió a quedar solo, la mirada puesta, más allá del ventanal, en el velo pálido que esfumaba el paisaje.

Consideró que era tiempo de morirse de una buena vez.

LIBRETA DEL GUACHAKAI
(bosque)

La primera noción que tenés de la justicia como término
es primitiva, sanguínea, bíblica:
La ley del talión, la del ojo por ojo.
Leonardo Oyola

El Guachakai

1.

El cuerpo desnudo colgaba del arco de troncos a la entrada de la colonia.

Un ventarrón del Oeste estrellaba las partículas diminutas de la llovizna sobre el cadáver y lo mecía con violencia, como si quisiera arrancarlo para llevárselo definitivamente.

Los chimangos arracimados batían sus alas en vuelos cortos y chillaban.

El ahorcado pendía por debajo de la inscripción de bienvenida tallada sobre uno de los travesaños. Por el cuello lo sostenía un grueso cabo marinero que se aferraba a hilos de músculos todavía adheridos a las vértebras, desgarradas la piel y la carne. Sus labios deshechos en jirones. Las cuencas de los ojos vacías.

A medida que me acercaba, el hedor se iba tornando insoportable.

Sin dejar de mirar hacia arriba el bamboleo del muerto, con la mano libre envolví boca y nariz bajo la solapa levantada del gabán, con la otra debía sostener la valija. Apuré el paso.

Así ingresé aquella tarde de abril a Colonia Alpen.

…

Algo que me sorprendió, además de la turbación lógica que provoca la visión de un cuerpo putrefacto colgado, fue encontrarme, apenas traspasé el arco simbólico de la entrada, con un velero de madera apoyado sobre su quillote y sostenido por las amuras con puntales. Era un pequeño cúter, no tenía el mástil ni las jarcias, solo el casco varado, cubierto con una lona. Se hallaba en el terreno delantero de lo que estimé, por las maderas apiladas a un costado puestas a secar, se trataba de una carpintería o una maderera, la primera construcción a la entrada del pueblo. Desde lejos, la embarcación parecía flotar en un mar de matorrales y yuyos.

Me pareció extravagante la presencia de una chalupa en un poblado erigido en un vallecito rodeado de cerros y bosque, alejado un centenar de leguas del mar, y sin grandes lagos cerca.

La colonia, en ese momento, estaba constituida por algunas decenas de casas. La mayoría ubicada sobre la calle principal, una arteria enripiada a la que una artesanal cartelería de madera nombraba Avenida Roca. Era el final de la ruta provincial que provenía de Villa Soto y trepaba desde la estepa hasta tornarse, luego de ochenta y tantos kilómetros, una huella para caminantes y jinetes que se metía en la ladera boscosa al pie del Pico del Cristo, originariamente denominado Yath, y finalizaba junto a un glaciar de montaña, en la naciente del Río Chico.

No llegué a averiguar, ni a conocer en la zona, un curso de agua que pudiera denominarse «Grande», y que, por oposición, justificara la denominación del serpenteante chorrillo.

Una serie de pasajes atravesaban perpendiculares la avenida Roca. Todos se perdían en el faldeo boscoso en torno al vallecito.

Caminé contrariado por el viento, que arrojaba la llovizna filosa contra mi rostro, hasta encontrar el único hospedaje del pueblo, el London Hostel.

…

¿Tuvo que llegar a pie?

Me preguntó el conserje luego del buenastardes ritual. Lo habrá comprobado ni bien traspasé la puerta con mis zapatos y pantalones embarrados. La humedad y el frío me habían calado hasta los huesos. Apoyé la valija en el piso y comencé a tratar de desentumecerme las manos frotándolas una con otra mientras las soplaba para envolverlas con un hálito tibio.

El auto de alquiler tuvo que dejarme donde está el piquete. Respondí.

Esos negros nos van a espantar todo el turismo. Soltó amargo el hombre de piel trigueña y abundante cabello oscuro peinado a la gomina.

Una habitación con baño privado, por favor. ¿Hay alguna disponible?

Como que será el único huésped. Usted es el primero en dos semanas. ¿Se va a quedar mucho tiempo?

No lo sé, depende. Dije y le extendí la mano con el documento.

¿Depende de qué? Averiguó al tomar la libreta.

De cómo vaya mi trabajo. Contesté y enseguida agregué «soy periodista». Quería evitar la pregunta que se caía de madura.

Ah, viene por lo de Bértola. Aseguró mientras anotaba mis datos en el libro.

¿Bértola?

Fingí no saber, tal vez soltara alguna información.

El ahorcado que vio al entrar es Rómulo Bértola, el jefe comunal. Un prepotente, pero no era necesaria tanta saña.

¿Sabe cómo fue el hecho?

No.

Respondió sin mirarme, de espaldas, con la vista y la mano derecha en el tablero. Después giró.

Aquí tiene su documento y la llave. Habitación 104. Por las escaleras, al fondo.

Agradecí. Tomé llave y documento. Los guardé en el bolsillo del gabán húmedo. Levanté la valija y me encaminé hacia el cuarto. Me detuve apenas pisé el primer peldaño para averiguar:

¿A qué hora sirven la cena?

Me va a tener que disculpar, señor, pero no tenemos servicio de cocina en esta época. Solo servimos el desayuno entre las siete y las nueve.

¿Dónde puedo comer algo?

El único lugar, aunque no lo recomendaría, es el Guachakai. Agarra por la avenida hasta el primer pasaje, ahí a la derecha y se va a encontrar con un barsucho. Lo va a reconocer por el cartel de Amargo Obrero.

Comencé a subir sin agregar palabra.

…

Al final el conserje largó prenda.

Cuando me disponía a salir hacia el bar le hice algunas preguntas sobre el pueblo como para averiguar algo, aspectos bastantes generales del tipo «cuántos habitantes hay», «se dedican mayormente a…», y esas cosas, aparentemente nimias, que suelen resultar una buena carnada.

El conserje picó. Se tragó el anzuelo y se llevó el sedal.

La mayoría del gauchaje de por acá se dedica a la carne. Faenan por su cuenta animales de corral o de caza. Los venden a los pobladores de la comarca. Algunos los crían ellos, otros son producto del cuatrereo. Sin ningún control sanitario, ni nada. Así se ganan mayormente la vida estos vagos mal entretenidos. Acá el problema fue que Bértola descubrió el filón. Se rumoreaba que había conseguido socios en la capital para poner un frigorífico. Y eso a los criollos no les gustó, los iba a dejar sin ese rebusque. Ahí está la madre del borrego.

2.

Yo a vos te voy a matar. Dicen que le dijo el Miguelón a Bértola.

Cuentan que el menor de los gauchitos López miraba al jefe comunal como ha de mirar el mismísimo diablo.

Dicen que a duras penas podían contenerlo entre los dos milicos de la delegación, más un matón del jefe.

Petiso, pero morrudo y fuerte el Miguelón.

Cuentan que, recién cuando tuvieron al gauchito tirado en el piso, a un empalidecido Bértola le volvieron los colores a la cara. En ese instante se sonrió socarrón y le pidió a la autoridad policial que volvieran a encerrar al inadaptado por desorden en un edificio público y amenaza a un funcionario.

El jefecito se confió demasiado. Se creyó un patrón de estancia, pero el gauchaje se le retobó.

…

El parroquiano, un gringo rubicundo, sentado frente a mí

comenzaba a soltar la lengua después de mi convite a unos tragos de caña. Un rato antes, el hombre demoraba un vaso de tinto acodado en el mostrador.

Al entrar al bar, un sucucho mal iluminado por unas lamparitas mugrientas y lleno del humo que escapaba de la salamandra, me topé con un par de miradas escrutadoras, desconfiadas. Conmigo llegó el silencio, la cháchara se interrumpió.

Buenas noches. Dije.

Buenas. Respondió el patrón, hombre de rostro aindiado.

El otro, el colorado, no dijo nada, o tal vez farfulló el saludo por lo bajo, y se concentró en el vaso entre sus manos.

¿Habrá algo para comer?

Averigüé antes de sentarme a una de las mesas.

Poco. Si no es delicado, puedo ofrecerle fiambre, pan y queso. Tal vez queden algunas empanadas de guanaco.

Unas empanadas vendrían bien. Y vino también.

Por varios minutos nadie habló. Ni siquiera el patrón al dejar sobre la mesa una jarra con vino, un sifón, un vaso y un plato con dos empanadas, generosas las empanadas, y fritas en grasa.

Comí y bebí en silencio, oyendo el sonido de fondo, el golpetear de la llovizna sobre las chapas del techo y el ulular del viento entre los árboles.

…

¿Se le ofrece algo más, don?

Preguntó el patrón desde la barra, una vez que vio que había terminado las empanadas y el vino.

Una caña, por favor. Sírvale también una al amigo.

El gringo se dio vuelta y por primera vez escuché su voz.

Se agradece.

El patrón agarró dos vasos y la botella. Se acercó a mi mesa para servirme primero.

Deje la botella, también el otro vaso. Pedí.

Después le hablé al parroquiano señalando la botella de caña.

Si le parece, podemos compartir.

El colorado primero miró al patrón, como extrañado por el convite; después se encaminó cansino hacia la mesa.

Se presentó y extendió el brazo.

Abelardo Priddy.

Osvaldo Soria, contesté cuando estreché su mano.

Con su permiso.

Adelante, hombre, con confianza.

Llené el otro vaso, se lo acerqué. Agradeció.

¿Qué lo trae por estos pagos? Si no es molestia que le pregunte.

Para nada. Soy periodista…

Está por lo de Bértola.

Así es.

¿De la capital es usted, don Osvaldo?

Asentí con la cabeza. Bebí un trago. Lo mismo hizo mi interlocutor.

La verdad es que acá necesitamos que se sepan bien las cosas.

¿Y quiénes tienen esa necesidad?

Se me quedó viendo por un instante, con el vaso en la mano, antes de vaciarlo.

Nosotros… Dijo señalando primero al patrón, que fajinaba atento a la conversación, y luego haciendo un giro abarcador con su dedo índice… Nosotros, la paisanada de la comarca.

Los pobretones, como quien dice. Terció el patrón desde su puesto.

…

El Miguelón se la juró al jefe comunal porque este le mandó a degollar un caballo para escarmentarlo.

Los gauchitos López, que tienen una linda tropilla de criollos, llevaron sus caballos a un terreno con buena pastura natural cerca del río, tierra fiscal. La cuestión fue que los animales se metieron en un lote que Bértola tenía reservado para hacer negocio con gente de la capital. No estaba alambrado ni nada. Alguien le fue con el cuento al jefe y mandó a su hijo mayor, al que tenía de ayudante, al campito de los López para pedirle que sacaran los animales del lugar. Por lo que comentan, el hijo de Bértola, de tal palo tal astilla, se les hizo el prepotente y eso a los gauchitos no les gustó nada. Miguelón y el Bértola chico se trenzaron. De las palabras pasaron a las manos. Obviamente el hijo del jefe llevó las de perder y regresó todo moreteado por la paliza. Ante esto, el jefe mandó a los milicos para que detuvieran al menor de los López y le ordenó a uno de sus laderos que por la noche matara uno de los caballos.

Lo primero que hizo Miguelón al salir del calabozo, ya enterado de que le habían degollado un pingo —uno de los milicos se lo había dicho— fue entrar de prepo al despacho de Bértola. Al gauchito debieron contenerlo entre varios. Si no, lo estropeaba ahí mismo al jefecito. Recién al cabo de un rato pudieron controlarlo. Lo encerraron de nuevo. Eso me contaron.

Por si se perdió, le aclaro: La jefatura comunal y la delegación de policía funcionan en el mismo sitio, la antigua casona de los ingleses Wood.

Dicen que al Miguelón le abrieron una causa en la justicia, yo no entiendo nada de eso, y lo trasladaron a Villa Soto, donde estuvo preso una o dos semanas. Después, para desgracia de Bértola, allá decidieron largarlo.

3.

Escribí hasta el alba.

Quería rescatar la mayor cantidad posible de datos de la conversación con Priddy y con el patrón del bar, Ismael Antileo su nombre, que se acercó a la mesa con una botella en mano, y sentenció, justo cuando el gringo y yo vaciábamos la botella de caña, «la casa invita».

Resultó ser algo semejante a un licor, hecho de calafate. Lo preparaba él mismo.

Es guachakai. Receta de mis ancestros. Dijo.

Habíamos hablado mucho, tal vez demasiado, y tenía miedo de olvidar, o que se me pasara por alto, algún detalle más o menos relevante si dormía primero y redactaba por la mañana, con la mente despejada, como es mi costumbre.

Ni bien regresé a mi cuarto, saqué de la valija una libreta de apuntes, todavía en blanco, comprada minutos antes de abordar el tren. La deposité en una mesa pequeña junto a la ventana y fui al baño. Antes de ponerme a escribir necesitaba al menos lavarme la cara.

Después encendí un cigarro. Lo fumé acostado, la vista perdida en las vetas de la madera del techo.

Debía ordenar los pensamientos primero. Y recién ahí poner en acción la pluma.

Me resultaba indispensable distanciarme de las emociones que me habían despertado los relatos de Priddy y Antileo. Más allá de mi tarea de ser la voz de la insurrección, también quería investigar, hacer algo de periodismo.

Y había bebido más de la cuenta.

Estaba con los sentimientos a flor de piel.

Me perturbaba la escena del caballo degollado. Se me había instalado en la cabeza con una imagen sacada de otro lugar, de otra historia muy distinta, de la mirada de otro caballo, o quizá ni siquiera de un caballo sino la de alguno de mis gatos, de ese enigma que siempre han generado en mí las miradas de los animales, ese enigma puesto en un momento, ausente en la narración de Priddy, porque de seguro no hubo testigos, el instante solitario del caballo, débil, adolorido, mientras se iba desangrando, presintiendo una finitud ininteligible.

...

Al salir del bar, me recibió el fresco de la noche. Había escampado y el viento se había tornado una brisa suave, y fría. Un manto tenue de nubes aureolaba la luna. En el bosque ensombrecido se veían rastros de luz blanquecina.

El gringo se metió por un sendero para el lado del monte. Vivía, según me contó mientras nos colocábamos los abrigos, en un rancho de madera no lejos del Guachakai. Era, dijo, un compositor, cantante y guitarrero de milongas sureras que se ganaba la vida como jornalero en las estancias de la zona.

...

Caminé por la avenida Roca de bajada rumbo a la entrada del pueblo.

Para el otro lado, cuesta arriba, quedaba el London Hostel.

La hilera de focos que pendían de los cables derramaba una luz mortecina.

Al andar, le iba prestando atención a la regular repetición de sonidos que provocaban mis pasos sobre el pedregullo. Era la única persona a la intemperie en el pueblo en ese momento. Tampoco se veían luces encendidas en el interior de las viviendas.

El músculo duerme.

La ambición descansa.

Se me ocurrió canturrear por lo bajo.

En seguida estuve a un centenar de metros del cadáver. Ahí me detuve. Empezaba a percibir el olor.

La figura del ahorcado, apenas visible en la penumbra, era fantasmagórica, acaso repulsiva, pero me hipnotizaba la puesta en escena de ese acto atávico de justicia, esa representación de lo elemental de las pasiones humanas, de sus contradicciones y ruindades.

El resultado era un drama hiperbólico e irresistible en el centro de ese laberinto que proponía el bosque sombrío.

…

¿Hay algún homicidio que genere justicia?

Si lo hay, ¿Qué lo hace justiciero?

Si no, ¿Qué lo condena?

El homicidio es mítico, religioso, sagrado, y revolucionario.

¿Lo es?

¿Y por qué?

…

Retomé el camino. Fui subiendo la cuesta hasta el hostal. De nuevo la secuencia de mis pasos, los sonidos que provocaban las suelas de los zapatos al pisar el pedregullo.

Solo mis pasos.

El resto era quietud.

Una nube más densa y más oscura cubrió por unos instantes la luna.

Miré hacia arriba, hacia el Pico del Cristo. Vi el glaciar y su fosforescencia lechosa, un espectro de hielo en lo alto.

La brisa también se había detenido.

Silencio en la noche.
Ya todo está en calma.
El músculo duerme.
La ambición trabaja.

4.

Escribí: Ismael Antileo, mientras cebaba mates, relató aquello que le dijo la propia Lucinda Quinchel, la madre de Miguel y Eusebio, hijos del finado Venancio López.

Cuando Lucinda visitó a Miguelón, durante su detención en Villa Soto, se encontró con un león enjaulado.

Eso dijo la mujer: León enjaulado.

Primero escuchó pacientemente el desahogo de su hijo, que se despachó con un monólogo rabioso. Necesitaba vomitar su bronca, contarla para aquietar el torbellino que se había formado en su cabeza.

Una vez que el joven se apaciguó, ella tomó la palabra. Fue breve, también clara.

Le dijo que él era un hombre ya y, por lo tanto, libre de elegir por sí mismo el camino que quería tomar. Le aconsejó ser más bicho, más ladino, más inteligente que su enemigo. Con su padre habían padecido esa clase de destrato de parte de «algunos de los señores de la comarca», y pudieron hacer sus vidas sin deberles nada, ni dineros, ni afrentas.

También contó que la madre le advirtió a su hijo que, si él elegía el camino de la venganza, llevaría todas las de perder.

Después de una pausa en la que pareció estar hurgando en sus recuerdos, el patrón del Guachakai agregó que una apenada Lucinda Quinchel le aseguró al Miguelón que, de todos modos, y aunque no quería que un hijo suyo tomara las armas, ni ella ni su hermano iban a dejarlo solo en la partida si la mano se ponía fulera.

Me pareció que Antileo trataba con esas últimas palabras de darle mayor dramatismo a la escena.

…

Los hermanos López cuidan mucho a sus caballos. Aseguró Priddy. La crianza no es solo un negocio, una forma de parar la olla como quien dice, ponen en ella su pasión por estos animales.

Para un gaucho, el pingo es su compañero, y no se deja sin vengar el asesinato de un compañero, mi amigo. Me dijo Eusebio, una noche en el bar, mientras estaban organizando la montonera. Dijo el dueño del Guachakai.

…

¿Solo fue una venganza por la muerte del caballo? Pregunté.

Fue por eso, y por otras varias cuestiones. Respondió Priddy.

Aunque al Miguelón lo único que le importaba era vengar el degüello de uno de sus pingos. Agregó Antileo y siguió hablando.

Cada paisano tenía una cuenta por cobrar.

Y no solo a Bértola.

El jefecito representaba también a los que lo habían puesto en ese cargo. Sus patrones, los patrones de toda la comarca.

Bértola le respondía directamente a Bradley Shepherd.

Dicen que también el gobernador Ramírez es mangoneado por el inglés. Señaló Priddy.

Antileo retomó su parlamento. Shepherd se volvió en poco tiempo el dueño de la comarca. Compró las tierras de Wood y de Auer. Dos pioneros difuntos.

Robert Wood debió malvenderlas al quedar postrado. Un hijo muerto, el otro en Londres, junto a su madre, Elizabeth, la esposa de Robert. Ambos huyeron de la colonia. Lo dejaron solo al viejo.

A Helga, única hija de Hans Auer, la acorralaron las deudas y a la pobre mujer, sola en la vida luego de la muerte de su padre, no le quedó otra que vender la finca. Recién como un año después fue que se juntó con el Alfonso, el peón que vivía en la finca y, por lo mismo, había quedado sin techo y sin trabajo.

…

Escribí hasta el alba, aquella primera noche en Colonia Alpen. También fumé.

Reconcentrado dejé fluir la pluma fuente sobre los renglones grises en las hojas de la libreta de tapas negras, y blandas, comprada minutos antes de subir al tren.

Fumé con la mirada extraviada en las penumbras del bosque, afuera, detrás de la ventana.

Escribí que, según Priddy y Antileo, la montonera comenzó a gestarse ni bien trasladaron detenido a Miguel López hacia Villa Soto.

El Eusebio montó en su caballo y recorrió los ranchos de los paisanos, también algunos de los galpones de las estancias para juntar la gente. Dijo Priddy.

No fue el Eusebio el de la idea, no señor. Lo contrarió Antileo.

¿Acaso no fue el Eusebio el que recorrió la comarca para convencer a la peonada?

Eso sí. Aceptó el dueño del Guachakai. Pero, según tengo entendido, no fue de él la idea de organizar la montonera.

¿De quién entonces?

Fue ocurrencia de Hansen, al que le dicen Vikingo, que vive en el rancho que le había hecho Muse al otro viejo, el Guillermo, atrás de la carpintería, y que este, de porfiado nomás, nunca habitó. Decía que el colectivo destartalado metido en el monte, allá, al final de la avenida, donde se había refugiado, estaba bien, que con eso le bastaba. Pobre viejo, murió de frío, o de algún ataque, vaya uno a saber, a la intemperie, una noche, en medio de un temporal de nieve.

Yo mismo, señor, lo escuché a Hansen mientras tomaba una ginebra acodado en la barra decir de qué se trababan las montoneras. Hombre leído el don.

El Vikingo vino fugado a la Colonia. Parece que debe algunas muertes en la Tierra del Fuego.

Buen tipo. Algo parco, y solitario, pero de buena madera. Es gaucho de mar, no tiene caballo, monta de prestado, si es indispensable; tampoco tiene perro.

Otro navegante, como Guillermo. Los dos viejos, los dos prófugos y vagabundos.

Una tarde de marzo apareció el gigantón por la colonia.

Harapiento, cargando un morral. Buscaba comida, alojamiento y trabajo. Se puso a changar en la carpintería de Alberto Muse.

Al mes apareció la Lucerna, su chalupa. Después de juntar unos pesos, se la hizo traer desde el mar sobre un camión.

Yo le escuché decir a Hansen que a él en Ushuaia de niño lo habían apodado Vikingo por el origen su padre. Soltó, como al pasar, Priddy.

Hansen es un apellido de los países nórdicos más bien, muy común en Noruega. Se me ocurrió agregar.

Mis interlocutores cruzaron miradas. Priddy sonrió y movió la cabeza de arriba hacia abajo antes de hablar.

Al amigo no se le escapa una. Soltó Antileo risueño. No supe si se refería a mí o al colorado. Tampoco pregunté.

...

Al alba cerré la libreta y apagué la lámpara.

Un resplandor azulado comenzaba a derramarse por el cuarto. Ingresaba por la ventana con los postigos abiertos.

Ya echado en la cama, encendí un último cigarro antes de dormir.

La montonera

1.

¿Y a usted quién le dio vela en este entierro? Escupió un gaucho envuelto en un chubasquero amarillo apenas me presenté.

Me va a disculpar, don, pero acá no hay ningún entierro. El finado sigue colgado, pudriéndose, allá en el arco de entrada al pueblo. Respondí socarrón, volviendo literal lo metafórico.

Un perro cuzco se acercó y comenzó a olfatearme.

No necesitamos cuentador de ciudad. Dijo otro que revolvía con un palo las brasas del fogón en medio de la ruta.

¿Y quién va a escribir sobre lo que pasa en la comarca, acaso lo vas a hacer vos, Quiroga, que ni fuiste a la escuela?

Fui. Sí, señor, yo fui. Nomás que me salí enseguida. Respondió Quiroga con una sonrisa que dejaba ver sus pocos dientes.

El que apuró a Quiroga con la pregunta fue Alfonso Cortez, el paisano que me había ido a buscar al London Hostel para llevarme donde estaba el piquete, en una angostada del camino, más allá de la entrada al pueblo. El lugar donde el día anterior había tenido que bajarme del taxímetro.

Cortez me contó en el trayecto que estaba amancebado desde hacía poco más de un año con Helga Auer, la hija de su antiguo patrón, uno de los pioneros que habían fundado y construido la colonia.

La mujer, al parecer, había decidido abandonar el ostracismo en el que se encontraba desde hacía años. El paisano habló de «recogimiento».

Además, según me dio a entender, fue de Helga la idea de llamar a un periodista para que cubriera los hechos. Si bien le resultaba horrenda la manera en que la turba había ajusticiado a Bértola, y no perdía oportunidad para reprochárselo, la mujer consideraba provechoso que se diera a conocer lo que sucedía en Colonia Alpen. De ese modo podrían poner al descubierto los atropellos de Bradley Shepherd y sus adláteres. Esta última palabra la agrego yo, por parecerme propicia. Cortez dijo «lameculos».

Él, que ya formaba parte de la montonera, estuvo de acuerdo. Llevó la idea al grupo. Se trató en una especie de consejo.

Algunos gauchos, acá en la Patagonia al menos, suelen ser algo díscolos, les cuesta la organización colegiada. Son más bien ermitaños y de arreglárselas por su cuenta. Estoicos sin duda. Este párrafo es mío, a partir de algunos conceptos vertidos por Cortez.

El gauchaje trató el tema medio a regañadientes, pero finalmente la mayoría aceptó. Eso sí, con la condición de que se negociara con un periódico cercano a la Federación Obrera Patagónica, a la que algunos estaban afiliados y que desde hacía poco tiempo tenía una delegación en Villa Soto.

Cortez cabalgó hasta la villa con cuatro gauchos más, todos bien pertrechados, para hacer saber lo que había resuelto la asamblea de la colonia. El secretario general de la delegación se comunicó de inmediato con Rosinsky, el director de *La Revuelta*, y Rosinsky, sin preguntar demasiado, ni a los sublevados ni a mí, me envió hacia la comarca.

…

¿De quién fue la idea de organizar una montonera? Pregunté.

Nadie me respondió. Estábamos rodeando el fogón en medio de la ruta. Caía la tarde. El sol se había ocultado detrás de los cerros. Hacia el Oeste, atrapados entre los picos, los nimbos enrojecían.

Cortez se hallaba ensimismado, con la vista perdida sobre las llamas. El reflejo del fuego le resaltaba los pliegues del rostro, su piel curtida parecía un pergamino viejo, a punto de quemarse.

De pronto levantó la cabeza y habló sin mirarme.

La montonera se fue organizando sola. No fue idea de nadie. Es de toda la paisanada. ¿Importa acaso si a alguien se le ocurrió primero?

Cavilé unos segundos.

No sé. Tal vez. Dije por decir.

…

Dígame una cosa, señor periodista…

Llámeme Osvaldo nomás.

Como quiera. Dígame una cosa, señor Osvaldo, ¿usted para quién escribe?

La pregunta provino del carrero que había llegado unos minutos antes con la leña para mantener el fuego en el fogón durante toda la noche.

Encendí un cigarro, di una pitada. Fumé en silencio. Decir que escribía para *La Revuelta* no respondía cabalmente la inquietud, al menos no la que había despertado en mí. Debía existir otra respuesta, pero no la supe.

Observé al paisano.

No estoy seguro. Dije.

Váyalo pensando. Dijo.

…

¿Que qué le pedimos a las autoridades?

Qué vamos a pedir, si todavía no se acercó nadie. Se apresuró en exclamar el carrero.

Que nos dejen vivir tranquilos. Acotó Quiroga y escupió de colmillo sobre las llamas.

Cortez metió la mano por debajo del poncho y extrajo de algún bolsillo un papel doblado.

Tomá, Abelardo. Leelo vos, que sabés. Yo no le entiendo la letra. Se excusó Cortez.

Priddy tomó el papel, lo desplegó. Se acercó al fuego para tener mayor claridad.

Leyó: «Los criollos de la comarca debemos reclamar que las tierras fiscales pasen a ser de propiedad colectiva».

Este papel me lo dio el Eusebio para que lo guarde. Lo trajo cuando se fue a reclutar paisanos hasta El Cantizal, allá por donde el diablo perdió el poncho, porque se lo ha de haber volado el viento. Dijo que se lo había escrito una vieja en el almacén del pueblo.

...

A un costado del fogón hervía el puchero en una olla de hierro, negra, tiznada.

El cielo nocturno se había encapotado.

En la ronda corría el mate, también la caña.

Al costado del camino, bajo unos coihues, habían improvisado un cobertizo con troncos y unas chapas. Allí, el carrero, Quiroga y el paisano del chubasquero amarillo jugaban un truco pata de gallo. Un farol sobre la mesa y otro colgado les daban luz.

El cuzquito dormitaba.

Priddy, recién llegado al sitio del piquete, se sentó sobre un tocón y comenzó a rasgar la guitarra. Según él la estaba templando.

Ni que fuera cuchillo. Soltó Cortez.

Gaucho bruto. Respondió el gringo y siguió concentrado en cuerdas y clavijas.

En un momento, el sonido de unos cascos sobre el enripiado convocó la atención de todos.

Desde la oscuridad emergió un jinete montado en un alazán altanero.

Era Eusebio López. Venía de Villa Soto, de hablar con la gente de la Federación. Ellos eran los ojos y oídos de la montonera en el pueblo más importante de la comarca.

Según dijo, no habían detectado movimientos ni de policía ni de gendarmería. Tampoco de la gente que respondía a Bradley Shepherd.

Calma chicha. Acotó Cortez.

Este viejo anda queriendo remedar al otro, a Hansen. Habla como marinero y en su puta vida conoció el mar. Lo chasqueó Priddy.

Cortez no se quedó callado en la pulla.

Ya te la vas a ver con «Juan sin ropa», payador. Dijo.

Payador no, milonguero. Lo corrigió el colorado.

Giménez, ¿para cuándo el puchero? Me chillan las tripas.

El grito provino de debajo del techado.

Paciencia, compañero. No me apuren si me quieren sacar bueno.

Fue la respuesta del paisano de boina a cargo del rancho, que fumaba tranquilamente echado sobre unos cueros, al costado del fogón, a tiro de la olla.

...

Estábamos comiendo cuando se vino el chubasco. Primero trajo lluvia, luego un granizo finito, finalmente nieve. El ventarrón del Oeste arrastraba los copos horizontales, cuando no los arremolinaba. Se estrellaban impiadosos contra todo aquello que osara mantenerse erguido.

Eusebio López y Quiroga se encargaron de llevar los caballos al reparo. Buscaron un sector de renovales, donde los pequeños árboles se apiñan y la fronda resulta más tupida.

Los paisanos debieron cubrir los costados del cobertizo con una lona y algunos cueros, para generar reparo.

En el tacho, dentro del improvisado refugio, bullían las llamas azuzadas por la ventolera que se filtraba por los resquicios entre la lona y los cueros que flameaban furiosos.

Nos acomodamos como pudimos, apretados, incómodos, algo mojados y con frío. Manducamos con ganas un puchero grasoso, nomás papas y carne de capón.

El fogón en la ruta se había apagado, apenas si quedarían algunos rescoldos.

Entre masticadas, Cortez comenzó a conjeturar en qué momento la gendarmería o los matones de Bradley Shepherd podrían caerles.

Según dijo Eusebio, el secretario general de la Federación Obrera pensaba que la estrategia del gobierno y los estancieros probablemente fuera, primero, desgastarlos en la espera para, luego, una vez que les ganara el cansancio y el desaliento de semanas de plantón, sorprenderlos.

Hijos de puta. Sentenció el paisano del chubasquero amarillo.

Ninguna novedad, era una de las posibilidades que barajamos. Acotó Cortez.

La sorpresa se la van a llevar ellos. Dijo Quiroga a las risas luego de darle un largo beso a la botella de caña.

Los demás se quedaron mirándolo, como con reproche. Seguramente no querían que al gaucho se le soltara demasiado la lengua en mi presencia, que no dejaba de generar cierta desconfianza.

Dejé el plato con huesos a un costado, en la tierra. El perro se acercó de inmediato.

Encendí un cigarro.

2.

¿Que dónde está el Miguelón?

En el cerro está.

Fue la respuesta a mi pregunta. Comenzaba a sentir curiosidad, el gaucho más mentado no había aparecido hasta ese momento.

De a uno desgranaron unos pocos datos más. Generalidades.

Acompañado está, eso sí. Son varios.

Y hay otros grupos, apostados en distintos sectores. El grueso en el galpón de un aserradero abandonado desde hace unos años, nuestro refugio.

No somos tantos tampoco.

Aquella noche, en el Guachakai, hablaban todos, pero prevalecía la voz de Alfonso Cortez.

…

En cuanto aflojó un poco el temporal, Priddy, Cortez y yo rumbeamos para el bar. El resto quedó apostado en el piquete. El carrero intentaba volver a encender el fogón en medio de la ruta.

No habría más de dos kilómetros desde el sitio del piquete hasta el boliche. Pero, aunque había disminuido la intensidad, seguía la nevisca. Con ese clima, montado a la grupa del caballo de Cortez, sin la ropa adecuada, se me tornó un calvario el viaje.

El viento helado nos daba casi de frente. Los copos se estrellaban contra nuestros rostros. Imposibilitaban cualquier visión al camino, y costaba hasta respirar. Sentía unas cuchilladas heladas clavarse en mi entrecejo. Me generaban un dolor agudo. Aturdido, intentaba sostenerme como podía. Con los dedos congelados dentro del guante, apenas si conseguía aferrarme para no caer del caballo que marchaba al galope.

Llegamos al bar cubiertos de nieve, de pies a cabeza. No sentía los dedos ni de las manos, ni de los pies. Los tres nos amontonamos en torno a la salamandra, que no cesaba de escupir humo.

Pedí una ginebra urgente.

Llegó primero el mate, de la mano de Antileo.

…

Mientras bajaba el nivel de ginebra dentro del porrón, la charla se internó por los rumbos más chuscos.

Priddy canturreaba al son de los rasgueos de su guitarra. Sus milongas sureras sonaban de fondo. El gringo apenas se detenía para apurar un trago o meter alguna ocurrencia.

En eso estábamos cuando desde afuera un ruido de cascos nos advirtió una llegada. Priddy calló y dejó la guitarra a un costado, antes de tantear la Ballester—Molina en su cintura.

Cortez se levantó de la silla para acercarse al Máuser que había dejado apoyado contra la pared, debajo del perchero donde colgamos nuestros abrigos una vez que estuvimos retemplados.

Antileo, que bebía y charlaba con nosotros, se volvió a ubicar detrás de la barra.

Es una obviedad acotar que, en ese contexto, la presencia de algún ocasional visitante a esa hora de la noche no era habitual. De ahí la desmesurada alerta.

Entró apurado un muchachito.

En un primer momento me fue difícil distinguir sus rasgos nativos, no tanto por la mala iluminación del lugar, sino porque llevaba un pañuelo protegiendo las fosas nasales y un gorro de lana encajado hasta las cejas. La nieve se le había escarchado sobre la tela a la altura de la boca y había formado una costra blanca apelmazada en la parte delantera del poncho que lo abrigaba.

Cuando me vio, se sobresaltó. Miró al resto como averiguando qué hacer ante un desconocido.

¿Pasó algo, Pichi? Venís endiablado.

La pregunta fue de Cortez que, al reconocer al recién llegado, volvió el fusil a su lugar y retornó a su silla.

Sí, don Alfonso. Pasó.

El joven le habló al gaucho sin dejar de observarme de reojo.

Después de la frase, calló.

Continuaba de pie, a un costado de la mesa. No se decidía ni a seguir hablando, ni a quitarse el poncho que comenzaba a chorrear, ni a sentarse.

Pichi, desembuchá de una puta vez. Le reclamó Priddy.

Esperá. Dijo Cortez, que pareció entender la situación, e hizo un gesto con la palma de la mano. Se levantó de la silla para acercarse al muchacho.

Vení. Vamos a hablar a la despensa.

El gaucho veterano tomó del brazo al Pichi y lo condujo por el costado de la barra, detrás de la cual, un Antileo más atento a la contingencia que a su tarea llenaba de yerba la calabaza.

Permiso, Ismael.

El patrón del Guachakai hizo un mohín de aprobación.

Cortez y el recién venido atravesaron la abertura de acceso a la cocina para ir hacia la parte de atrás del boliche.

Parece que algo se complicó en el viejo aserradero de los

Wood. Soltó Antileo al volver a la mesa con el mate preparado.

3.

Esa noche apenas escribí lo indispensable para evitar el olvido.

Garabateé unas pocas líneas con trazos desiguales y cerré la libreta. Me costaba sostener la pluma. Sentía mi pulso temblequear.

Después de orinar y lavarme una vez más los dientes, me senté sobre la cama para encender el acostumbrado último cigarro de la jornada.

Le habré dado dos o tres pitadas. Lo aplasté con asco contra el cenicero.

Seguían las náuseas. Y el regusto acre en mi boca.

Había tenido la precaución, antes de partir hacia la colonia, de meter también el jarabe para la gastritis en la valija. Tomé un trago y dejé el frasco sobre la mesa de luz. Volvería a necesitarlo en algún otro momento de la noche.

Descorrí las mantas, me metí vestido bajo la colcha.

Perduraba el frío en mi cuerpo.

Apagué el velador.

…

El aserradero era del inglés Robert Wood. Hacía un tiempo que había quedado abandonado.

Según Lucinda Quinchel ese lugar tenía un mal. La madre de los gauchitos sostenía que algo oscuro había ocurrido allí.

Se lo dijo al Eusebio cuando se enteró de que la montonera lo usaría de guarida.

El Eusebio comentó la ocurrencia de su madre una noche acá en el bar, mientras se estaba organizando el grupo. Algunos se rieron. Cortez permaneció de lo más serio.

Todo esto me lo contó en algún momento Antileo.

…

Salí del Guachakai y rumbeé directo hacia el hospedaje. Nevaba en calma.

A los pocos pasos sobrevino el mareo. Me quedé quieto un instante.

Un reflujo agrio comenzó a subir hasta llegar a mi garganta. Otra vez la gastritis.

Eructé una vaharada fétida de carne de cordero a medio digerir mezclada con ginebra. La primera arcada no se hizo esperar. Torcí el cuerpo hacia adelante. Llevé el brazo derecho hacia mi abdomen, me sostuve el vientre con la mano abierta. Solté un primer chorro. El manto de nieve inmaculada sobre la calle se corrompió con restos de papa y carne masticadas en medio de un espumarajo amarillento. El vómito tibio, ya fuera de mis entrañas, en contacto con el aire helado y la nieve, comenzó a generar un vaho hediondo. Seguí vomitando hasta no poder largar más que un hilo de baba, y sentir el vacío en mi adolorido estómago.

Escupí y me enderecé. Con un pañuelo limpié mis labios.

Permanecí unos segundos parado en el lugar, mientras los copos me envolvían. Necesitaba recomponerme un poco antes de retomar la marcha.

...

Apenas retornó de la despensa al salón seguido del muchachito, Cortez le pidió a Priddy que los acompañara. Se abrigó, atravesó el fusil a su espalda.

Vamos. Ordenó.

Los tres salieron sin decir palabra. El ruido de los cascos de sus caballos al galope fue la única declaración.

¿Qué habrá pasado en el aserradero?

Largué la pregunta para ver si pescaba alguna información más del interlocutor que quedaba.

Antileo me tendió la calabaza rebosante de espuma.

El último, mi amigo. Es hora de ir cerrando el boliche.

Esa fue la única respuesta.

Tomé de un sorbo el mate, lo devolví.

El patrón del Guachakai se levantó con la pava en una mano y la calabaza en la otra para dirigirse hacia la cocina.

Dejé sobre la mesa los billetes para el pago de las ginebras y me incorporé. Descolgué el gabán, me lo puse. De manera minuciosa fui metiendo cada botón en su correspondiente ojal. Demoré un rato, me costaba fijar la vista, además mi pulso no estaba firme.

Antes de ganar la calle, levanté la voz para soltar un «Buenas noches, Ismael».

4.

A Bértola lo emboscamos una tardecita cuando volvía de Villa Soto.

Participé, sí señor. Estuve apostado sobre un risco, cerca de una de las curvas del camino. Me acompañaba Hansen. Le costó subir, ya está viejo, más que yo. El Vikingo, según las mentas, era un buen tirador. Por lo visto todavía lo es, a pesar de sus achaques. Nosotros teníamos que encargarnos de la escolta. La idea era eliminarlos o, al menos, intentar distraerlos. Los cagamos bien a tiros desde arriba con el viejo Hansen. Él se bajó al chofer, quiero decir que lo mató. Yo más bien agujereé la chapa del auto, hice mierda los vidrios. Al menos a alguno julepeé.

Julepié, pronunció Cortez.

Relataba entre trago y trago de ginebra, cuando la conversación en el Guachakai aún no se había desviado para el lado de la jarana. Eso pasó recién con el segundo porrón.

…

Dormí mal. Muy mal. Con sueños entrecortados, caóticos, como rompecabezas imperfectos.

Me desperté una y otra vez.

Un dolor a puntadas recorría mi cabeza desde la frente a la mollera. La boca pastosa. Un aliento fétido que me llegaba a las fosas nasales por dentro y por fuera de la cavidad bucal, ora cuando contenía la respiración, ora cuando la exhalaba.

Bebía agua y orinaba a cada rato.

Tomé una aspirina. Luego otra.

Bebí un sorbo del jarabe para la gastritis.

Por la ventana ingresaba un resplandor pálido, comenzaba a clarear.

Ya definitivamente despierto, permanecí arropado en la cama un buen rato.

Encendí el velador para poder repasar lo que había escrito.

Me sorprendió encontrarme con tan mala caligrafía, algo inusual en mí. Evidentemente me hallaba en un estado deplorable al redactar.

...

Nos habíamos dividido en tres grupos. El Vikingo y yo de francotiradores. Los otros dos montados. El plan era atacarlos por el frente y la retaguardia recién después de que nosotros comenzáramos a disparar con los fusiles desde arriba.

El plan salió a pedir de boca.

Bértola iba sentado atrás del auto, como un señorito inglés, junto a él su hijo y su guardaespaldas. Otros dos matones adelante, uno hacía de chofer.

Apenas pasaron la curva se encontraron con la ruta cortada. Habíamos cruzado unos cuantos troncos.

Ni bien frenó el auto, con el Vikingo empezamos a tirotearlos con los Máuser. No les dimos tiempo ni para pensar qué mierda pasaba. Enseguida les cayeron los otros. En unos quince minutos teníamos al jefecito y a su hijo cagados en las patas, los otros tres bien muertitos.

¿Que qué pasó con el Bértola chico?

Cortez hizo una pausa. Completó el vaso con ginebra, bebió un trago. Priddy seguía sacando acordes de la guitarra, y tarareaba milongas, tristes milongas. Antileo se levantó para ir a calentar el agua para el mate.

¿Bértola, vos creíste que te ibas a salir con la tuya como de costumbre? Creo que dijo el Eusebio.

La taba se le dio vuelta, paisano. Dije yo. De eso estoy seguro. Lo recuerdo bien.

El Miguelón estaba extrañamente quieto, y callado. Casi que ni lo miraba. En cierto momento comenzó a rondarlos. Padre e hijo estaban de pie, con las manos atadas. Nosotros los rodeábamos.

Los finados tirados más allá.

Sin decir nada, la segunda vez que pasó por detrás de ellos, el gauchito desenvainó la faca y con un solo movimiento le cortó el cogote al Bértola hijo. El pibe se desplomó, y quedó tendido. Temblequeó un rato entes de espichar. La sangre le salía a chorros.

Viera usted la expresión del padre. Los ojos como el dos de oro, boquiabierto como un estúpido. Atragantó el grito hasta que se quebró. Se dejó caer de rodillas. Lloraba como una señorita el jefe. Justo él, que parecía tan machito cuando andaba en manada mangoneando.

Ahí nomás el gigantón Hansen lo levantó y entre dos o tres lo cargaron sobre la grupa de uno de los caballos.

Recuerdo que pregunté, ¿y ahora qué hacemos con este?

En ese momento nadie me respondió. Pero, al llegar al pueblo, el Eusebio sentenció: Lo colgamos.

¿Que por qué todavía está colgado?

Sencillo, mi amigo, para que se corra la bola en la comarca. Para que se sepa de qué somos capaces si nos prepean. El próximo jefe comunal que se quiera hacer el patrón de la colonia lo va a tener que pensar dos veces. Respondió Cortez, a cargo del relato.

Lo justo es justo. Bértola y el hijo eran dos malnacidos.

La sentencia última fue de Antileo, que usó el chilenismo «conchesumadres».

¿Que qué hizo la policía?

No mucho. Qué iban a poder esos dos infelices a cargo de la delegación, un oficialito recién salido del capullo, y un cabo primero.

Cuando fue el momento de colgar a Bértola, se aparecieron los dos. Imagínese, usted, la escena. Éramos unos quince los que formábamos la montonera en ese momento, más algunos paisanos afincados en la colonia que nos apoyaban. La gente bien, los platudos, habrán de haber mirado por las ventanas nomás. Tal vez fue alguno de ellos quien llamó a la autoridad.

Llegaron tímidos, como pidiendo permiso. Trataron de convencernos mediante palabreríos. Bértola aportó su chamuyo, hasta que Quiroga le metió un culatazo en el estómago que lo

dobló y lo dejó en el piso. Algún gaucho se zafó y empezó a
putearlos, a provocarlos para la pelea. Yo intenté tranquilizar a
la gente. También les hice ver a los milicos que insistían al pedo,
pues lo de Bértola ya era cosa juzgada.

El oficialito dijo que iba a tener que informar de la situación a
sus superiores en Villa Soto. Pensaba que lo íbamos a dejar volver
al destacamento para telefonear.

Vayan nomás. Le dijo el Eusebio.

Van a tener que ir caminando, eso sí. Agregó Ismael.

Y así fue que entre varios los arriamos, desde la salida el
pueblo hasta unas tres leguas más o menos. Después han haber
de seguido solitos caminando hasta la villa.

Y hasta ahora no han vuelto.

Bradley Shepherd

1.

La cacería fue cuando Bértola todavía no había sido designado
jefe comunal. En ese entonces, se hallaba radicado en la capital de
la provincia. Pero viajaba seguido a Villa Soto. La mujer y las dos
hijas todavía viven en la ciudad, jamás pisaron la comarca. El hijo
sí, era como su sombra. Iba a todos lados con él. Era un jovencito,
rondaría por los veinte, tal vez menos. El pibe participaba por
primera vez de una partida, eso tengo entendido. Dijo José
Sarmiento.

El grupo estaba liderado por Bradley Shepherd, como
siempre. El segundo al mando era el jefe de seguridad del inglés.
El Coronel le decían, porque era un milico retirado. Murió poco
tiempo después de cirrosis. Los acompañaban dos estancieros
más, empresarios de la carne. Hasta un diputado de la nacional
iba con ellos.

Además del guía y los guardaespaldas, llevaban algunos peones
para los trabajos. Si no, ¿quién iba a levantar los campamentos,

cuerear y eviscerar las presas, hacer fuego y asar?

Cazaban de todo, pero preferían los pumas, por la jerarquía del trofeo, y ciervos, por la carne y la cornamenta.

Algunas batidas duraban una semana. Esta duró menos, dos o tres días.

No, yo no participé, me había lastimado una pierna al caerme de un caballo durante un arreo. Un primo mío, con el que solíamos trabajar en yunta, me reemplazó. Él ya no vive más en la zona. Anda por La Pampa. Ahora se dedica a guiar a los porteños que se la dan de cazadores y van por jabalíes.

Él me refirió con lujo de detalles lo sucedido, demasiados para mi gusto.

No le voy a contar la totalidad de lo que me relató Emilio, ese es el nombre de mi primo, por un lado, porque hay hechos que no están ligados a lo que usted investiga, y, por otro, para no comprometer a mi pariente ni comprometerme. Se trata de gente poderosa, menciono a Bradley Shepherd porque la comarca entera sabe de sus tropelías y él mismo se jacta de ellas.

El ser humano es un bicho raro, mi amigo, y algunos son definitivamente malignos. Por más que lean a Dickens o a Voltaire.

…

Apenas retorné a mi habitación en el London Hostel, primero me higienicé de manera meticulosa para quitarme el polvo del camino pegoteado en piel y cabellos. Como salí de madrugada, había decidido ir bien abrigado. Mientras avanzaba la mañana, el Sol fue ganando presencia. Resultó un día extrañamente soleado en la comarca, y luminoso. Soplaba una agradable brisa del Norte. Recorrí, de ida y de vuelta, el camino a Villa Soto montado sobre una motocicleta Puma 2da. serie, propiedad de Antileo, quien también me había facilitado las indispensables antiparras.

Después de haberme lavado y vestido, encendí un cigarro y me puse a revisar los apuntes. Tenían muchas abreviaturas, palabras incompletas, algunas casi ilegibles. Había escrito al vuelo, mientras un acelerado José Sarmiento hablaba sin detenerse. Tuve la sensación que lo hacía para quitarse de encima lo más rápido el relato. Vaya uno a saber en qué recuerdos propios montó la narración de su pariente, y de qué manera les asoció antiguas imágenes, y cuál fue la causa de que estas perduraran o fueran corrigiéndose, y por qué prefirió tal o cual palabra al momento de referirlas al hablar conmigo.

Después de leer, decidí pasar a limpio el escrito. Me permitiría, además, ir agregando datos que recordaba y que, por la velocidad a la que había estado obligado a escribir, había omitido en la toma de apuntes.

José Sarmiento me recibió en su chacra, en las afueras de Villa Soto. Previamente Alfonso Cortez se había puesto en contacto con el baqueano a fin de pautar la entrevista.

Como el clima lo permitía nos sentamos al aire libre, en un espacio arbolado entre la casa y los corrales. Allí había dispuesta una mesa con bancos de tablones.

Entre mate y mate se fue soltando la charla. Al mediodía, Sarmiento encendió el fuego para la churrasqueada.

…

Después de una jornada completa de cabalgata, el grupo todavía permanecía en tierras del inglés Shepherd.

Muchas hectáreas tiene. Demasiadas.

Suelo decir que el mayor mal de esta comarca, y de la Patagonia toda, es la extensión desmedida de sus estancias, inseparable de la codicia lasciva de sus dueños y la bien remunerada genuflexión de los funcionarios.

Al atardecer, cuando estaban buscando el sitio donde acampar, a la vera de un río se toparon con un improvisado asentamiento, una techumbre armada con palos y paja seca nomás. Había allí cinco personas. Todos hombres. Medio harapientos los cinco. Distintas edades, distintos orígenes, colores de pelo y piel. El mayor era mapuche y trasandino, el más joven, de una veintena de años, al menos eso creyó Emilio, era un gringo extranjero, rubión, apenas hablaba español. Los otros tres eran paisanos. Todos trashumantes, de a pie andaban, no tenían caballos.

Ante la requisitoria de El Coronel, ellos aseguraron que iban de paso, cada tanto conseguían trabajos temporarios y con eso subsistían.

La cuestión, mi amigo, es que se hallaban dentro de los límites de una de las estancias del inglés y, encima, asaban a la estaca un cordero cuatrereado. Si hasta habían puesto el cuero a secar sobre unas piedras.

Usted se preguntará qué le hace un cordero menos a un ganadero con miles de hectáreas de estepa, cerros, bosques y hasta lagos; y que ni siquiera puede llevar la cuenta de la cantidad de animales que pastorean en sus campos. Yo también me lo sigo preguntando. Pero para Bradley Shepherd la propiedad privada es más sagrada que cualquier dios y que la vida misma, más aún si se trata de sus dominios y de la vida de gente desconocida sin poder negociador alguno.

Los intrusos poco pudieron decir para intentar una defensa, por otro lado inútil, la sentencia había sido impuesta sin ponerse en palabra siquiera. En pocos segundos estaban los cinco desarmados, apenas si contaban algunas facas y un revólver. El refugio de palos y paja ardía junto al resto de sus escasas pertenencias y sus ropas. Sí, los habían hecho desnudar. Orden del propio Bradley Shepherd.

Uno de los criollos en pelotas y rodeado por sus captores soltó con desdén: Los terratenientes ponen alambres y mojones, y se manejan como amos de la vida de todos, pero no son más que unos perros que andan levantando la pata y meando para marcar sus territorios.

Eso me dijo Emilio que dijo el paisano.

En tanto, Bértola se le había ido acercando hasta ponérsele enfrente. Seguro y ostentando el fusil en sus manos, miraba con prepotencia al pobre condenado. El otro tipo, sin amilanarse, lo fue midiendo a la vez que hablaba y a su momento le soltó un chorro de meada. Le mojó las botas y terminó su discurso con un: Ahí tenés, este es también mi territorio.

Dijo mi primo que Bértola pegó un salto para alejarse a las puteadas. El inglés Shepherd, en cambio, largó una risotada y luego exclamó: Mírenlo al anarquista este.

Después sacó la pistola que solía llevar a la cintura y le descargó tres tiros, los tres al pecho.

Para no quedarse atrás, El Coronel ordenó a sus laderos. Traigan el hacha y córtenle la cabeza. La vamos a poner en una pica. Así van a aprender estos malandras.

2.

Necesitaba saber qué había pasado en el aserradero. La prisa del gauchito heraldo para llegar con la noticia y la premura de Cortez en abandonar el Guachakai a medianoche eran indicios de un hecho de cierta trascendencia, ya fuera esta real o imaginaria.

Faltaría poco más de una hora para el anochecer. Había terminado de pasar a limpio los apuntes y todavía me quedaba energía luego del viaje a Villa Soto. Decidí salir. Iría primero al bar para devolver la Pumita, y las antiparras, a su dueño. De paso intentaría sonsacarle algún dato. Si Antileo seguía con su mutismo, recurriría a Priddy. Vivía cerca, o eso me había dado a entender aquella noche.

Al salir del London Hostel me tomé un instante para observar el pueblo. La sombra proyectada por el Pico del Cristo ya cubría la mayor parte de la avenida Roca y las casas aledañas. Dirigí la mirada hacia lo alto, hacia la cima del cerro. Me encontré con una irradiación de trazos dorados. Los rayos de luz parecían surgir de las laderas hacia los costados y hacia el mismo cielo, de un celeste pleno, sin nubes a la vista. El Sol ubicado a esa hora por detrás del pico provocaba el beatífico efecto. Tal vez ese fenómeno recurrente estuviera ligado al origen religioso del topónimo, a que los pioneros nombraran Pico del Cristo a un murallón de piedra en el que costaba distinguir algún mínimo esbozo, no ya del Cristo crucificado que aseguraban ver desde la fe algunos pobladores, sino de cualquier imagen medianamente figurativa.

Permanecí un rato en la explanada del hospedaje. Fui recorriendo con la mirada la serranía andina que rodeaba la colonia. Definitivamente, el paisaje en el que estaba enclavado el villorrio era magnífico.

El patetismo a veces acierta. Se me ocurrió decir para mí.

Monté la Puma. Encendí primero un cigarro y luego, con una corta patada, la moto.

...

El Guachakai estaba cerrado. Golpeé la puerta con mis nudillos para alertar de mi presencia a Antileo. Vivía detrás del bar, en una continuación de la construcción. Así me lo había hecho saber.

Ismael. Grité.

Escuché el ruido de un pestillo del otro lado de la puerta y también la voz.

Pase nomás, don Osvaldo.

Ingresé a la penumbra del Guachakai, apenas iluminado por el último fulgor del día que se colaba por una ventana breve.

El patrón metía unos bollos de papel en la estufa.

Mis pasos repicaron sobre las tablas del piso en una percusión monótona.

Le traje la máquina. Y las antiparras. Gracias por el favor. Dije.

De nada, mi amigo. Respondió Antileo mientras apilaba astillas de leña en torno a los bollos de papel dentro de la salamandra.

¿Le respondió la Pumita? Averiguó.

Me llevó y me trajo parejito, sin inconvenientes. Dije y me senté a una de las mesas.

Mejor así. Agregó, sin dirigirme todavía la mirada, fósforo en mano, enfrascado en su tarea de encender el fuego.

Las primeras vaharadas de humo azulino comenzaron a formar el característico celaje del Guachakai, junto al aroma dulzón de la leña al encenderse cargaron el ambiente.

¿Obtuvo la información que andaba buscando? Averiguó, ya de pie, y frente a mí.

Sí. El baqueano soltó la lengua. Habló bastante. Respondí.

Hice una pausa. El patrón se dirigió a su lugar detrás de la barra.

Ahora andaría necesitando algún dato sobre lo que pasó en el aserradero. Acoté capcioso.

¿Va a tomar algo, don Osvaldo? Preguntó Antileo.

Una cervecita me vendría bien. Dije.

No tengo, don. La cerveza la traen de la villa, como casi todo en la colonia. Como se habrá dado cuenta, ya no viene nadie de por allá.

Entiendo. Un aperitivo, entonces. Si queda.

Todavía hay. Ya marcha. Dijo el patrón.

Al instante Antileo estaba con el vaso cargado hasta la mitad de Amargo Obrero y el sifón. Depositó todo sobre la mesa. Se sentó y comenzó a hablar.

Lo que voy contarle me lo dijo el Abelardo.

Antenoche, cuando Cortez y Priddy llegaron al aserradero, se encontraron con que se había aparecido por el lugar el Miguelón. Lo acompañaban un par de mapuches.

A los mapuches los estaba corriendo gendarmería. Algunas familias de su pueblo se hallaban afincadas, desde mucho tiempo atrás, en tierras cerca de El Cantizal. Parece ser que a los estancieros con la venia del gobierno se les ocurrió echarlos de allí. Algunos de ellos se refugiaron también en los cerros. Ahí se encontraron estos dos con el gauchito López.

La cuestión no fue que se apareciera de repente el Miguelón. Eso era algo que solía hacer. Bajaba del cerro, siempre de noche, para buscar algunas provisiones, para comunicar algo e informarse sobre cómo venía la mano. El problema fue que esta vez llegó para avisar de sopetón que se retiraba de la montonera.

Tal como lo escucha. Priddy no me lo contó con las palabras exactas que usó el gauchito, pero claramente su idea era dejar de ser parte del movimiento.

¿Que qué lo había motivado a tomar esa decisión?

Eso mismo fue lo que le preguntaron, casi a coro, los allí presentes.

El Miguelón se despachó con una excusa que caldeó los ánimos de sus compañeros de lucha.

Comentó, me dijo el Abelardo, que el mismísimo Bradley Shepherd se le apareció una tarde en el cerro, en medio del bosque. Cosa e' Mandinga.

El inglés iba con su séquito. Todos armados hasta los dientes. El Miguelón se julepeó, según me contó Priddy. Pensó que era hombre muerto. Pero se equivocaba. Shepherd fue en persona hasta el monte para hacerle una propuesta.

¿Que qué le propuso?

Un trato, eso le propuso.

Parece ser que Shepherd ya le tenía vista la tropilla a los gauchitos López, le gustaban esos animales. Sabe reconocer y valora la buena mano en la crianza. Quería comprarles los caballos y, además, contratarlos para que criaran criollos en su haras, dedicado hasta ese momento exclusivamente a los árabes.

Le habló además, al parecer, de un armisticio para los que se pasaran a sus filas.

Al patrón del Guachakai le costó decir la palabra «armisticio». Más bien tuve que inferirla del embrollo que pronunció.

¿Que si a Bradley Shepherd le importaba el ajusticiamiento de Bértola?

Para nada, mi amigo. El inglés también es un apasionado de los caballos. Él también habría vengado la muerte de uno de los suyos. Tengo entendido que algo parecido le dijo al Miguelón. Por otro lado, a Shepherd solo le importan los negocios. Al jefecito lo tenía de súbdito nomás. Para Shepherd, Bértola no tenía más valor que una herramienta y, cuando una herramienta se gasta o se rompe, se busca otra.

Sacrificó peón por caballo. Estuve a punto de agregar. No me pareció pertinente.

La cuestión fue que el Miguelón, primero le transmitió la propuesta del inglés a sus futuros ex compañeros y ahí nomás agregó que él ya había aceptado el trato.

¿Que cuál fue la reacción del Eusebio y cuál la de los otros gauchos?

Priddy me dijo que el hermano no estaba allí, parece que había ido a buscar a su madre, Lucinda.

Entre los presentes en un primer momento ninguno dijo nada, eso me comentó, pero también dijo que el ambiente se había vuelto espeso. Mucha mirada de bronca contenida, como que algo de aquella unidad se había roto.

Priddy propuso votar a mano alzada. El que aceptaba la

propuesta debía levantar la mano.

Tampoco eso fue fácil. Se miraban entre ellos, murmuraban por lo bajo, alguno abandonó el galpón. Ninguno optó por alzar el brazo.

La voz susurrante de Cortez rompió el silencio.

Guacho traidor. Escupió por lo bajo.

Al menos eso creyó escuchar el Abelardo.

De seguro al Miguelón también le pareció oír lo mismo, porque preguntó de mal talante: ¿Qué me dijiste, Mancarrón?

El Miguelón a Cortez le decía «Mancarrón».

Guacho traidor. Eso dije. Afirmó Cortez sosteniéndole una mirada de rabia.

El Miguelón desenvainó la faca dispuesto a la pelea.

Cortez no fue lento. Le manoteó la Ballester-Molina a Priddy que estaba a su lado. Se la quitó en un abrir y cerrar de ojos de la cintura y le apuntó al gauchito.

A cuchillo, viejo bichoco.

No te me hagás el Moreira, pendejo, que no tenés ni sombra e' pelo e' barba. Yo estaré medio bichoco, pero vos sos un vendido. No sos digno de un entrevero a cuchillo. Te acercás y te meto un chumbo.

Eso me dijo el Abelardo que le respondió Cortez al gauchito mientras quitaba el seguro de la pistola y cargaba la bala en la recámara.

El resto miraba la escena.

3.

Esa noche regresé temprano al London Hostel. Me instalé en mi habitación a escribir.

Había comido un generoso sándwich de salame y queso en pan casero con el segundo vaso de aperitivo mientras Antileo despachaba el relato.

Trabajaba y eructaba, repetía constantemente el ajo en el

fiambre. Habré escrito durante casi dos horas, en las que interrumpí la tarea en dos ocasiones. La primera, para ir al baño. Oriné y bebí agua directamente del grifo. La segunda, para tomar un trago del jarabe para la gastritis y leer lo que había escrito. Repasé las últimas dos páginas, las que abarcaban la primera parte del asunto en el aserradero. Algo se me escapaba en relación a la totalidad, eso sentía. Hasta el momento había estado escribiendo y leyendo de manera fragmentaria. Necesitaba revisar el encadenamiento de los hechos en su conjunto.

Sentado a la mesa de trabajo, junto a la ventana, corrí las hojas hasta llegar al inicio, desde donde reinicié la lectura. Al rato empecé a sentirme incómodo. Había permanecido demasiado tiempo en esa misma posición. La postura, sobre todo al leer, me provocaba dolor en la cervical. Decidí tenderme en la cama. Apagué la lámpara de la mesa y encendí el velador. Me eché.

Volví a eructar el maldito ajo.

…

A los otros cuatro capturados que quedaban les soltaron las ataduras. Orden de Bradley Shepherd.

Ya había anochecido cuando eso sucedió.

Los pusieron a correr en pelotas, me dijo Emilio. Empezaron a dispararles cerca de los pies. El pedregullo que levantaban las balas les pegaban como perdigones en las piernas. Así los obligaron a rajar en la oscuridad por la estepa.

¿Los dejaron ir así nomás? No, señor. El plan, que según mi primo fue idea de El Coronel, y que Shepherd, el resto de los estancieros, y los Bértola, padre e hijo, aprobaron a las carcajadas, era darles unas horas de ventaja antes de cazarlos.

Y así hicieron. Apenas comenzaba a clarear, los perseguidores salieron a caballo.

Emilio, junto con la peonada, debió quedarse en el campamento. No necesitaban un baqueano para encontrar a los condenados. Andarían por la zona, exhaustos y próximos a la hipotermia.

A media mañana regresaron con los cuatro cuerpos cruzados sobre dos de los caballos extra que llevaron a tiro.

Usted creerá, como yo lo hice cuando me la refirió Emilio, que la historia termina aquí. No señor. Falta un último acto.

Al tirar los cuerpos al piso desde los caballos, se percataron de que uno de ellos seguía con vida, agonizaba. Ahí fue que le dieron la oportunidad a Bértola hijo. Al parecer el muchacho, a pesar de haber disparado un cargador entero, había errado todos los tiros.

El joven aceptó el reto. Sin embargo, cuando se acercaba con el fusil cargado para darle al infortunado el tiro de gracia, El Coronel lo frenó. Le quitó el arma. Le dijo que así era demasiado fácil y no era forma de probar su temple. Entonces sacó el hacha que estaba clavada sobre un tronco y se la entregó.

Con esto vas a tener que finalizar el trabajito. Le dijo.

El muchacho, en silencio y sin titubear, agarró la herramienta y se acercó nuevamente al moribundo. Levantó el hacha aferrándola del mango con las dos manos. La dejó alzada unos segundos y la descargó con todas sus fuerzas del lado del filo sobre la cabeza del condenado.

Emilio me confesó pálido, usted lo viera a ese hombre curtido, que cerró los ojos, no quiso observar la escena. De todos modos no pudo escapar del horror del sonido del cráneo al quebrarse. Lo impresionó de tal modo, me dijo, que no dejaba de oír en su mente ese ruido.

...

Terminé de leer y encendí un cigarro. Permanecí acostado. Mientras fumaba me puse a organizar en mi mente la secuencia de los hechos relatados por mis entrevistados.

La tarea me habrá demandado unos veinte minutos. Me permitió comprobar que ya tenía el material suficiente para redactar una primera crónica.

Apagué el pucho en el cenicero. Seguí echado, ahora con las manos por detrás de mi cabeza.

Evalué la situación según los datos con los que contaba.

Me parecía que para las autoridades de la provincia restablecer la ley en la colonia no era una prioridad o, si lo era, estaban dejando correr el tiempo de manera estratégica con el objetivo de mellar la determinación y la organización en un grupo más bien informal.

Este último enfoque, expuesto por Eusebio López a criterio del secretario general de la Federación, me resultaba el más factible. Encima se acercaba el riguroso invierno. Una fuerza de la que no podrían librarse los gauchos, ni el resto de los habitantes. Eso todos lo sabían, en la colonia, en Villa Soto y en la capital.

En contra de la acción de los sublevados también jugaría el fastidio de los demás pobladores.

Finalmente, debía considerar a un actor fundamental, Bradley Shepherd. El estanciero británico al pactar con Miguel López había maniobrado sin detenerse en la legalidad. No le importó cerrar un trato con un insurrecto y proponer un armisticio para los sublevados que se le aliaran, hecho que me confirmaba los dichos de los entrevistados sobre su potestad en la comarca. Había jugado de manera astuta según sus propios intereses y había logrado, adrede o por efecto, poner en jaque la unidad de la montonera, sin importarle romper los esquemas del gobierno. A no ser, que el mismo gobierno estuviera acaso involucrado, y esto fuera parte de su plan.

Según mi intuición, en sospechosa consonancia con mis urgencias, este conflicto tardaría en resolverse. El invierno en la comarca es riguroso, por ende poco propicio para incursiones militares, o de cualquier tipo. De haber alguna acción, sería en primavera.

Pensé en Zetkin, Proudhon y Tolstoi, mis gatos, una hembra y dos machos. Me cuesta dejarlos por mucho tiempo. Se hallaban al cuidado de la buena Ana, portera del edificio.

Me quedaban pocos cigarros. En el pueblo vendían unos charutos infumables.

El jarabe para la gastritis se me estaba acabando.

No tenía ropa limpia, y todas mis prendas olían a humo.

Extrañaba el café matutino con la lectura de los diarios y el vermut vespertino con los amigos en «Los billares».

Extrañaba «Los billares».

Extrañaba la ciudad.

Extrañaba a Zetkin, Proudhon y Tolstoi.

¿Conclusión?: Decidí marcharme.

Intentaría publicar la crónica en dos partes, en las dos ediciones siguientes de *La Revuelta*. Para eso necesitaba conseguir un medio para salir lo antes posible de Colonia Alpen. Quería, a más tardar en dos días, estar instalado en la redacción. Había pretendido comunicarme con Rosinsky desde el hostal para intercambiar opiniones al respecto, pero las líneas telefónicas habían sido interrumpidas, al parecer, desde la central telefónica en la ciudad. Por la mañana haría algunas correcciones a los escritos y vería la forma de llegar hasta Villa Soto.

4.

Estaba tensa la cosa. Un movimiento en falso del gauchito y Cortez le metía una bala. Así de jodido el ambiente.

En eso, se abrió el portón de chapa. Entró la Lucinda Quinchel seguida del Eusebio.

Al ver al Miguelón presto con el cuchillo y al viejo apuntándole, se puso mala la Lucinda. Le encajó un palmazo por detrás de la cabeza a su hijo.

¿Se puede saber por qué andás con el cuchillo en la mano como un matrero cualquiera?

El Miguelón sin decir ni mu retornó la faca a la vaina en su cintura. Cortez, por su parte, quitó la bala de la recámara, puso el seguro y le devolvió la pistola a Priddy.

Los demás en silencio.

¿Así que hiciste un trato con el inglés? Le preguntó con voz firme la Lucinda a su hijo.

Sí.

¿Y tu hermano quedó por fuera o hiciste el trato también en su nombre?

El Miguelón agachó la cabeza.

La Lucinda le preguntó entonces al Eusebio, ¿vos estás de acuerdo con venderle tu parte de la tropilla a Shepherd e irte a trabajar para él?

No, madre. Ya se lo dije cuando la fui a buscar. Me quedo en la montonera. Ni a mí ni a los compañeros nos interesa la propuesta del inglés.

Me lo dijiste, sí, pero te lo hago repetir porque quiero que tu hermano sepa lo que pensás.

Vos, Miguelón, podés hacer lo que quieras con la parte que te corresponde de la tropilla. La parte de Eusebio se queda en la chacra. Sentenció salomónica la Lucinda.

Gracias, madre. Dijo el Eusebio con la cabeza gacha.

No terminé. Advirtió la mujer y siguió hablando.

Vos, Miguel López, no tenés derecho a enojarte si estos compañeros tuyos rabian por tu actitud, se sienten traicionados y te lo están haciendo saber, es su derecho, como es el tuyo realizar los negocios que quieras y puedas. De ahora en más, como lo fue tu padre de mozo, vas a ser hombre de Shepherd. Es tu voluntad. Con Venancio se portó bien el inglés, eso hay que reconocerlo. Solo te pido, Miguelón, te ordeno más bien, que ni se te ocurra volver como tropa de los estancieros a pelear contra los paisanos de tu pueblo y contra tu hermano. Como familia evitemos la tragedia. Vos, Eusebio López, elegiste quedarte en la montonera, seguir el camino de una lucha que no termino de entender hacia dónde va. Tal vez no sea eso lo importante. Es tu vida y podés hacer con ella lo que te venga en ganas. Mientras te sientas digno, seguí siendo un rebelde nomás. Los dos tienen mi bendición. Miguelón, te toca a vos acompañarme de regreso al rancho.

Dicho eso, saludó a todos los presentes, y salió.

Usted viera, mi amigo, a esa mujer, vieja y retacona, abrigada con un poncho raído. Al abandonar aquella ruina de galpón portaba una altivez pocas veces vista. Sí, señor. Rodeada de criollos ásperos, de pocas pulgas, se comportó como la más macha de todos.

...

Me estaba yendo de Colonia Alpen.

Me había despedido de Antileo, de Priddy y de Cortez.

Había conseguido transporte. El empleado del almacén

de ramos generales de José Chader viajaba a Villa Soto. Había obtenido el permiso de la montonera para ir en busca de provisiones, que comenzaban a escasear en el poblado.

Salimos pasado el mediodía en una chata Chevrolet del cuarenta.

Había refrescado. Unas nubes de color azul oscuro se estaban agrupando hacia el Oeste.

También vi un grupo de vecinos reunidos en círculo frente a la casona donde funcionaba la delegación.

Señal de mal tiempo, seguramente nieve. Me indicó Braulio cuando me puse a mirar por el vidrio hacia los nubarrones apenas me hube instalado en el vehículo.

Al cruzar el arco para abandonar la colonia me acerqué hacia el parabrisas para observar hacia arriba. Vi por última vez el cuerpo de Bértola. Para evitar el hedor, y el frío, íbamos con las ventanillas cerradas.

Ya deberían de haberlo bajado. Por como se ve, en unas horas va a estar tirado en el piso. Ahí no les va a quedar otra que enterrarlo. Acotó Braulio.

Yo asentí con un gesto.

Enseguida llegamos al piquete. Al reconocer la chata, dos de los paisanos se pusieron a correr algunos de los troncos para darnos paso por un costado. Uno era Quiroga, el otro un muchachito que no había visto antes. Llevaban sendos fusiles cruzados a sus espaldas.

Mientras atravesábamos la barrera con las dos ruedas del lateral derecho casi en la cuneta, reconocí al carrero ensimismado en su tarea. Echaba leña al fogón en el centro del camino.

Una vez en la ruta, le pedí permiso a Braulio para fumar.

Haga. Respondió.

Bajé un poco la ventanilla de mi puerta. Comenzó a entrar el aire helado. Saqué del bolsillo del gabán la cigarrera y el encendedor.

¿Fuma? Pregunté con el brazo extendido hacia su lado y en la mano un cigarro.

Gracias. Dijo. Tomó el cigarro y lo puso entre sus labios. Le acerqué la llama del encendedor. Dio una pitada profunda antes de exhalar el humo que se dispersó por el habitáculo.

Los primeros copos comenzaban a estrellarse enloquecidos contra el parabrisas apurados por el viento.

Encendí mi cigarro.

Epílogo

Volví a Colonia Alpen los primeros días de noviembre. En la ruta, a la altura donde antes los paisanos habían establecido el piquete, un retén del ejército obligó al conductor del taxi a detenerse. Nos hicieron descender de vehículo para realizar una inspección. Un sargento, el que parecía a cargo de los efectivos, requirió mi documento y me preguntó el motivo de mi visita al pueblo. Dije ser periodista, le entregué también mi credencial. Se retiró hasta una camioneta Ford verde oliva estacionada a un costado. Abrió la puerta del lado del acompañante, sacó una hoja. Leyó mis documentos, cotejó con la planilla. Volvió.

Lo lamento, señor. Le está vedado el ingreso a la localidad. Sentenció con una voz algo impostada, trataba de sonar arrogante y de algún modo lo conseguía.

¿Puedo saber por qué?

No puedo darle esa información. Es la orden y debe acatarla. Va a tener que regresar por donde vino. Le devuelvo su libreta y la credencial.

…

Apenas pasado el invierno, cuando la nieve y el hielo dejaron de cubrir las tierras y caminos de la comarca, un operativo del ejército acabó con la sublevación de los paisanos y con la vida de la mayoría de ellos. Los que no cayeron en el combate (la refriega duró poco tiempo, según dijeron) fueron capturados y fusilados a la semana. Unos pocos, al parecer no más de tres, lograron escabullirse por los cerros boscosos.

Hace unos días, al llegar al periódico, encontré sobre mi escritorio una carta del secretario general de la Federación Obrera de Villa Soto. En ella me anoticiaba de los hechos. A Cortez lo mataron en el viejo aserradero de los Wood. Ahí le había tocado estar apostado la madrugada en la que el ejército inició la ofensiva. Priddy y Antileo no aparecieron entre los muertos ni capturados. Nada saben en el pueblo de sus suertes. Se sospecha que han de haber cruzado el Magallanes y están en la parte chilena de la Isla Grande. A Eusebio López lo fusilaron. Miguelón no corrió mejor suerte. Enterado de los sucesos, decidió vengar la muerte de su hermano. Lo hacía responsable a Shepherd. Bien sabía que la vida y la muerte en la comarca solía depender de su arbitrio. Aprovechó el momento en que el inglés estaba recorriendo el haras montado en su inconfundible tordillo árabe.

Al galope tendido, levantando el polvo de la estepa, dicen que se les apareció el gauchito. Ninguno de los lugartenientes de Shepherd ha de haber desconfiado, les resultaba algo habitual verlo probar los caballos que criaba para el patrón. Pero esa tarde, la costumbre les jugó una mala pasada. El Miguelón, sin detener la carrera, desde arriba del caballo disparó las seis balas del tambor de un 38 sobre el cuerpo del inglés. El resto es fácil de imaginar. Los matones del estanciero se largaron tras el gauchito. Unos arrieros lo encontraron varios días después tirado entre unos calafates en una hondonada al pie de una barda.

La Lucinda lloró a sus hijos con estoicismo antes de dejar a los dos hermanos nuevamente juntos, bajo la tierra; uno a cada lado del Venancio, su padre.

Ahí descansan en paz los tres, con los otros muertos de la montonera, en el cementerio de los pioneros, poco más allá del arco de troncos que señala la entrada a Colonia Alpen.

SALVO UNA REVOLUCIÓN
(viento)

Ceferino Jordán

El camioncito rojo, envuelto en una nube de polvo y de chirridos, cruzó el vado del Río Seco sin aminorar un ápice su velocidad. Alborotó con su andar bochinchero al perrerío de la chacra de los Berini. Realizó una maniobra poco ortodoxa y bastante temeraria en la curva de acceso al pueblo y tomó por la única calle delimitada de El Cantizal. La arteria era una derivación de la ruta y rodeaba la plaza, que era un baldío con algunos arbustos, dos o tres bancos hechos con troncos y un palo que hacía las veces de mástil en el que nunca nadie izó bandera alguna. Justo frente al sitial del pabellón en ausencia constante se hallaba la delegación municipal, lugar donde el conductor clavó los frenos para detener la endiablada carrera.

Amanecía en la estepa y ni un alma se aventuraba por las calles asoladas por el viento. Apenas si, ante la alteración provocada por la estridencia del vehículo, alguna cortina se descorrió para que un curioso o curiosa pispeara hacia el camino.

Ni bien detuvo su marcha, la bocina del camioncito rojo comenzó a sonar una, otra y otra vez. Los repetidos toques evidenciaban una impaciencia que contrastaba con el amanecer somnoliento del villorrio. De todos modos, esta insistencia un tanto desmesurada no hizo mella en la abulia de los pobladores de El Cantizal. Ninguna puerta se abrió.

Ceferino Jordán, el delegado municipal, escuchó la llamada, pero continuó afeitándose sin que la constancia del desagradable sonido lo afectara demasiado. Era un hombre que no permitía que ningún acontecimiento lo sacara de su eje y su eje era el razonamiento equilibrado. Cada hecho debía tener una explicación clara y él debía haber sopesado todas las posibilidades y sus efectos posibles antes de actuar. Como pensar le llevaba algún tiempo y durante ese lapso se ensimismaba, algunos lo percibían como un hombre equilibrado, pacífico y algo apático; otros simplemente lo consideraban un estúpido.

La bocina del camioncito rojo estacionado frente a la delegación seguía sonando, solo los perros respondían su perseverancia con aullidos. Como todo mal en «esta viña del Señor», los bocinazos cesaron. O más bien dieron paso a la voz de Juan Carreño, el chofer, que gritó una y otra vez desde la vereda: «Señor delegado municipal, mensaje urgente para usted.»

Cuando Ceferino cerró la puerta de su domicilio y se dispuso a atravesar la plaza rumbo a la delegación, Carreño se había rendido, esperaba sentado en el camioncito rojo reparándose del ventarrón cuyas ráfagas llegaban a levantar capas del pedregullo del enripiado.

El delegado caminaba ajeno al meteoro que azotaba sus ropas, dificultaba su andar erguido y contrariaba su intención de mantener un rumbo recto para acortar la distancia. Cruzó la calle y pasó junto al vehículo estacionado con la misma actitud indolente. No atinó a girar el cuello y dirigir una mirada hacia dentro del habitáculo, no saludó al chofer que lo aguardaba. Se detuvo frente a la entrada de la delegación, abrió maquinalmente la cerradura, ingresó y cerró la puerta con premura para que el viento no lo acompañara hacia el interior. Lo más llamativo es que realizó estos movimientos como si nadie estuviera allí esperándolo, como si nadie lo hubiera estado llamando con una insistencia que denotaba urgencia, como si este imprevisto no lo afectara, ni le generara sobresalto alguno. Se movió en todo momento ignorando a Carreño que con cierta perplejidad, no ajena a una modorra que comenzaba a invadirlo luego de una noche completa de manejar en una ruta desierta, lo escrutaba por detrás del parabrisas mugriento.

Segundos después Carreño se apersonaba en el despacho del delegado de El Cantizal.

—Buenas, don. Soy Juan Carreño, fletero, vengo de parte de don Lorenzini, el presidente del Comité Central del Partido.

Jordán se arrellanó en su silla. Una vez que estuvo cómodo sacó un block de hojas del segundo cajón del escritorio y se puso a escribir.

Carreño, que lo miraba hacer, insistió: —Vengo de parte de don Lorenzini…

Sin levantar la vista, el delegado dijo sin énfasis: —Entiendo.

El fletero se quedó un instante callado, esperando una pregunta de parte de Jordán. Como el hombre no se la formulaba, lanzó la respuesta mientras extendía su brazo para acercarle una carta: —Le envía esta nota. Es urgente.

Jordán no se inmutó, continuó escribiendo. Cuando consideró que había concluido el texto, arrancó con parsimonia la hoja del block, buscó un sobre en el segundo cajón, lo extrajo, dobló en tres el papel sobre el que había estado escribiendo, lo metió dentro del sobre que cerró y lacró. Recién en ese momento levantó la vista hacia Carreño: —Tome, dele esta carta a Lorenzini. Es mi respuesta.

El mensajero, todavía con el brazo extendido, lo miraba sin entender: —Pero, señor, ¿no va a leer antes el mensaje que le envía? —dijo mientras dejaba la nota que portaba en el escritorio para poder asir la que le entregaba Jordán.

El delegado tomó la esquela que provenía de la capital y, sin siquiera mirarla o amagar a abrirla, la depositó en el cuarto cajón de su escritorio, el último; luego, en tono neutro agregó: —Vaya nomás, el viaje es largo.

—¿Qué hago con las cajas de las que le informan en la carta que guardó sin leer? —averiguó molesto el chofer mientras iba saliendo.

—Abra el portón del costado y meta el camión en el patio. Déjelas bajo el cobertizo —respondió el Jordán desde su asiento antes de levantarse para preparar el mate que inauguraba cada mañana de trabajo en la delegación.

Carreño, aunque importunado por el gélido trato, salió y efectuó las acciones indicadas por el jefe comunal. Por encima del malestar personal estaba el cumplir con las órdenes de don Lorenzini. Cuando los cinco pesados cajones de madera estuvieron estibados en el precario galpón, volvió al camino a toda velocidad. Si al delegado municipal o a algún habitante de El Cantizal (a excepción del perrerío siempre atento) le hubiera interesado el espectáculo, podría haber visto el camioncito rojo partir del pueblo realizando maniobras temerarias envuelto en una nube de polvo y de chirridos.

Doña Carmela Costanzo, viuda de Rocich

Nada le gustaba tanto como una riña, a no ser un motín,
y nada le gustaba más que un motín, salvo una revolución.
Víctor Hugo, *Los miserables*

Jordán cerró la puerta de la delegación a las tres de la tarde
en punto. Una ráfaga de viento lo envolvió en una polvareda
asfixiante ni bien puso un pie sobre el ripio de la calle. Como un
autómata encogió el cuello para meter boca y nariz al resguardo
de las solapas levantadas del sobretodo y así intentar respirar. Si
alguno de sus conciudadanos, apartando una esquina de la cortina
de la ventana de la sala para poder espiar, echó una ojeada rápida
hacia la plaza en ese preciso momento, habrá visto un cuerpo,
aparentemente sin cabeza, marchando inclinado hacia adelante
para atravesar los remolinos de aire gredoso que producían las
rachas de viento, dirigirse hacia la puerta bajo un cartel de chapa
oxidado sobre el que todavía podía leerse en letras rojas pintadas
sobre un fondo negro: «Malatesta, almacén de ramos generales».

Dentro del local ubicado en la parte delantera de la casona,
oculta por el amplio mostrador, tejía sentada junto a la estufa
Doña Carmela Costanzo, viuda de Rocich, maestra jubilada,
mujer de poca estatura y mucho carácter.

La vocecita de la anciana que permanecía invisible sorprendió
al recién llegado.

—Buenas tardes, Ceferino.

—Buenas tardes, doña Carmela.

Las enormes estanterías de la despensa se veían endebles y
bastante raleadas; siempre amenazantes sobre la diminuta figura
de la veterana almacenera. Demás está decir que, por la escasez de
productos a la venta, por la limitada estatura de doña Carmela y
por su orgullo, que no le permitía aceptar que alguien la ayudara,
ningún tarro, paquete o botella estaba más allá del cuarto estante,
es decir, no más arriba del metro setenta u ochenta; altitud que,
de todas maneras, exigía a la despensera encaramarse sobre unos
cajones apilados.

Cada cliente que la vio trepar y estirarse para alcanzar, pongamos el caso, un paquete de yerba, temió o deseó, según el vínculo que hubiera establecido con la anciana viuda, al verla tambalear en puntas de pie, que se desplomara arrastrando tras de sí latas, paquetes, botellas y la destartalada estantería, temeroso o ansioso de ver el cuerpecito de la maestra jubilada aplastado bajo una pila de maderas y alimentos envasados. Sin embargo, «gracias a la virgencita», aunque el laicismo acérrimo de Doña Carmela no lo permitiría, cada una de las veces, para alivio o desazón del cliente, la anciana sorteaba los peligros y volvía victoriosa de las alturas entregando el paquete de yerba, si fuera el caso, a la persona que lo hubiere solicitado.

—¿Cómo supo, doña Carmela, que era yo el que entraba si no me vio? ¿O me vio? —averiguó el delegado municipal, mientras se acodaba en la madera gastada y se inclinaba hacia adelante para poder divisar por detrás del mostrador el rostro de la anciana.

—Mi querido, conozco a mis clientes por su forma de abrir la puerta y entrar. El ruido del picaporte, las bisagras y el rechinar de las tablas del piso son como huellas digitales; todos los que vienen provocan una sucesión de sonidos distintos. Siempre tuve buen oído. Ya en la escuela, vos te acordarás, podía escuchar lo que se decían en voz baja los últimos de la fila. El terrible para la charla era Robertito… ¿Te acordás de Robertito, Roberto Martínez…? —peguntó con algo de malicia.

—Sí, Doña Carmela, Roberto trabaja para la delegación municipal.

—¿No se había ido a vivir a Esquel después de que tuvo ese conflicto en…?

—Doña Carmela, ¿me corta doscientos de mortadela y cien de queso? —agregó Jordán para cortar con la cháchara de la vieja.

—No me queda nada de queso ni mortadela, querido. Hace un tiempo que no viene el proveedor de Villa Soto.

—¿El camión que vino la semana pasada no le trajo?

—No, ese es el de las conservas y el aceite —respondió la anciana con cierto malestar por una pregunta que consideraba de metiche. Luego dijo: —Si sabés de alguien que viaje para allá….

—Despreocúpese, doña Carmela. Yo le aviso en cuanto me entere de alguien que vaya para la villa.

—Lo que tengo de fiambre es lo que me acercan los Berini, cuando carnean. Aunque ellos tampoco han venido últimamente. Me quedaron unos salamincitos nomás —anunció la almacenera señalando tres salamines resecos que colgaban por el hilo de un clavo puesto en un estante.

—Me llevo uno, entonces —dijo Jordán, entre resignado y compasivo. Enseguida agregó—: Y medio de pan ¿le queda algo?

—Sí, sí, pan siempre tengo. Leticia, la hija de la finadita Antonia, todas las mañanas sin falta me trae una canasta. Ella salió a la madre, responsable. Por suerte. El marido de Antonia, el finado Anselmo, vos te debés acordar, era jugador y borracho, algo violento además. Una porquería de hombre. Lo conocí muy bien porque era medio amigote de mi difunto esposo. Aunque Benito era muy distinto, su vida era el trabajo en primer lugar, luego la familia y por último, pero mucho más relegados, sus dos pequeños vicios, los naipes y las cuadreras. La cuestión es que, vos te acordarás, el Anselmo los dejó en la miseria misma…

—Deme medio kilo de pan y un salamín de esos —le insistió el delegado municipal a la anciana que ni siguiera se había levantado de su silla junto a la estufa y seguía tejiendo mientras hablaba.

—Disculpame, querido, termino esta manga y te los alcanzo. No puedo dejar de tejer ahora, no quiero que se me salga un punto. Estoy tejiendo un pulóver para el nieto de Cándida. Vos viste que esa no sabe hacer ninguna otra cosa que coserle los calzones al cura…

Hizo una pausa en su conversación y dejó de mover las agujas. Se puso a contar en voz baja, para sí, los puntos del tejido. Luego continuó:

—Claro que ya me enteré de que no hay cura, lo digo de manera simbólica. Esa mujer está todo el día en la capilla, no sé qué tanto tiene que hacer ahí…

Mientras Jordán esperaba que la anciana le despachara el salamín y el medio kilo de pan, simulaba oírla con atención, pero su pensamiento rondaba por otros lados. La nota de Lorenzini, que hubiera preferido no leer por maliciar de antes su tenor y el contenido de las cajas apiladas en el cobertizo de la delegación lo espoleaban.

—… «El opio de los pueblos», pero esa chupacirios ni se da por enterada —continuaba su razonamiento la maestra jubilada devenida en almacenera—. Es mi cuñada y en cierto modo la aprecio, no es mala, pero no me gusta que ande todo el día en la iglesia…

Hizo una pausa, y algo agitada retomó su monólogo:

—Y seguro que algo me va a decir sobre el color de la lana. Nunca le gustó el rojo…

—Doña Carmela —soltó a viva voz el delegado municipal con la intención de cortar el soliloquio de la mujer—: hagamos una cosa, usted termine con el tejido tranquila y luego me prepara el pedido. Yo paso a buscarlo más tarde.

Dicho eso, salió del almacén.

—Siempre tan raro este muchacho. El bobo se va así, sin la mercadería, sin despedirse siquiera. ¿En qué andará para estar tan ansioso? —reflexionó la anciana casi en un suspiro, sin levantar la vista del tejido ni detener sus agujas frenéticas.

Candelaria

El delegado municipal salió del almacén de Doña Carmela para enfrentarse nuevamente al despiadado ventarrón que arrasaba la estepa. Bordeó la plaza, en torno a la cual se agrupaba el casco urbano del pueblo que contaba con treintena de casas, sin contar las de las chacras, los puestos de estancia ni los campamentos que armaban y abandonaban las empresas y quedaban desperdigados por la zona. Al llegar a su hogar corrió el pestillo de la portezuela del cerco; sin embargo, no llegó a ingresar. Jordán quedó detenido, como si de pronto algo lo hubiera encantado o petrificado. Dejó de lado todo movimiento excepto el bamboleo al que lo obligaba el ventarrón. Sus ojos, que apenas sobresalían sobre las solapas levantadas del sobretodo, miraban si ver, estaban fijos en un punto al que, de todos modos, no distinguía. Ceferino Jordán estaba pensando y cuando esto pasaba el tiempo se detenía y el mundo, por obvias razones, también debía hacerlo.

Dos casas más allá se abrió una puerta. Por ella salió una mujer bien abrigada, con la cabeza cubierta con un chal. Parecía tener prisa. Caminaba rápido, muy rápido, aunque sin que el andar llegara a la carrera. La sucesión de sus pasos llegaba a levantar, del piso reseco, una minúscula nube de tierra que se dispersaba al instante. Alguien avanzando con esa prontitud rompería el equilibrio de cualquier orbe detenido. Jordán por el rabillo de su ojo izquierdo percibió una mancha deslizándose veloz por uno de los senderos de la plaza. Entonces decidió moverse. Amagó un caminar por el senderito de piedras que culminaba en el umbral, pero algo en su meditación interrumpida por el paso veloz de la vecina lo conminaba a no ingresar todavía a su hogar, le dictaba que no era el momento de dar por finalizada la jornada de trabajo. Retrocedió y volvió a su lugar el pestillo de la portezuela del cerco que demarcaba el lote en el que se hallaba su casa. Giró su cuerpo hasta ponerlo en la dirección casi opuesta a la que traía al momento de su regreso y se encaminó nuevamente hacia la delegación municipal.

La mujer entró al almacén a toda prisa.

—Buenas tardes, Candelaria —pronunció la vocecita que venía de atrás del mostrador.

—Buenas, Carmela —respondió la mujer y, al instante, preguntó señalando hacia la ventana que daba a la calle y a la plaza—. ¿No sabe qué le anda pasando al Ceferino?

—Vos sabés bien que no soy una persona de fijarme en lo que le ande pasando a los demás —dijo la vieja maestra jubilada con cierto desprecio sin levantase de su sillita que formaba casi una unidad con la estufa y sin dejar de tejer.

—Lo noto raro. Cuando salí para acá estaba parado y, perdonando la expresión, estaba como «papando moscas». Me parece que ni me vio.

—Ha de ser así, m'hijita.

Por un momento se hizo un silencio solo interrumpido por el chillar de las chapas azotadas por el vendaval. En esa interrupción, Doña Carmela contaba los puntos de su tejido casi susurrando, mientras Candelaria se aproximaba hacia la ventana para mirar hacia afuera. No vio más que una resolana que a duras penas atravesaba el tierrerío desperdigando una luz macilenta sobre los arbustos de la plaza que seguían agitándose enloquecidos. Tuvo ganas de llorar. No se lo permitió, solo dejó que sus ojos se humedecieran un poco y cobraran un brillo triste.

—¿Vas a necesitar algo del almacén, che Candelaria? —preguntó la vocecita insidiosa que parecía surgir desde un pozo.

Candelaria tardó en responder. Temía que su voz se quebrara. Si esto pasaba, no podría contener el llanto y no quería llorar. No en el almacén de Carmela, no en la guarida de una anciana a la que ahora temía, no frente a la mujer que alguna vez fuera su maestra y consejera.

—No, Carmela, no necesito nada —apenas si alcanzó a terminar la frase con un hilo de voz. Huyó a la carrera, enfrentando al viento que le barría las lágrimas.

El cabo Linares

El cabo Linares, con la jarra de cocido en la mano, se asomó por la ventana de la repartición, de la que había tenido que hacerse cargo luego de la muerte del principal Graciano por causas naturales, según Ramona Alegre, enfermera, partera y boticaria del pueblo. El uniformado vio a Ceferino Jordán cruzar la plaza en dirección a la delegación municipal por segunda vez en el día, algo fuera de lo común. Jordán era un hombre de cumplir con su horario a rajatabla, era puntual para entrar y más puntual todavía para salir de su puesto. No le robaba ni le donaba ni un minuto de su tiempo a su tarea de administración de la comuna. Era un hombre justo y equilibrado. Sobre todo esto último, equilibrado.

Linares también vio a la Candelaria ir apurada hacia el Almacén de la vieja Carmela y regresar corriendo hacia su casa. Esa tarde no vio a nadie más cruzar la plaza a merced del viento y la polvareda.

Que el delegado municipal regresara fuera de horario a su despacho le daba mala espina. Conjeturó que algo tendrían que ver con ese raro accionar de Jordán los bocinazos que lo despertaron por la mañana. Sin radio ni telégrafo en la seccional Linares no podía enterarse de nada que no pasara en las cercanías visibles y, a veces, ni siquiera de eso.

Tomó un trago de cocido y luego otro sin dejar de escrutar hacia la casa que hacía las veces de delegación municipal, que se hallaba, en diagonal, a unos cincuenta metros de la comisaría. Estaba en ese menester policíaco cuando pudo observar, entre la polvareda arremolinada, una figura asomarse al patio de la delegación. Tenía que ser Jordán, no cabía otra posibilidad, que había salido y encaraba hacia los fondos. Pudo notar que el delegado se metía en el cobertizo donde guardaban las herramientas. Lo perdió de vista porque se interponían en primer lugar el tractor, único vehículo oficial al servicio de la comuna y que el Tito Martínez había estado reparando por la mañana, y más allá una hilera de matas espesas.

Intrigado por estos movimientos Linares se quedó inmóvil, parapetado tras el vidrio, con la mirada clavada en ese patio. Estuvo en esa posición casi una hora en la que no pudo ver más que el tractor, una parte del cobertizo y las matas azotadas por el viento en medio de una constante cortina de polvo. El rigor de su vigilancia provocó que el último sorbo de cocido lo tomara frío. Con el jarro vacío en su mano derecha alcanzó a percibir la figura de Jordán retornar del fondo e ingresar a la delegación. Diez minutos más tarde cerraba la puerta, se levantaba las solapas del sobretodo, hundía la cabeza en ellas y volvía a cruzar la plaza enfrentando el vendaval. Al llegar a su vivienda, corría el pestillo de la portezuela, la abría, ingresaba a su propiedad, cerraba la portezuela, volvía a correr el pestillo, recorría el sendero de piedras que terminaba en el umbral, colocaba la llave en la cerradura de la puerta de acceso, abría la puerta que era de madera lustrada, entraba a la casa y cerraba la puerta de madera lustrada. El cabo Linares siguió cada uno de estos movimientos con pasión detectivesca. Cuando Jordán desapareció en el interior de su vivienda, el cabo fue hasta el escritorio, tomó el libro de novedades y anotó puntillosamente los sucesos acaecidos durante la tarde. Luego se echó a dormir una reparadora siesta. Debía estar descansado para la ronda nocturna.

El Justiniano

Las chapas del rancho se estremecían. Las ráfagas las aporreaban sin piedad. El Justiniano dormitaba tirado en el catre, totalmente ajeno al meteoro y a los sucesos del pueblo, del país, de la misma historia. Ni siquiera lo importunaban las vacilaciones de la estructura de su refugio que permanecía en pie por algún prodigio que las leyes de la física no podrían explicar.

En este punto no está demás decir que el Justiniano tenía cierta fama de milagrero y que cada tanto aparecían por su rancho pobladores de otros lados trayendo algún tullido o desahuciado. Se podría decir que su único ingreso monetario provenía de aquellas esporádicas visitas que, también viene al caso aclarar, habían disminuido con el correr del tiempo. No necesariamente por alguna mala praxis, que por ahí las había tenido, sino más bien porque el pueblo y la zona fueron deshabitándose poco a poco. Primero con los éxodos provocados por el cierre de la mina de los Miller y la interrupción de la traza de la ruta. Finalmente, cuando los de la estancia Buena Esperanza echaron a los mapuches. En ese momento la estepa se volvió definitivamente un desierto. Fue como si una maldición hubiera caído para dejar ese territorio a la buena de Dios. Los tres pozos del valle al parecer se vaciaron. La petrolera decidió, entonces, suspender la explotación del yacimiento por considerarlo improductivo. Con su retiro, el campamento ubicado al pie del morro donde nace el Río Seco quedó abandonado.

El Justiniano se estiró a más no poder mientras lanzaba un profundo bostezo. Una vez que sintió laxos sus músculos, bajó su pie del catre para sentarse mirando hacia la ventana. Afuera atardecía con un rojizo apagado que teñía la polvareda. Más allá, hasta mucho más allá, la estepa, ondulada por las bardas. Al fondo, por donde había caído el sol, el lomo amarilleado de los cerros, contrastando con sus laderas grisáceas. Detrás del rancho, que resistía a duras penas los embates furiosos, el pueblo. El Justiniano había decidido darle la espalda a El Cantizal.

Cuando consideró que era hora de ponerse de pie para ir al retrete, buscó al tanteo con su mano izquierda la muleta que reposaba apoyada contra la pared de madera ennegrecida por el hollín, la calzó bajo el sobaco izquierdo y haciendo fuerza con la única pierna que le quedaba se irguió. Caminó hasta la puerta, descolgó su poncho del enorme clavo que lo sostenía, se abrigó y salió. Si bien el retrete estaba junto al rancho, apuntalado contra una de sus paredes, las rachas lo hacían flamear por momentos. Está de más decir que esto no importunaba al Justiniano, acostumbrado a los rigores de ese clima y a todo el abanico de rigores que pudiera proponerle la existencia. Si tenía que cagar, cagaba bajo cualquier condición y en el sitio que le fuera más o menos propicio para tal menester.

En alguna confesión, el Justiniano había hecho saber que consideraba que día tras día su cuerpo se iba dispersando para ir dejando al descubierto el alma. Tal afirmación no era del todo descabellada ya que era flaco, enjuto, casi traslúcido. Apenas si comía. Se alimentaba cada tanto con lo que le acercaba alguno de los Berini, que eran los únicos habitantes del pueblo, más bien de los alrededores, con los que todavía tenía algún trato. También lo aprovisionaban con alguna botella del aguardiente que destilaban en la misma chacra. A cambio, él les «sanaba» los animales.

Hallándose bajo los efectos del licor provisto por sus benefactores, estos mismos le habían escuchado decir que no echaba de menos su pierna perdida, que era una forma de ir dejando de lado su corporalidad, que más allá de la gangrena la pierna cercenada era parte de un proceso de paso a la espiritualidad más pura y delicada. Les había hecho saber también que si los vecinos lo ignoraban era porque no podían verlo ni percibirlo de modo alguno, porque solo podían contemplar la materialidad más vil y ordinaria. Les había asegurado que El Cantizal era un pueblo maldito porque se había nutrido de la sangre negra de la tierra.

El Justiniano volvió del retrete para sentarse junto al tacho que usaba como brasero. Antes había manoteado de la mesa la botella de aguardiente con un resto que apuró en un trago. Dio un vistazo por la ventana sin ver más que una abstracción del paisaje. Su verdadera ventana se abrió al aprisionar los ojos con sus párpados. Allí se encontraba con la verdad esencial de las cosas mundanas, donde carecían de forma corporal definida y solo eran trazos de energía fluyendo. Podía pasar horas en estado de trance y esa vez no fue la excepción. El Justiniano permaneció inmóvil, con los ojos cerrados, sentado en la silla junto a la rústica estufa, durante unas cinco horas. Ya era de madrugada, y en el tacho no había más que rescoldos, cuando la estridencia de la explosión lo arrancó de su letargo místico.

Ramona Alegre

Ramona Alegre, enfermera titulada, vivía con su marido, Celso Ordoñez, carpintero y artesano tallador, en la casa más coqueta del pueblo. Los tres hijos del matrimonio, dos mujeres y un varón, se habían afincado en la capital luego de que emigraran para seguir sus estudios. Regresaban esporádicamente para las celebraciones de la familia.

Como el estimado auditorio ya sabe, uno de los oficios de Ramona era el de partera. Sin embargo, hacía ya cinco largos años que nadie la llamaba para un alumbramiento. Los mismos oyentes no debieran instalar un manto de duda o de sospecha en la calidad de atención, conocimientos y trato de la enfermera en cuestión; tampoco estarían acertados si infirieran que las parturientas marchaban a la ciudad más cercana, ubicada a casi cuatrocientos kilómetros, para dar a luz. El caso es que durante un lustro ninguna mujer de El Cantizal anunció haber quedado embarazada, ni ninguna fue vista en estado de gravidez por sus vecinos. Este narrador no ha podido recabar si se ha debido a una negación de la naturaleza o a una decisión de las mujeres y los hombres en edad fecunda. Posiblemente no ha de ser en vano aclarar que la edad promedio de los habitantes de El Cantizal, al momento de los sucesos relatados, era de cincuenta y tantos años.

Ramona Alegre por otra parte continuaba día tras día dando inyecciones, midiendo la presión arterial, haciendo curaciones y vendiendo remedios en su domicilio. Su vademécum era limitado pero cubría las necesidades básicas de la escasa población. Su hija menor, que había estudiado para farmacéutica y trabajaba en una droguería, la proveía de medicamentos cada vez que visitaba a sus padres.

La noche de la explosión Celso Ordoñez se había quedado trabajando en su taller, contiguo a la casa. Su esposa estuvo cebándole mates hasta las diez y cuarto, más o menos. Luego se acostó a leer una revista de divulgación científica. Cerca de las once, Ordoñez se presentó en el cuarto matrimonial dispuesto a meter su cuerpo bajo las cobijas. Ramona le comentó que en uno de los artículos hablaban de una planta medicinal, de propiedades curativas casi milagrosas, que habían descubierto en el Amazonas. Él hizo alguna observación sobre los árboles y las maderas de la selva amazónica mientras se desvestía. Una vez que Celso apoyó la cabeza sobre la almohada, se dieron el correspondiente saludo de buenas noches. Ramona dejó la revista sobre la mesita, apagó la luz del velador y cada uno por su lado se dispuso para el sueño.

Cuando el estallido hizo temblar los vidrios de todo El Cantizal, la enfermera pegó un respingo y se despertó desorientada. Su marido, de sueño profundo y con sordera incipiente, entreabrió los ojos y preguntó: —¿Pasa algo, Ramona?

La mujer, alelada y con los ojos abiertos, llena de espanto, agitada respondió:

—¡Oí una explosión…!

—¿Una explosión? ¿Dónde?

—¡No sé, Celso… afuera…! —dijo angustiada, antes de levantarse y anunciar—. Voy a ver.

—Por ahí lo soñaste, Ramona. Yo no escuché nada —manifestó el hombre, con cierta incredulidad bastante lógica, por otra parte, ya que en ese pueblo nunca pasaban cosas demasiado extrañas o aparatosas. Su esposa no pudo oír el atinado comentario pues ya había salido del cuarto y estaba corriendo uno de los bordes de la cortina de la sala para mirar hacia la plaza.

De no haber estado abstraída, contemplando a través de la ventana el dantesco espectáculo con el que se encontró afuera, más allá de la plaza, habría advertido la voz de su marido que desde el cuarto, todavía arropado en la cama, muy suelto de cuerpo conjeturaba: —Capaz que el Loco Lito otra vez volvió a tirotear la luna… Che, Ramona, fijate si hay luna llena.

El Loco Lito

La noche de la explosión la luna mostraba encendida la totalidad de su circunferencia. Su luz, aureolada por la polvareda, blanqueaba la estepa y se filtraba en las casas de El Cantizal a través de las brechas que dejaban las cortinas en las ventanas.

Como cada vez que el calendario anunciaba luna llena, el Loco Lito se apersonó al atardecer por la comisaría para pasar la noche allí, en el calabozo. Esta medida de prevención había sido establecida, en un primer momento, por el principal Graciano, con la anuencia del delegado municipal, luego del episodio psicótico que tuviera el Loco Lito. Un enero, de madrugada, los tiros de un arma de fuego despertaron a la mayoría de los habitantes del pueblo que al asomarse tras las ventanas vieron entre anonadados y risueños a Lito correr enajenado por la plaza disparando con su carabina hacia el cielo nocturno. Cuando el finado Graciano, que estaba de guardia, logró desarmarlo justo después de que al Loco se le acabaran las balas, mientras lo esposaba le escuchó decir que le disparaba a la luna porque era maligna porque lo había obligado a cometer los peores actos de su vida, y que todos sus pecados habían sido provocados por esa luz demoníaca. Ya en la comisaría confesó haber sido el autor de dos crímenes en Choele Choel. La cuestión es que el policía no le creyó, o no consideró necesario creerle y abrir una investigación, que lo llevaría a tener que ponerse en contacto con un juzgado y con una delegación lejanos, abrir un expediente, enviar copias y un sinnúmero de tareas burocráticas que, seguramente, no serían más que una pérdida de tiempo, porque Lito hacía ya quince o dieciséis años que vivía de manera ininterrumpida en El Cantizal y se había aquerenciado allí y, aunque era un poco raro, se había ganado el cariño de casi todos los habitantes del pueblo, incluido el propio Graciano, que solía tirarle unos pesos para que le arreglara el jardín de la casa o para que pintara la comisaría. De todos modos, por las dudas, decidió quedarse con la carabina de Lito.

Con el baleador de la luna desarmado, no había motivos para que, con cada luna llena, este pernoctara en una celda. Sin embargo, más allá de lo dispuesto por las autoridades en forma meramente retórica, fue el propio Loco Lito el que comenzó a presentarse en cada atardecer previo a un plenilunio en la comisaría pidiendo pasar cada una de las noches, mientras durara este fenómeno, dentro de un calabozo. Según él, no quería quedar nuevamente a merced de tal nefasta influencia.

La noche de la explosión el Loco Lito había quedado solo en la comisaría. El cabo Linares se había marchado pasada la medianoche, cuando Lito dormía a pierna suelta en su celda con la puerta abierta, como correspondía al trato de un huésped voluntario. Linares se evadió de la repartición y con un andar sigiloso en medio de las tolvaneras se aproximó hasta la casa de la Candelaria.

La ventana de la habitación de la muchacha daba a un lote vacío. El cabo se deslizó entre los arbustos, cogió un canto rodado pequeño y lo arrojó con mano de seda hacia el vidrio. Era la señal convenida con ella. El ruido fue minúsculo pero alcanzó para que la Candelaria, que lo esperaba despierta, lo oyera y abriera la ventana para que el policía ingresara por ella.

La Candelaria sostenía esta relación clandestina con el cabo Linares solamente porque la naturaleza se lo pedía a gritos. Lo antes dicho podría llevar a los oyentes a un equívoco, pues podría conducirlos a pensar, como si se tratara de una verdad incuestionable, que la muchacha se sentía atraída sexualmente por Linares. Podría además conjeturar el mismo auditorio que el cabo era un hombre atractivo, al menos para ella. No era así, para nada. Tal vez la Candelaria sintiera en lo recóndito de su deseo alguna especie de atracción contradictoria o perversa hacia el uniformado, pero su condición de hembra realmente se alborotaba ante Ceferino Jordán, el delegado municipal, que apenas si le prestaba una atención cordial aunque asexuada.

La explosión interrumpió el coito. El cabo en un mismo salto salió de la Candelaria y de la cama. Desnudo se asomó por la ventana de la pieza, pero no alcanzó a ver más que un resplandor de fuego proyectado contra las chapas de las casas vecinas. Buscó frenético una ventana que diera a la plaza. Cuando la halló, pudo contemplar a través de ella la humareda y las llamas, contrariado por un suceso que no solo derrumbaba sus planes de una velada romántica, por así decirlo, sino también, desnudaba sus dos faltas: abandonar la comisaría estando a cargo de ella e involucrarse de manera clandestina con una civil. El cabo debía, como autoridad competente, presentarse en el lugar del siniestro y actuar tal como lo dictaminaba el manual de procedimiento que él mismo había redactado, más que nada para pasar el tiempo. Se vistió a la carrera, salió por la misma ventana que le había abierto la Candelaria para su ingreso, y, escondiéndose entre los arbustos, se escabulló por los fondos del baldío.

Roberto «Tito» Martínez

La información oficial dejaba entrever, o pretendía hacer creer, que el delegado municipal Ceferino Jordán le alquilaba una de las tres habitaciones con las que contaba su vivienda a Tito Martínez. Las malas lenguas, de las que había tantas como habitantes en El Cantizal, y que, por otra parte, hacían correr una información más fehaciente, afirmaban que Martínez no le abonaba alquiler alguno a Jordán.

Roberto era nativo de El Cantizal. De su padre nadie nunca supo nada. Tampoco él, que no lo conoció ni recibió datos de parte de su madre que, por otra parte, un día de septiembre a media mañana dejó el pueblo en un camión de vialidad. Ese día, al momento de la partida de Cándida Martínez, el niño se hallaba en la escuela. Ese día, un viernes, al mediodía, Robertito regresó a la pensión de los Maturano, la que se quemara años después, corriendo libre, como siempre lo hacía al salir de la escuela. Con su guardapolvito blanco desprendido flameando por impulso del viento y de la carrera como si fuera la capa de un despreocupado superhéroe, corría el niño blandiendo su pequeño portafolios de cuero marrón. No le llamó la atención en un primer momento, cuando llegó a la pieza que compartía con su mamá, que ella no estuviera todavía. A veces le salían trabajos que debía realizar a cualquier hora del día o de la noche. Robertito entonces, para esperarla, se tiró en su cama y se puso a leer una revista de historietas. Cuando no aguantó más el hambre, viendo que su madre todavía no regresaba, tomó el frasco de galletitas dulces, que tenía prohibidas antes del almuerzo y la cena, y se puso a devorarlas. Leía y engullía, casi con bronca, galletitas. Un rato después se quedó profundamente dormido. Despertó al anochecer, se encontró con la pieza en penumbras y su madre todavía ausente. No sintió miedo, pero lo invadió una inconmensurable tristeza. No lloró, porque los hombres no lloran, pero sus ojos se pusieron brillosos. Se quedó en su cama hasta que Catalina Maturano fue a buscarlo y le dio la noticia de una manera cruda y honesta, sin hacer pasar el abandono por una fábula inocente. Primero lo llevaron a la comisaría, luego a la iglesia. Allí estuvo una semana, hasta que la finada Bernarda Castelá, viuda y con cuatro hijos emigrados del pueblo, se decidió a criarlo. Cuando Bernarda murió, Tito tenía diecisiete años. Los hijos de la viuda vendieron la casa y Robertito debió transformarse en Roberto y comenzar su adultez. Buscó empleo en la estancia de los ingleses. Allí vivió y trabajó de peón hasta el día en que cayó preso, pero esa es otra historia.

Desde hacía seis años Tito Martínez trabajaba en la delegación municipal y desde hacía cinco residía en la vivienda que Jordán heredara de su padre, un militar retirado que llegó a El Cantizal sin esposa y con un niño de ocho años. Un hombre parco y sombrío que vivió recluido en su casa hasta la hora de su muerte. Apenas arribado al lugar realizó sus únicas interacciones sociales: buscar a una señora para que hiciera la totalidad de las tareas hogareñas y anotar a Ceferino en la escuela. Contrató a otra recién llegada desde la capital, Amparo Luna, mujer de rostro aindiado, pocas palabras y gran eficiencia, que se trasformó en la organizadora de aquel núcleo familiar durante algo más de una década y se marchó del lugar dos días después de la muerte de su patrón, que una madrugada decidió fusilarse en el patio de la casa. Aquel día Ceferino consolidó el odio ceniciento que venía amalgamando en torno a la figura de su padre.

Roberto Martínez se hallaba soterrado en una de las pesadillas que regularmente lo asediaban cuando el estruendo de la explosión lo arrojó hacia una vigilia alelada. Se incorporó rápido e instintivamente buscó con la vista a Ceferino. No lo vio, no estaba en el lecho junto a él. Lo llamó, no respondió. Se levantó para recorrer la casa, quizás se hallaba en el baño o en su escritorio o en la sala. Fue en vano, Ceferino Jordán había salido. Por un instante se sintió nuevamente abandonado. Con una angustia que le oprimía el pecho y atenazaba su garganta, Tito corrió hacia la ventana. Se encontró, del otro lado del vidrio, más allá de la plaza, con una escena que lo estremeció.

Pietro Ruggiero, «Il Bambino»

Ruggiero se restregó los ojos agobiados. Sabía que era de noche, pero no tenía una noción precisa de las horas transcurridas. Estaba intelectualmente exhausto y encima el sueño se le negaba. Había dormido salteado durante parte del día, el resto del tiempo se la había pasado leyendo y tomando notas en un pequeño cuaderno de tapas ajadas. Escribía más que nada reflexiones políticas. Cada tanto también narraba alguno de los episodios de su vida, los que podía contar sin poner en riesgo a sus compañeros. La lámpara a queroseno irradiaba un halo mortecino al que se había acostumbrado pero que fatigaba sus ojos luego de algunas horas de actividad. El sótano debajo del almacén, que no era más que un pozo irregular de aproximadamente tres metros por tres, con piso de ladrillos y paredes hechas con maderas y vigas para sostener la tierra, no le resultaba más cómodo que su celda en el penal del que se había fugado hacía aproximadamente un mes.

Pietro Ruggiero, cuyo nombre de guerra era «Il Bambino», se movía como un hombre de acción, o quizás más bien como un muchacho díscolo y con aires de valiente. No se consideraba a sí mismo un intelectual, aunque era un esmerado e incansable lector y parecía bastante erudito. Unos siete años atrás llegaba al puerto de Buenos Aires procedente de su Italia natal en un barco repleto de inmigrantes y era recibido por otros dos anarquistas, uno italiano y el otro porteño, que inmediatamente lo condujeron a una pensión por el barrio del Abasto. Se hospedó allí unos meses hasta el día que lo detuvieron. Lo acusaron de un atentado en el que no había participado, pero en su habitación, la tarde de la redada, la policía halló un pequeño arsenal del que no pudo, tal vez ni quiso, desentenderse.

En el sótano el estampido de la explosión se oyó atenuado, aun así provocó el sobresalto de «Il Bambino», que dejó de escribir y se puso a andar por el cuarto mirando hacia arriba y con las tripas llenas de preguntas. Intentó salir. Trepó por la escalera fijada a una de las paredes y empujó la tapa que estaba disimulada en el piso del almacén y funcionaba como entrada al sótano, pero la vieja la había trabado desde afuera. Era una mujer recelosa y, si bien, aceptaba con verdadera vocación anarquista refugiar a un compañero fugitivo, no confiaba demasiado en nadie, mucho menos en un muchachón desconocido.

—¡Doña Carmela… Doña Carmela…! —gritaba Ruggiero tratando en vano de hacerse oír. La anciana yacía en su cama, cubierta con una pila de frazadas, con la puerta de la habitación cerrada con llave desde adentro, al fondo de la casona.«Il Bambino» llamó a la mujer durante unos minutos. Con cada grito sin obtener respuesta, su ansiedad se multiplicaba y las conjeturas también: ¿Los compañeros venían a buscarlo y habían volado la comisaría? ¿Y si los milicos habían entrado a sangre y fuego al pueblo para detenerlo? ¿Un accidente? ¿Qué le pasaba a la vieja que no abría? ¿Lo escuchaba o no? ¿No la había despertado el ruido de la explosión? ¿Y si la vieja lo había dejado encerrado para entregarlo? ¿Y si la vieja había muerto?

Decidió dejar de gritar pues se dio cuenta de que sus llamados podrían ser escuchados por alguien más y generar sospechas de que algo raro pasaba en la casa de la anciana que, según le había contado, vivía sola desde la muerte de su marido. Sus nervios se iban crispando, comenzó a sentir el encierro. Algo estaba pasando afuera y no sabía qué, ni de qué manera podría afectarlo. Hizo un último esfuerzo intentando abrir la tapa que lo encarcelaba en ese pozo. Usó los hombros y la parte superior de su espalda para empujar. En el primer intento no logró ni siquiera que la madera se levantara un milímetro. En el segundo cargó con todas sus fuerzas, con la violencia necesaria como para romper una traba o un cerrojo. El impacto contra las tablas fue duro, tremendo. La madera crujió y se astilló, el hueso también. Un dolor intensísimo lo paralizó. Se sintió mareado, trastabilló y cayó de la escalera inconsciente.

Ceferino Jordán

De modo que cuando seas capaz, muestra incapacidad.
Cuando seas activo, muestra inactividad.
Cuando estés cerca, haz creer que estás lejos.
Cuando estés lejos, haz creer que estás cerca.
Sun Tzu, *El arte de la guerra*

Sentado en uno de los tres o cuatro bancos hechos con troncos que tornaban plaza aquel baldío en torno al cual se reunía el caserío que era El Cantizal, con las solapas del sobretodo levantadas hasta las orejas, con el cuello encogido, la boca y la nariz escondidas, las manos en los bolsillos, Ceferino Jordán contemplaba abstraído el fuego que devoraba la delegación municipal. Su rostro, o lo que de él quedaba al descubierto, no dejaba entrever ninguna emoción al ver cómo el viento avivaba las llamas que se levantaban enloquecidas hacia el cielo estrellado. Por momentos miraba sin ver los remolinos de fuego y de humo negro. Así lo encontró Roberto Martínez, que había salido de la casa angustiado, a la carrera, y que lo abrazó desesperado, y le habló, y le dijo entre sollozos que por un momento había temido lo peor, y que había llegado a pensar que estaba dentro de la delegación atrapado por el fuego, y le hizo preguntas, muchas preguntas. El delegado municipal no reaccionó, siguió en una pose estatuaria, neutra, ajena a la vida. Se dejó abrazar como también podría haberlo hecho un árbol o una columna. No respondió, no habló, siguió mirando el fuego que consumía el edificio de la delegación.

Por detrás del banco hecho con troncos, de Jordán y de Martínez se fue acercando el cabo Linares. Al ver la escena que mostraba el incendio como fondo y en un plano más cercano a Tito Martínez abrazando a Ceferino Jordán, se detuvo indeciso, sin saber de qué manera actuar. Más allá de Linares, parada casi en medio de la plaza, temblorosa, envolviéndose el pecho con sus brazos, sin poder dar un paso más estaba Candelaria.

Por fin, Linares se decidió a avanzar para cumplir con su función de policía, interrogar a Jordán y a Martínez, los dos únicos testigos presentes en el lugar. Ningún otro poblador había salido, nadie había para colaborar, para unirse e intentar apagar el incendio, ni siquiera para curiosear. No iba a ponerse solo y sin los elementos indispensables a combatir el fuego que, por otra parte, ya había consumido casi por completo la delegación e iba disminuyendo en su intensidad. Además, rápidamente evaluó que no había riesgo de propagación, ya que la casa más cercana estaba a unos cuarenta metros, y el viento soplaba para el lado de los fondos, donde estaban primero el cementerio y luego la estepa.

El policía solo pudo hablar con Roberto Martínez, que no aportó demasiados datos para poder establecer qué había provocado la explosión que diera inicio al ígneo. Sin embargo, sospechaba de Jordán, al que había visto volver a la delegación fuera de horario y meterse en el galponcito del fondo, lugar al que rara vez iba el delegado, poco afecto a ensuciarse las manos. Por otra parte nunca le había caído bien ese Ceferino, con sus modales refinados; compartía la idea general de que era un estúpido. Ya había discutido esa cuestión con la Candelaria, que lo defendía a rajatabla, demasiado como para no sospechar que sentía por él una especie de cariño. Y encima el Tito lo abrazaba como si fuera un hermano. No podía entender esa actitud del Tito, un buen tipo, sencillo, campechano, que había pagado con el cepo su única y minúscula culpa, abrazando a ese cagatintas como si fueran los mejores amigos del mundo.

—Jordán, me va a tener que acompañar a la comisaría. Tengo que tomarle declaración —afirmó con voz de autoridad el cabo. Era hora de poner a ese señorito en su lugar.

Jordán se levantó como un autómata y asintió con la cabeza. Luego, sin decir palabra, comenzó a caminar hacia la seccional.

Martínez le confesó al cabo: —No sé qué le pasó, no sé qué le pasa...

—Ya vamos a averiguarlo —le dijo el Linares con cierta sorna amenazante.

—Voy con ustedes.

—No es necesario, Tito. Mejor andate para la casa y dormí

tranquilo, yo me encargo del delegado.

—No, tengo que saber qué es lo que pasó. Además, no puedo dejarlo solo, Ceferino es mi amigo.

—Como quieras, Tito, como quieras —soltó resignado el cabo que ya marchaba hacia la seccional, caminando por detrás de Jordán, vigilante.

Candelaria, parada en el medio de la plaza, temblorosa, cubriéndose el pecho con los brazos, vio a los tres hombres ingresar a la casa que hacía las veces de estación de policía. De la delegación municipal quedaban solo restos humeantes apilados entre algunas tenues llamas. Nadie más que ella quedaba afuera, a la intemperie, a merced del viento.

Roberto «Tito» Martínez

Ceferino Jordán tenía la vista perdida en un mapa de la provincia sostenido con chinches sobre una de las paredes de la seccional. Se hallaba sentado en un banco ubicado a lo largo de la pared opuesta a la de los mapas y la pizarra de anotaciones. A la derecha, un escritorio; detrás de él, el cabo Linares. Junto a Jordán, estaba Tito Martínez que sentía su corazón oprimido. Volvía a estar en una comisaría como aquella vez, después del entrevero con el correntino, al que le manoteó la faca en la pelea cuerpo a cuerpo y al que tajeó una y otra vez, en un instante en el que la ira lo obnubiló, porque el otro se había excedido en sus bromas.

Durante unos minutos predominó el silencio, un silencio extraño, casi incomprensible. Linares pensaba y repensaba preguntas para el interrogatorio, sin decidirse, mientras hacía tamborilear sus dedos sobre el libro de actas. Jordán ensimismado, dentro de un abismo, lejano, muy muy lejano. Martínez acongojado, confundido, casi a punto de llorar.

Como salida desde una gruta, la voz agobiada del delgado municipal se anticipó a la primera pregunta que el cabo todavía no decidía:

—Yo soy el responsable, yo quemé la delegación.

Tito dejó caer su cabeza y sus ojos se le llenaron de lágrimas. Linares hizo una mueca que no era más que una sonrisa de satisfacción disimulada por la formalidad de la circunstancias.

Las preguntas que debía hacer Linares, como autoridad competente a cargo del atentado, se caían de maduras: ¿Con qué provocó la explosión? ¿Tiene explosivos en su poder? ¿Por qué quemó la delegación, señor Jordán?

Pero Jordán no respondió, no habló más.

La voz del cabo sonó triunfal cuando le informó: Voy a tener que detenerlo, Jordán.

Martínez tomó la mano del delegado municipal y la apretó por un instante, antes de que este se levantara para ser guiado hasta la celda. El cabo también se levantó, salió de su escritorio y se encaminó, marchando detrás del detenido, por el pasillo que llevaba hasta la habitación que funcionaba como calabozo. Al llegar a la puerta, la abrió y pidió: ¡Despertate, Lito, despertate…! ¡Aire, aire, andate a dormir a otro lado que tenemos un preso…!

Mientras hablaba le quitaba las cobijas al loco que intentaba despabilarse y miraba a su alrededor sin entender demasiado.

—¡Dale, salí te digo…! —ordenó el policía tomando de un brazo a Lito para levantarlo y sacarlo del lugar.

Una vez que el loco Lito, todavía sin entender ni poder abrir los ojos en su totalidad, salió de la habitación, Linares hizo un gesto con su brazo invitando a pasar a Jordán y exclamando en franco tono de burla: Pase, nomás, señor delegado, y póngase cómodo.

Una vez que Ceferino Jordán estuvo dentro, el cabo cerró la puerta con llave y volvió hacia su escritorio. Sentados en el banco estaban el Loco Lito entredormido y Tito Martínez que lloriqueaba tapándose el rostro con las dos manos.

El capitán Ramírez Ochoa

El camioncito color verde aceituna pasó levantando polvareda, alborotando al perrerío de la chacra de los Berini, y entró al pueblo envuelto en una nube de tierra y de chirridos. Cuando se detuvo, el capitán Ramírez Ochoa, sentado junto al chofer, vio que en el lugar de la delegación municipal había una pila de maderas carbonizadas y chapas humeantes. Bajó el vidrio de la ventanilla y desde el habitáculo hizo una seña para que los milicos que venían cagados de frío en la caja del camioncito descendieran. Una vez que estuvieron en tierra dio la orden a viva voz:

—Pregunten en las casas qué es lo que pasó, vean si saben algo. Y consigan yerba, agua y pan para el mate cocido. —Después se dirigió al chofer—: A la comisaría. Vamos a instalar ahí el centro de operaciones.

Los diez soldados, comandados por el cabo primero Lencina, se dispersaron y comenzaron a golpear una por una las puertas de las casas. No tuvieron ninguna respuesta, no se abrió ni siquiera un postigo, nadie salió. El cabo primero Lencina les ordenó que insistieran, entonces golpearon con mayor énfasis, alzaron la voz, dieron órdenes tratando de amedrentar a la población. Aun así, las puertas permanecieron cerradas. Lencina, aunque estaba contrariado, sabía que era cuestión de tiempo, que en algún momento alguien saldría por voluntad propia, por simple necesidad. Decidió dar el parte de lo sucedido al capitán. Reunió la tropa y marcharon hacia donde se veía el camioncito verde aceituna estacionado.

El capitán Ramírez Ochoa y el sargento Pereda, chofer, entraron a la comisaría del pueblo. Allí se encontraron con el Tito Martínez sollozando, el loco Lito tirado en el banco durmiendo y el cabo Linares escribiendo en el libro de actas. Éste, al levantar la vista, se encontró con un rollizo capitán del Ejército Nacional de pie junto a su escritorio. Se levantó de la silla como impelido por un resorte para realizar el saludo de rigor:

—¡Buenos días, mi capitán! ¡A sus órdenes, mi capitán! ¡Cabo de policía José Lorenzo Linares para servirle, mi capitán!

—Buenos días, cabo. Soy el capitán Ramírez Ochoa. A partir de este momento a cargo de la comisaría y del gobierno de El Cantizal.

—Como usted diga, mi capitán —acotó el cabo Linares con más temor que entendimiento, y sin saber qué hacer ni qué decir salió de su puesto, se cuadró y quedó a la espera.

—El sargento Pereda es mi segundo al mando —informó el capitán luego una rápida revisión ocular al precario destacamento; y preguntó—: ¿Dónde puede ubicarse la tropa?

Linares no sabía qué responder. La comisaría era pequeña, el pueblo ya no tenía ni escuela y nunca había contado con un hospital, la capilla tal vez, pero sin calefacción y con algunos vidrios rotos era una heladera, el obispado la había olvidado dejándola a la buena de Dios. Se quedó en silencio, pensando, hasta que con voz de ladino sugirió:—La casa del delegado municipal, que ahora está detenido, es grande…

—Es una casa civil. No puede apropiarse de la casa de otro, yo vivo allí —reclamó Tito interrumpiendo al policía.

El capitán fijó la mirada en Martínez, que se puso de pie y se quedó escrutando el rostro, interrumpido por un grueso mostacho, de Ramírez Ochoa. Éste con una declamación sentida se le adelantó al cabo Linares que amagó a responder, incluso llegó a emitir una sílaba que se esfumó en el torrente de voz del oficial:

—En momentos como estos, señor mío, en los que la historia se escribe en presente, todo es poco para servir a la Patria. Dar cobijo y comida a la tropa es servir a la Patria. Abrir las puertas de una casa para que reposen los soldados es servir a la Patria. Los hogares de los argentinos están para albergar a los soldados del Ejército Nacional.

Martínez, de pie, sin dejar de mirar al capitán, le respondió:

—Y ocupar la casa de un acusado detenido es inconstitucional.

El capitán largó una carcajada que segundos después, como por obediencia debida, contagió primero a Pereda y luego a

Linares. Apenas dejó de reír, sentenció:

—Cabo, métalo preso por sedicioso. —Y viendo al Loco Lito tirado en el banco durmiendo agregó—: A este me lo pone en la calle de una patada en el culo.

El cabo Linares no sabía qué orden cumplir primero, empezó por la más sencilla. Levantó de un tirón al Loco Lito, que no entendía nada, y lo arrastró hacia la calle. Inmediatamente después, a la carrera, tomó del brazo a Martínez, que clamaba inútilmente por justicia, y lo condujo hacia el calabozo. Al volver a la sala, se encontró con el capitán instalado en su escritorio tratando de «tagarna» e «inútil» al cabo primero Lencina.

—A ver Linares, dígame qué mierda pasa en este pueblo del demonio, por qué la gente no les abre la puerta a mis soldados y qué carajo pasó con la delegación municipal que está convertida en cenizas.

Linares titubeante trató de explicarle: —Es que la gente de este pueblo no sale mucho… no está habituada a que llegue gente de otros lados y le golpee la puerta… es como una costumbre acá, casi nadie sale de sus casas… por el viento, vio… y porque tampoco hay mucho por hacer…

—¿Y con la delegación qué pasó? —inquirió impaciente el capitán.

—La quemaron… la quemó anoche el delegado municipal —dijo Linares y agregó con orgullo—: Ya esclarecí el hecho, confesó todo, lo tengo detenido… ¿quiere hablar con él?

—No, de todos modos yo lo iba a meter preso —respondió antes de ordenar—. Ahora, vaya, usted que es de acá, acompañe a Lencina y a la tropa hasta la casa del delegado.

—A la orden, mi capitán.

Leticia Abdalá

A las ocho de la mañana, Leticia Garay, que se hacía llamar por el apellido de su madre, Abdalá, porque renegaba del Garay paterno, salió de su casa, ubicada a cinco kilómetros de lo que podría llamarse el casco de El Cantizal, portando una canasta repleta de pan. Subió al sulqui que ya había dejado preparado su marido y lo encaminó hacia el pueblo. Unos minutos después estaba golpeando la puerta del almacén de doña Carmela.

La anciana estaba terminando de desayunar cuando oyó el llamado de la panadera. Sabía que era ella. Dejó la cocina a tranco lento y por el pasillo que también comunicaba al baño y a la sala llegó al salón del negocio.

—Ya va, Leticia —dijo en voz alta la anciana para que la muchacha supiera que, a su ritmo, ella estaba yendo para abrirle. Pero algo la detuvo, un quejido que provenía del sótano. Al bajar la vista y buscar el lugar del piso en el que estaba disimulada la entrada, vio la madera rota. Algo andaba mal. No sabía qué había pasado. Ante la duda, retrocedió lo más rápido que pudo, retomó el pasillo hasta ingresar en su cuarto. Una vez allí tomó el máuser que guardaba en un rincón del ropero. Con cautela comenzó a marchar nuevamente hacia el salón. Leticia, que no había oído antes la voz de Carmela, seguía golpeando la puerta y llamándola.

—¡Doña Carmela… doña Carmela, soy Leticia…!

—Ya voy, Leticia, ya voy, en un ratito te abro. —Trataba de contenerla la anciana que marchaba con el fusil presto.

Doña Carmela fue acercándose a la entrada del sótano apuntando.

—Doña Carmela, ayúdeme… Ayúdeme, doña Carmela

—clamaba una vocecita débil desde el fondo.

—¿Qué te pasó, querido, estás bien? —preguntó la anciana sin dejar de apuntar hacia la tapa astillada.

—Me caí, creo que me quebré. Intenté salir y me caí…

—¿Y por qué quisiste salir? —seguía indagando la anciana con desconfianza.

—Por… por… la explosión… anoche, la explosión…

Ella no había escuchado ninguna explosión y era una mujer que siempre estaba alerta. No podía terminar de creerle a esa voz entrecortada por un dolor que bien podría ser fingido.

—¡Doña Carmela, soy Leticia! ¿Se encuentra bien, Doña

Carmela? —seguía la voz de afuera.

—Ya voy, Leticia, ya salgo —dijo la anciana proyectando la voz hacia la puerta y en voz más baja, hacia el sótano, agregó—: Vas a tener que aguantártelas como un hombre y hacer silencio, querido. Tengo que abrir el almacén o van a sospechar.

Dicho esto, escondió el fusil bajo el mostrador, sacó las trancas de la puerta, hizo girar la llave y abrió. Leticia entró con la canasta cargada de pan y una voz de alivio.

—Buen día, Doña Carmela. Me hizo preocupar.

—Vos preocupate por tu familia y tus cosas, querida, que yo me ocupo de lo mío —dijo con acritud la anciana mientras se instalaba detrás del mostrador.

—¿No sabe qué pasó con la delegación? Parece que se incendió anoche. Cuando pasé vi los escombros y todavía salía humo

—inquirió Leticia.

—¿Se incendió la delegación municipal?, mirá vos —soltó socarrona la anciana mientras se ponía a limpiar de cenizas la estufa. Enseguida acotó—: Nos vamos quedando sin gobierno de a poco.

—Me llevo la canasta de ayer —agregó Leticia sin entender la ironía de la almacenera. Antes de tomar la cesta y marcharse apurada dejando un saludo—. Hasta mañana, si Dios quiere.

—Hasta mañana, querida, y dejá a tu Dios tranquilo en la iglesia —respondió Carmela y se puso a acomodar la leña para encender la salamandra.

Candelaria

Doña Carmela estaba ya instalada junto a la estufa y retomaba su tejido cuando ingresó Candelaria excitada.

—Carmela, Carmela, se incendió la delegación. El Ceferino está en la comisaría, me parece que lo detuvieron. Llegó gente del ejército…

—¿El «buenos días, Carmela» lo dejás para la tarde? —reclamó la anciana sin desprender su mirada del tejido.

—Perdón, Carmela, pero estoy tan angustiada…

—La angustia es para los velorios —sentenció la maestra jubilada moviendo las agujas con frenesí y preguntó—: ¿Así que están los milicos?

—Sí. Llegaron en un camión. Algunos están en la comisaría, los otros pasaron golpeando las puertas de las casas. Como nadie les abrió volvieron al destacamento de policía, pero enseguida nomás salieron de ahí y se metieron en la casa del Ceferino.

—¿Ceferino iba con ellos?

—No, eso es lo más extraño. El Ceferino y el Tito fueron para la comisaría luego del incendio. Iban con el cabo Linares y no salieron de ahí. Para mí que están presos.

—Es un golpe de Estado. Del gobierno de un pusilánime como Ceferino vamos a pasar al de un autócrata católico y conservador —dijo como para sí la almacenera anarquista que dejó el tejido y se puso de pie para dar la orden—: Candelaria, cerrá la puerta y los postigos.

—Pero, Carmela… ¿Va a cerrar el almacén?

—Vos hacé lo que te digo —agregó doña Carmela y tomó nuevamente el máuser que había dejado oculto bajo el mostrador.

Una vez que hubo cumplido con el pedido de la anciana, Candelaria se volvió hacia ella. Al verla fusil en mano quedó anonadada, con los ojos desmesuradamente abiertos.

—No te asustés, querida. Tengo experiencia en el manejo de estas cosas. Vení, vos tenés que abrir la puerta del sótano.

—¡¿Sótano…?! ¡¿Hay un sótano?!

—Sí, fijate ahí, en el piso —dijo la anciana señalando la madera astillada—. Corré el pestillo y abrí. Antes de que te asustes, te aviso, hay un muchacho allí abajo.

El asombro de Candelaria crecía, su confusión también. La parecía estar con una desconocida y en una historia ajena, en la que ella, mujer pacífica y pueblerina, no encajaba: ¡¿Un muchacho en el sótano, encerrado…?! ¡¿Y qué hace allí, por qué está ahí… ?!¡¿También está armado?!

—Ese no es asunto tuyo, Candelaria. Está ahí y punto. Dale,

levantá la tapa.

Candelaria, temerosa, casi temblando, corrió primero el pestillo, luego levantó con sumo cuidado la tapa. Una vez que esta estuvo totalmente abierta, corrió hacia un rincón como buscando resguardo. Doña Carmela se acercó decidida a la entrada al sótano. Se asomó para hablar mientras apuntaba hacia las sombras del pozo con el arma —Despertate, muchachito. Acercate, quiero comprobar que de verdad estás golpeado.

Abajo, «Il Bambino» Ruggiero, que se había quedado dormido a pesar del dolor y tal vez por el agotamiento que este le producía, al abrir sus ojos vio en primer plano el cañón del fusil y más atrás, a contraluz, el contorno de la cabeza de la vieja.

El Justiniano

Tambaleando entre la polvareda que levantaba el tremendo viento intentaba avanzar, ayudándose con las muletas, el Justiniano. Iba y venía por los senderos pedregosos de la plaza gritando sus ideas: «El fuego purifica, El Cantizal se está purificando. El fuego liberará a este pueblo de sus males. La delegación municipal ha sido quemada, es la señal más clara de que una nueva vida se inicia. La tierra ya dejó de verter su sangre negra, el fuego cerrará las heridas. Ciudadanos de El Cantizal, abandonen sus casas, dejen su cáscara improductiva, aléjense de la materia vil que los aísla, quemen ese cuerpo-cárcel de chapa y madera, purifíquense. Los invito a dejarlo todo en pos de la santidad. Seamos un pueblo-alma quemando nuestros pecados, nuestras faltas, nuestra materialidad más vil…».

A medida que el Justiniano hablaba, se iban descorriendo las cortinas de todas las ventanas de El Cantizal. Decenas de ojos miraban al lisiado andar tambaleante en medio de las feroces rachas y las tolvaneras. Decenas de oídos escuchaban su voz potente.

Las mismas decenas de ojos a través de los cristales percibieron también que, mientras el Justiniano clamaba sus verdades, la

168

luz del día se opacaba y el cielo se iba oscureciendo. Pudieron comprobar, al levantar sus miradas, que una densa humareda negra arrastrada por el ventarrón iba cubriendo la estepa.

«La sangre negra de la tierra se está evaporando, se hace aire. La tierra está soltando su alma. Soltemos también el alma de El Cantizal, que el fuego dé paso al alma…».

El estampido del disparo sonó lejano. El Justiniano lanzó apenas un gemido ahogado antes de caer. Quedó tendido sobre el pedregullo de la plaza, muerto y con los ojos abiertos hacia el cielo ennegrecido.

Ramona Alegre

Ramona se estremeció cuando vio desplomarse al Justiniano en un rincón de la plaza. Apenas antes se había turbado ante ese cielo cubierto de humo negro. Quedó con la frente apoyada contra el vidrio de la ventana, con la mirada perdida hacia donde yacía el cuerpo del milagrero.

Por la puerta trasera de la casa ingresó Celso Ordóñez, su marido, que la sacó del ensimismamiento.

—Ramona, me parece que se incendió el pozo. Desde la ventana del taller vi a lo lejos una columna de humo que salía de por ahí.

—Mataron al Justiniano —informó la mujer sin dejar de mirar hacia la plaza.

Ordoñez, tratando de relacionar hechos que no le parecían posibles en un pueblo como ese, se acercó a la ventana. Vio un cuerpo tirado: —¿Es el Justiniano…?

—Sí, Celso, lo mataron. El Justiniano andaba por la plaza a los gritos, como lo ha hecho tantas veces, el pobrecito. De repente escuché un tiro y cayó ahí mismo… ¡Lo mataron, Celso, mataron al Justiniano!

La enfermera terminó su parlamento llorando desconsoladamente sobre el hombro de su marido, que la abrazaba y seguía mirando hacia donde estaba el cuerpo. Pudo ver, entonces, a una mujer con la cabeza cubierta por un chal acercarse corriendo hacia su casa y llamar a la puerta. Celso soltó a su esposa para abrir. De pie en el umbral, agitada, estaba la Candelaria.

—¿Está la Ramona?

—Pase, Candelaria, pase, acá está Ramona.

La joven ingresó de prisa y de prisa habló: —Perdón, qué maleducada, ni saludé. Buenos días, Celso. Buenos días, Ramona. Me manda doña Carmela. En su casa hay un sobrino suyo que se cayó arreglando una estantería y parece que se quebró, ¿usted puede venir a verlo? —hizo una pausa para respirar y continuó—: ¿Supieron lo del Justiniano? Yo estaba por salir cuando lo vi caer. Sentí un tiro, alguien le disparó ¿Y si va a verlo primero a él, Ramona? tal vez está herido, tal vez no esté muerto…

Ramona hipaba y trataba de que la conmoción no le impidiera escuchar el parlamento de la joven que terminó de hablar sollozando. Celso entonces fue hacia la cocina por un poco de agua. Tendió dos vasos, uno a cada mujer. Luego aconsejó:

—Tendríamos que salir rápido a ver al Justiniano. Yo las acompaño. Después vamos para lo de Carmela.

Una vez retemplada, Ramona buscó su maleta de enfermera y se abrigó para salir. Apenas estuvieron en la vereda, vieron que un grupo de cinco uniformados cargaba el cuerpo del Justiniano y lo llevaba hacia la comisaría. Las dos mujeres y el hombre, que entendieron la situación, encaminaron sus pasos directamente hacia el almacén.

El capitán Ramírez Ochoa

Los milicos entraron a la comisaría con el cuerpo del Justiniano y lo dejaron en el piso. Tenía un agujero de bala cerca de la sien izquierda. El capitán se aproximó al muerto y lo examinó.

—Felicitaciones, Pereda, excelente puntería. Hasta podríamos hacerlo pasar por un suicidio —exclamó burlón Ramírez Ochoa. Luego preguntó al cabo Linares—. ¿Así que el tullidito este era milagrero?

—Es lo que dicen, mi capitán —respondió el policía.

—¿Y curó a alguien de algo?

—No que yo sepa, mi capitán.

—Fue él quien incendió intencionalmente el yacimiento.

—No lo sé, mi capitán. Es probable, pero no me consta, mi capitán. Además ninguno de esos pozos está produciendo, mi capitán. Los abandonaron.

—No me interesa si quemó un pozo, un barril o una lata de aceite, no le estoy haciendo ninguna consulta, cabo. Se lo estoy asegurando: el tullidito atentó contra un patrimonio de la Nación, eso está claro, ¿o no lo oyó? Anote en su libro de novedades. Ponga además que estaba armado y se resistió a la autoridad. Fue ultimado en una refriega.

—A sus órdenes, mi capitán —respondió el cabo Linares antes de ponerse a escribir.

—A ver, milico, vaya hasta el calabozo y traiga a los detenidos. Voy a interrogarlos —le ordenó el capitán a uno de los soldados.

El cabo primero Lencina preguntó—: Mi capitán, ¿qué hacemos con el cuerpo del insurrecto?

—Déjelo acá tirado nomás. Nos va a ser útil en el interrogatorio… ¡Se van a cagar en las patas estos pueblerinos!

El Loco Lito

La diminuta casilla de madera en la que vivía Lito se hallaba emplazada dentro del predio del cementerio de El Cantizal, un lote de unos mil metros cuadrados en el que se apiñaban cruces y lápidas, y que tenía más difuntos que habitantes el pueblo. El Loco Lito era el cuidador de ese sitio. Tenía un sueldo mínimo que salía del presupuesto de la delegación municipal y recibía algunos aportes extra de los ciudadanos que le encargaban reparaciones o cuidados específicos en las tumbas de sus familiares, aunque la mayoría de los finados, ya sin deudos en el pueblo, yacía en sepulturas desatendidas, ruinosas.

El cementerio se hallaba detrás de la delegación municipal del pueblo, a unos doscientos metros y se accedía a él siguiendo una huella que los lugareños llamaban Avenida de Todos los Santos, aunque ni siquiera figuraba en los planos catastrales. Durante años algunos vecinos intentaron delimitarla con dos hileras de cipreses, pero solo lograron que sobrevivieran cuatro o cinco árboles raleados a lo largo de la traza.

Ceferino Jordán y Tito Martínez llegaron cubiertos de tierra al cementerio, fueron arrastrándose por entre las tumbas. Ya cerca de la casilla Jordán hizo el llamado acordado con Lito, imitó el grito del tero en cinco sonidos breves.

El loco no advirtió la contraseña, su oído estaba acostumbrado al grito de los teros que solían anidar en el cementerio y no le prestó la menor atención al llamado de Jordán. Recién cuando Martínez golpeó a la puerta les abrió para que entraran al rancho. Los esperaba con el mate preparado. Les convidó unos bizcochos duros que los prófugos saborearon con deleite luego de sacudirse el polvo.

En la seccional los gritos del capitán Ramírez Ochoa hacían temblar los vidrios. Insultaba y maldecía al cabo Linares y a todos los subordinados. Una vez que terminó de descargar verbalmente su ira, decidió dirigirse hacia el cuarto que hacía las veces de calabozo para inspeccionarlo. Allí vio el boquete que los presos habían hecho en la pared, obviamente con alguna herramienta, por debajo del catre. Esto lo exasperó aún más. Sacó mediante órdenes, insultos, amenazas y golpes a todos sus soldados a la calle, deberían revisar casa por casa hasta encontrar a los dos fugitivos.

En la casilla del cementerio los tres hombres se dispusieron a continuar con la estrategia ideada por Jordán, de la que el Tito se iba enterando a medida que se desarrollaba, y que se había puesto en marcha al atardecer con el delegado y Lito acarreando con el mayor disimulo hacia el campo santo cuatro de las cinco pesadas cajas que había enviado desde la capital don Lorenzini, el Presidente del Comité Central del Partido. No había leído su esquela, porque el rumor del golpe de estado se había instalado hacía semanas. La llegada intempestiva de Carreño fue la confirmación. En las primeras horas de la madrugada, Jordán había incendiado la delegación municipal para que los milicos no se apoderaran del lugar simbólico de gobierno. Unas dos horas antes, el Loco Lito se había apersonado a la comisaría con algunas herramientas escondidas entre sus ropas para hacer el boquete en la pared de su celda, una vez que el cabo Linares se ausentara para ir a la casa de la Candelaria. En el pueblo todo se sabía más temprano que tarde.

Jordán, conocedor de los movimientos y las costumbres de los vecinos, y de la velocidad con que corrían los chismes, había concebido el plan en absoluto secreto. Su idea era tener el armamento listo y oculto donde no pudieran encontrarlo los militares para ir armando desde la clandestinidad una fuerza de resistencia con los pobladores que se quisieran sumar. No tenía grandes expectativas con eso, pero, como había escuchado rezar tantas veces, «la esperanza es lo último que se pierde». Le comentó una parte de su plan al Loco Lito cuando necesitó de su ayuda. Por absurdo que parezca, hacerse detener y escapar era parte de la maquinación del delegado. Intentaba burlar a los milicos, en especial a Linares, e instalar entre ellos algo de confusión y discordia, además de darle a su figura un tinte de forajido y de astuto. Esto último era seguramente lo que más lo movilizaba. El Tito Martínez solo se enteró de esto una vez encerrado con él en el calabozo. Allí Jordán le reveló parte del plan. En voz baja, muy baja, entre susurros, Tito le reprochó airadamente el hecho de que no le hubiera adelantado nada, de que lo hubiera hecho padecer en la incertidumbre. Jordán también entre susurros se disculpó. Le enumeró sus razones para haber realizado las cosas de ese modo. Por último agregó, ya en tono más afectivo, que no se arrepentía y que volvería a hacerlo de la misma manera, simplemente porque en esos momentos había comprobado la verdadera dimensión del amor de Tito. Se abrazaron en silencio. Segundos después salieron de la cárcel por el agujero en la pared que había hecho Lito y huyeron arrastrándose sobre el pedregullo y ocultándose entre las matas.

Lito los condujo hacia una fosa disimulada por una enramada, en el centro del cementerio. En ella había cuatro de las cinco cajas de madera que había enviado el Presidente del Comité Central del Partido. Una contenía fusiles, otra estaba llena de explosivos, las dos restantes tenían municiones. En la misma fosa se ocultarían los prófugos hasta la noche, si todo salía bien.

Pietro Ruggiero, «Il Bambino»

Con un esfuerzo que le significó aumentar el sufrimiento, Ruggiero pudo emerger del sótano auxiliado por las dos mujeres que le habían arrojado una soga, que ató a su cintura, para sostenerlo en su ascenso por una escalera dispuesta verticalmente. Solo podía aferrarse con la mano izquierda, pues debido al dolor tenía inutilizado todo el sector derecho, brazo y hombro.

Una vez fuera del pozo, lo condujeron hacia una de las habitaciones. En ella había una cama pequeña, un ropero y montones de cajas apiladas. La anciana corrió la cortina para que ingresara algo de luz. Il Bambino, con gran dificultad, se tendió en la cama apoyándose sobre su costado sano. La muchacha le acercó un vaso con agua y unas aspirinas, que ingirió de un trago. Luego la anciana la envió por Ramona.

Ruggiero trataba de volver a dormir cuando la enfermera llegó acompañada por su marido. La mujer se dirigió al muchacho con la afabilidad que les dedicaba a todos sus pacientes. Le hizo unas pocas preguntas, las que consideraba indispensables previo a la auscultación. Con la ayuda de Celso procedieron a sentar el paciente en la misma cama, con los pies apoyados sobre el piso de madera. Con sumo cuidado le quitó camisa y musculosa. Cada mínimo movimiento significaba para el joven anarquista

174

un calvario. La enfermera comprobó que tenía fracturada la clavícula, pero no contaba con los elementos indispensables para tratar de manera efectiva una fractura. Hizo lo único que podía hacer, le inyectó un potente analgésico y luego, con vendajes, inmovilizó brazo y hombro.

Cuando llegaron los milicos buscando a los prófugos, Ruggiero estaba profundamente dormido. Ni se enteró del diálogo entre la dueña de casa y los uniformados, ni de los movimientos de la requisa.

Eran dos los soldados que ingresaron al almacén pidiendo la venia de la propietaria para revisar la casa porque se habían fugado dos presos de la comisaría. Ramona Alegre, su marido y Candelaria ya se habían marchado. La maestra jubilada tejía sentada junto a la estufa.

—En esta casa estamos mi sobrino y yo solamente. Somos gente honrada, no escondemos criminales y no nos gusta que se sospeche de nosotros —les respondió la anciana sin levantar la vista de su tejido.

—No sospechamos de usted, abuela, resulta que...

—Yo no creo tener un nieto milico —lo interrumpió la anciana.

—Resulta que... —retomó el soldado sin entender la acotación de la mujer o dejándola pasar— nos han ordenado revisar en cada una de las casas del pueblo.

—No sospechamos de nadie en particular —agregó el otro—, pero puede suceder que los fugitivos se le hayan metido en la casa sin que usted se diera cuenta.

—Puedo ser vieja, tal vez se me note algo cansada, pero no sabía que parecía una tonta —arremetió doña Carmela con sorna—. ¿Usted me ve como una tonta, soldado?

—No, señora, no quise decir eso. No me malinterprete

—intentaba justificarse acalorado el joven militar.

—En realidad lo hacemos porque nos mandaron, son órdenes de un superior y debemos cumplirla —se sinceró el otro soldado.

—Ahora nos vamos entendiendo —dijo la anciana

almacenera—, con «la verdad no ofendo ni temo». Pasen y vean, no van a encontrar a nadie más que a mi sobrino reposando. El pavo se quebró la clavícula al caerse de una escalera. Estaba reparando el techo.

Doña Carmela se incorporó y los guió por cada una de las habitaciones de la vivienda. Los soldados la siguieron confiados. Observaron todo sin ninguna minuciosidad. Cuando volvieron al almacén, uno de ellos tropezó con la tapa astillada del sótano. Miró a la anciana y preguntó—: ¿Tiene sótano?

—Sí, es una especie de depósito que hizo mi finado marido. Ya no se usa ¿quiere mirar ahí también?

—Si es posible —pidió el soldado y, sin esperar la respuesta, corrió el cerrojo y abrió la tapa.

—Voy a bajar —anunció el otro y lo hizo.

—¿Ves algo, Luis? —preguntó el que quedó arriba asomándose.

—Hay un catre, pareciera que fue usado recientemente. También hay una libreta y algunos alimentos.

El tiro del máuser retumbó en el almacén. El soldado de arriba quedó tendido al costado del hueco de entrada al sótano, con un agujero en el pecho. El de abajo se desesperó, intentó cargar su fusil, pero los tiros no le dieron tiempo a nada. Tres de ellos lo impactaron, uno en el rostro. «Il Bambino» Ruggiero despertó sobresaltado por el sonido de los disparos. Se incorporó y, a pesar del abombamiento que le provocaban los calmantes, echó a andar por el pasillo. En el almacén encontró a la vieja tratando de tirar a un soldado, evidentemente muerto, al sótano.

El cabo primero Lencina

La tropa debía reunirse frente a la comisaría para pasar las novedades de la redada. Se habían dividido en parejas y así iban llegando. No habían encontrado rastros de los evadidos en las casas del pueblo. Tampoco en la chacra de los Berini, que fue inspeccionada por el sargento Pereda y el cabo Linares. Casi todos creían haber escuchado unos disparos, al reencontrarse se hicieron preguntas al respecto. Nadie había disparado. Podría ser que se confundieran por el ventarrón aporreando las chapas, pero era extraño. Por otra parte, solo ellos portaban armas, o eso creían.

A las siete de la tarde cuatro de las cinco parejas de soldados había notificado al superior inmediato sobre su accionar y los resultados. Solo faltaba una. El cabo primero Lencina mandó al resto de la tropa a descansar a la casa de Jordán y se metió en la seccional.

El cuerpo del Justiniano ya no estaba tirado en el piso, había sido puesto en el catre de la celda. El sargento Pereda, el cabo primero Lencina y el cabo de policía Linares estaban sentados en el banco de madera, observando en silencio el ir y venir de Ramírez Ochoa, que recorría el estrecho espacio como una fiera enjaulada.

—Linares, usted que es lugareño, ¿quedó algún lugar sin requisar? ¿Dónde pueden haberse escondido?

—Con el sargento recorrimos en el camión todas las viviendas de los alrededores, mi capitán. Inclusive los campamentos abandonados. Si el resto de los soldados buscó en todas las casas del pueblo, no sé dónde pueden estar, mi capitán.

—Lencina, ¿los dos que faltan llegar qué sector debían inspeccionar?

—Oeste, mi capitán.

—Sea más específico. ¿Cuántas casas? ¿Cuáles?

—Seis casas, mi capitán. Entre ellas el almacén y la iglesia.

—¿Qué soldados componían la pareja? ¿Eran buenos hombres?

—Dos novatos, mi capitán. Luis Paredes y Abelardo Quinteros, buenos soldados.

—Si en diez minutos no se presentan, aliste a los milicos. Vamos a poner patas para arriba este pueblo de mierda.

Linares, que se había configurado un mapa mental de El Cantizal y lo había estado repasando, advirtió: —No buscamos en el cementerio. Ahí vive el Loco Lito.

El Loco Lito

Anochecía cuando el Loco Lito vio por la ventana las luces del camión verde oliva que se acercaba al cementerio, corrió hacia la fosa que usaban como polvorín para dar la alerta a Ceferino y a Tito. El cabo primero Lencina parado en la caja del camioncito vio una sombra correr en medio del cementerio y abrió fuego. La sombra se desparramó entre las cruces. Alertados por los disparos, el delegado municipal y Tito Martínez, que estaban preparando las armas y los explosivos para la resistencia, decidieron repeler a los tiros lo que consideraron un ataque. El capitán Ramírez Ochoa alcanzó a ver el refulgir de las metrallas saliendo de entre las tumbas y se agachó. El sargento Pereda no llegó a protegerse antes de que el parabrisas le estallara en la cara. El camioncito, sin control, cruzó por entre cruces y lápidas antes de estrellarse contra un árbol solitario a un costado del campo. Los milicos julepeados se fueron largando de a uno para tirarse cuerpo a tierra. También lo hizo el capitán que comenzó a dar las órdenes para repeler el fuego enemigo. De un lado y de otro comenzaron a cruzarse las andanadas. Jordán y Martínez, aunque sin entrenamiento militar, no eran nuevos en el uso de armas. Además estaban bien atrincherados en el hoyo.

La estrategia del capitán fue dispersar a los soldados para abrir el frente de fuego y atacar al enemigo por varios flancos. Fue una idea efectiva, en poco más de una hora tenían a los dos sediciosos acorralados y solo habían tenido tres bajas, dos muertos, el sargento y un conscripto, más el cabo primero Lencina herido en un hombro.

Con la contienda a su favor, el capitán tomó un altavoz y comenzó la guerra psicológica.

—Les habla el capitán del Ejército Argentino Ramírez Ochoa. Les ordeno que depongan sus armas. Están enfrentando a una tropa entrenada que los tiene cercados. Si se entregan y salen con los brazos en alto de la trinchera, les garantizo…

Una bala picó en la tierra y rozó ardiente la mano del capitán que en el acto soltó el altavoz interrumpiendo su alocución. Al recobrarse ordenó a los gritos:

—¡Háganlos mierda a esos j'una gran puta!

Entonces se desató el infierno. Los soldados disparaban, recargaban y seguían disparando. Jordán y Martínez resistían a duras penas, luchaban con la certeza de que el final estaba cerca, pero estaban juntos y juntos morirían peleando. Tito agarró una granada y la arrojó con todas sus fuerzas hacia las líneas enemigas. La explosión levantó cruces, lápidas y tierra. Asustó a varios, aunque sin herir a ninguno de los uniformados. —Cubrime, Tito. Vamos con otra —pidió Jordán mientras quitaba el seguro de una granada y la arrojaba, esta vez con mayor puntería. Alcanzaron a ver entre el resplandor dos siluetas volando. Tito siguió disparando y creyó haberle dado a otro. Aunque por la confusión de la refriega no lo sabían, solo quedaban en combate el capitán y cuatro soldados.

En el crepúsculo, las bocas de los fusiles relampagueaban y las balas trazantes dibujaban parábolas. Atravesando las tinieblas por la Avenida de Todos los Santos los farolitos de la chatita Ford de los Berini se acercaban al cementerio. Aunque «los gringos» (así los llamaban, un tanto despectivamente, en el pueblo) desconocían el plan de Jordán, sabían del golpe de estado, pues habían visto por la mañana el camión militar y habían recibido en la chacra la visita de los uniformados. Los ocho Berini, hermanos, primos, tíos y sobrinos, mujeres y varones, venían en la camioneta blandiendo sus fusiles y varias molotov de aguardiente encendidas. Los mismos Berini habían realizado por la mañana su primera movida, más próxima al vandalismo que a una acción de guerra: incendiar en la cabeza del pozo tres una tubería que tenía restos de crudo. Era lo único que quedaba del petróleo que le habían quitado de a raudales al suelo de El Cantizal y que se había ido a través de kilómetros de ductos tendidos en la estepa.

Desde la chatita empezaron a volar botellas encendidas. Las improvisadas bombas de licor casero estallaban en llamas aquí y allá. El campo santo se fue salpicando de fuegos que comenzaron a propagarse por el pastizal y entre algunas tumbas. Los milicos de pronto se encontraron sitiados por las llamas y las metrallas.

Tenían que replegarse, más bien huir para salvar sus vidas, y así lo hicieron. Se internaron en el páramo, cobijados por las penumbras de la incipiente noche.

Jordán y el Tito Martínez salieron entre la humareda a pedirle a los gritos a los Berini que los ayudaran a sacar de ahí las armas y explosivos antes de que el fuego llegara al improvisado polvorín.

Doña Carmela Costanzo viuda de Rocich

> *Usa lo ortodoxo para enfrentarte al enemigo.*
> *Usa lo extraordinario para conseguir la victoria.*
> Sun Tzu, *El arte de la guerra*

El capitán Ramírez Ochoa, el cabo primero Lencina herido y los cuatro reclutas dieron un rodeo por los campos. Ocultos entra las sombras pudieron ingresar por el patio trasero a la comisaría. El cabo Linares, que había quedado de consigna, al escuchar ruidos, cargó su fusil y dio la voz de alerta: —¡Alto quién vive! ¡Santo y seña!

—Déjese de romper las pelotas, cabo. Somos nosotros. —Sonó desde afuera la voz inconfundible del capitán.

El cabo Linares abrió la puerta y por ella ingresó un grupo maltrecho.

—¡¿Qué pasó?! ¡¿Y el resto de la tropa?! —preguntó Linares con preocupación.

—Esos civiles hijos de puta están armados hasta los dientes —soltó Ramírez Ochoa yendo hacia el baño. Desde allí ordenó—: Junten armas y municiones, carguen agua, que nos largamos. Si nos quedamos acá nos prenden fuego… y usted, Lencina, cúrese un poco esa herida.

Un soldado ayudó al cabo primero a limpiar, desinfectar y vendar la herida. Mientras tanto, el resto reunió todo aquello que pudiera ser útil y transportable. En media hora el grupo estuvo en condiciones de salir. El plan del capitán era tomar un vehículo civil, en primer término, para luego ir hasta al pueblo más cercano y conseguir refuerzos para regresar y sofocar la insurgencia.

Con el primer resplandor rosado del amanecer, el soldado puesto de retén alcanzó a ver el movimiento de unas sombras afuera. Estaba por dar la voz de alerta cuando una lluvia de balas transformó en colador las paredes de chapa de un lado. Alguna esquirla alcanzó al cabo Linares y le provocó un corte en el rostro, además de un susto mayúsculo que lo paralizó por unas horas.

El capitán supo entonces que era demasiado tarde para marcharse del lugar y se los hizo saber a sus subordinados. Debían pelear, resistir. Comenzó una arenga que reunió a los «Héroes Patrios», con «el destino de la Patria» y los «apátridas». Se refirió a los valores del nacionalismo, la familia, la subordinación y los testículos. Por último, se encomendó a Dios. Terminada la arenga, se distribuyeron por toda la casa para no dejar ningún flanco sin defensa.

La segunda metralla rompió todos los vidrios del frente de la comisaría. Los de adentro respondieron con tiros y una granada de gas, que no tuvo demasiado efecto, más allá de un ocasional lagrimeo, debido a que el fuerte viento dispersó la nube tóxica en segundos.

A los Berini, Tito y Ceferino se le sumó «Il Bambino» Ruggiero, que solo podía disparar una pistola, y muy mal, con la mano izquierda. Doña Carmela le había cedido el máuser a Celso Ordoñez, que tiraba parapetado tras los restos del tractor municipal incinerado. La anciana se había quedado más atrás, refugiada en la camioneta de los Berini, cargada de botellas de aguardiente listas para ser transformadas en bombas incendiarias.

El resto de los pobladores, sin contar al Justiniano y al Loco Lito, muertos por las balas de los milicos, observaba desde sus casas, asomándose apenas por los bordes de las ventanas.

La situación, si bien era más compleja para los sitiados, no era nada sencilla tampoco para los sitiadores, ya que tenían una cantidad limitada de municiones. Como necesitaban mantener aislada la comisaría para obligar a los milicos a rendirse, una vez que no contaran con víveres ni balas, debían optimizar los recursos y hacer funcionar el ingenio.

La estrategia de los pueblerinos se concertó en una reunión, los más locuaces fueron Ricardo Berini y Tito Martínez. Jordán habló poco y pensó mucho. Celso Ordoñez y Juancito Berini aportaron ideas puntuales. El carpintero, debido a su conocimiento de estructuras de madera, los conminó a ir debilitando a los tiros las vigas principales de la casa. De la experiencia como plomero del mayor de los Berini, surgió la propuesta de cortarles el suministro de agua.

Entre los sitiados, el mando recaía en el capitán Ramírez Ochoa y la estrategia también. La participación de los subordinados consistía, además de pelear, en brindarle los datos que este les requiriera.

La escaramuza tuvo sus momentos de intensidad, en los que las ráfagas de metralla hacían volar partes de las casas cercanas y de la comisaría misma, e instantes de sosiego, en los que solo se oía el viento.

A media mañana, el agua ya no llegaba a la seccional por la cañería que había sido cortada por Juancito Berini. Media hora después el tiroteo se tornó feroz. A Jordán una bala le rozó la pierna derecha al pretender cambiar de posición para tener una mejor vista. A Rogelio Berini otra le borró parte de la oreja derecha. Una bala perdida se clavó en la frente de Marta Balverre, que curioseaba por la ventana mate en mano. Entre los uniformados, solo un herido, de poca gravedad, el capitán Ramírez Ochoa con una esquirla de vidrio en el talón de su pie izquierdo.

Luego de una tregua de hora y cuarto, doña Carmela, que regresaba de su casa junto a Candelaria y Ramona trayendo pan y mate cocido para los combatientes, le reclamó su fusil a Ordoñez. Éste se lo negó, aduciendo que no iba a permitir que una anciana pusiera en riesgo su vida habiendo tantos hombres para hacerlo. Como respuesta, la maestra jubilada comenzó a caminar hacia la casa que hacía las veces de comisaría. Uno de los Berini quiso detenerla, pero Candelaria, que después de tantos años parecía haber interpretado el pensamiento de su antigua maestra, se lo impidió.

El cabo primero Lencina fue el primero de los de adentro que vio venir a una anciana enclenque, diminuta, sola y sin armas a la vista, hacia la seccional. Dio el parte al Capitán que estaba vendándose el pie herido. Éste se asomó y, al ver a la mujer avanzar hacia ellos, conjeturó que la idea de los insurrectos era un tanto salvaje pero no dejaba de ser interesante: enviar a una vieja kamikaze llena de explosivos hacia las líneas enemigas. Pero él había sido entrenado en la Escuela de Guerra, no iba a caer en una treta tan gastada.

Gritó hacia afuera_ ¡Usted, la anciana, deténgase o le disparamos!

Pero la mujer seguía avanzando lenta y tambaleante entre la polvareda que levantaba el viento.

—¡Sabemos que tiene explosivos, si no se detiene la hacemos volar! —insistió el capitán.

—¿Quién me lo está pidiendo? —la vocecita de la anciana apenas pudo ser percibida por los soldados.

—El capitán del Ejército Nacional Ramírez Ochoa.

—Mucho gusto, señor capitán. Yo soy Carmela Costanzo viuda de Rocich, maestra jubilada.

El capitán quedó un tanto desorientado por la actitud de la anciana. No sabía qué decirle, a no ser insistir para que se detuviera. Eso hizo: —Señora Carmela, le pido que se detenga o nos veremos en la obligación de dispararle.

—Señor capitán de Ejército Nacional Ramírez Ochoa, no será usted tan malnacido como para dispararle a una anciana indefensa. Estoy desarmada.

El uniformado no supo qué decirle.

—Señor capitán, le pido que salga y se me enfrente —solicitó la anciana.

Ahora el capitán sonrió, ya entendía de qué se trataba.

—No soy tan tonto como para caer en esa trampa, señora.

—No creo que sea un tonto, señor. Pero si no sale, voy a tener que pensar que es un cobarde, señor capitán.

«Vieja de mierda», masculló para sí Ramírez Ochoa.

—Señor capitán —insistía la vocecita—, salga, le garantizo

que ni yo, ni ninguno de mis conciudadanos hará nada contra su persona, nada de disparos, ni siquiera insultos.

El capitán agachó la cabeza. Sentía las miradas de sus subordinados clavársele en la espalda. Fue hacia la puerta y salió. Una tolvanera lo envolvió al instante. Se puso a caminar renqueando bajo el sol de la tarde, por la calle pedregosa, en dirección a la anciana que lo esperaba sosteniéndose a duras penas de pie, resistiendo los perdigones de arenisca que las rachas levantaban, parada en el centro del camino, diminuta, con sus ropas azotadas. Solo se oía el asibilar del viento. Los integrantes de los dos bandos permanecían en un silencio tenso observando la escena. El capitán marchaba tratando de no apoyarse sobre el pie lastimado. Caminaba en estado de alerta. Observaba todo a su alrededor. Se agitaban los arbustos y volaba el polvo, pero ninguna otra persona más que él se movía. Se detuvo a unos doce pasos de la anciana y fijó sus ojos en los de ella. Doña Carmela le sostuvo la mirada desafiante.

El capitán habló: —Como ve, mi estimada señora, no soy cobarde, ni un malnacido.

—No, solo es un títere de sus superiores, un peón que se sacrifica por el rey y su rey es el capital —respondió la anciana sin dejar de mirarlo a los ojos.

—Y usted es un títere de Perón.

—La boca se le haga a un lado, soy anarquista.

—¿Y qué hace una anarquista con esos negros peronistas?

—Si son peronistas, es un problema de ellos. Que usted los pretenda denostar usando el apelativo de «negros» es un problema suyo.

—¿Qué es lo que quiere?

—Que abandonen el pueblo.

El capitán lanzó una risotada. Luego afirmó: —No va a ser posible, mi estimada señora. Ningún grupo de sediciosos obtendrá mi retirada como blasón.

—Si no fuera tan haragán de pensamiento, se daría cuenta de que los únicos sediciosos son usted y su gente.

—Señora, señora mía, tenga en cuenta que acá yo soy el

gobierno, acá soy la ley —acotó suavemente el capitán con un fingido tono de conmiseración.

—Un gobierno sin gobernados.

—Sabré hacer respetar mi autoridad —soltó con fingida suficiencia Ramírez Ochoa, y agregó—: Ahora, si no hay nada más por tratar, y no lo hay de mi parte, regreso con mi tropa.

—No se vaya, capitán. Hay algo más… —La anciana sacó de uno de sus bolsillos un relicario con una foto de mujer y una cadena con un crucifijo, que extendió hacia el oficial—. Tome, son pertenencias de sus soldados caídos, los dos que envió a registrar mi casa.

Ese día no sonó un disparo más. Por la noche, el recluta que había quedado de guardia alcanzó a ver que la capilla del pueblo comenzaba a incendiarse. Enseguida dio el parte al capitán y este despertó a todos para que ocuparan sus puestos. Por las distintas ventanas, los soldados pudieron ver, sin saber qué hacer ni recibir ninguna orden al respecto, las casas de El Cantizal arder una tras otra. La noche se fue iluminando con el resplandor de treinta o cuarenta fuegos que se elevaron formando torbellinos desesperados en torno a una plaza con algunos arbustos, dos o tres bancos hechos con troncos, y un palo que hacía las veces de mástil en el que nunca nadie izó bandera alguna.

Ni bien amaneció, el capitán envió al cabo Linares a realizar un reconocimiento. La novedad fue la ausencia total de la población civil y del grupo sedicioso. Tampoco había vehículos. Ramírez Ochoa evaluó la situación detenidamente. Aunque podría ser una trampa, era el momento de salir. Así lo hicieron. Dieron los primeros pasos con cautela, recelosos, y comenzaron a alejarse de una comisaría casi deshecha por las balas. Atravesaron el baldío que había pretendido ser una plaza. A los costados quedaban los restos carbonizados humeantes de lo que había sido El Cantizal. Marcharon dispersos hasta llegar a la curva de entrada al pueblo. Allí se agruparon, antes de seguir por la ruta de ripio. Cruzaron el vado del río seco y pasaron por la chacra de los Berini, vieron allí un galpón todavía en llamas. Poco a poco, la hilera silenciosa de soldados, a los que acompañaba el cabo Linares, fue internándose en la estepa desierta alumbrada por la luz mustia de la resolana. Sus siluetas, una tras otra, fueron desdibujándose hasta desaparecer entre la polvareda que levantaba el tremendo viento.

LOS TRABAJOS DE HANSEN
(mar)

1

*El rancho de palo a pique casi no se distinguía,
apenas otro manchón blanco cimbrado por el
vendaval.*
Nicolás Romano, «Entre la nieve y el fuego»

Hansen se incorporó con parsimonia del catre para espiar a través de los vidrios mugrientos y empañados del ventanuco del rancho. Afuera, el fulgor de la nevisca blanqueaba el crepúsculo. Encendió la lámpara. Comenzaba a sentir frío. Se acercó al tacho en donde refulgían las brasas, las revolvió para que surgiera algo de llama y arrojó dentro unos leños. Cargó una ollita con el resto de agua de la lata y la arrimó al fuego. Se prepararía un caldo con huesos de cordero.

Hacía dos días que nevaba casi sin cesar. Encima la gripe lo tenía a mal traer. Le dolían los músculos y las articulaciones. Sentía sus ojos hinchados, apenas si podía leer unas pocas páginas antes de tener que cerrarlos para deslizarse dentro de una duermevela que lo pendulaba entre la beatitud y el agobio.

Cuando el agua comenzó a hervir, puso dos o tres huesos casi descarnados dentro de la ollita. Para amenizar la espera echó un poco de ginebra en un vaso, llenó de tabaco su pipa y la encendió con un tizón. Dio una pitada intensa que coronó con un trago. Parecía ser el momento justo para que al silbido del viento sur que se colaba por las rendijas del rancho y al crepitar del fuego Hansen le sumara una melodía. Comenzó a tararear un vals mientras revolvía el líquido sobre el que comenzaba a flotar una espuma grasienta. Le agregó algo de sal, pimienta y unas hierbas secas.

En momentos como esos, la realidad se le tornaba una actividad algo más tangible, dejaba de ser un peregrinar externo de ideas, cosas, aconteceres. En momentos así, a Hansen, al que su propia existencia se le presentaba como un relato en el que iba de pasajero, y que se sentía un vagabundo aun sin moverse, la vida se le volvía materia; pasaba a tener olores, colores, sabores, formas y sonidos, peso y consistencia.

Estornudó una, otra y otra vez, hecho que le obligó a interrumpir el segundo de los valses que había empezado a entonar. El caldo ya estaba listo. Quitó la olla de las brasas para colocarla sobre la mesa. Completó el vaso con ginebra, agarró una cuchara y comenzó a sorber ruidosamente la sopa. Se levantó de la silla para buscar unas galletas. Aprovechó para tirar unas ramas más al tacho antes de volver a sentarse.

Hansen, mientras una y otra vez llevaba la cuchara a su boca, releía una edición ya desvencijada de *La tierra purpúrea,* uno de los libros que había podido acarrear.

Estaba en esos menesteres cuando, luego de ingerir un bocado, quedó detenido, con la mirada fija sobre el plato, en una pose estatuaria. Respiraba apenas e imperceptiblemente, sin pestañear siquiera. Prescindía de la más mínima manifestación del juicio, para caer en un abismo interior, en un estado de ingravidez, y así tornarse extranjero de la situación.

Unos segundos después volvió en sí y, sin percatarse del paréntesis, dio vuelta una página. Sosteniendo la mirada sobre la línea de lectura, llevó su mano hacia la cuchara, que sumergió dentro del caldo viscoso. Acercó hacia su boca el líquido tibio, lo saboreó con deleite. Le placía el regusto a cordero y el picante de la sopa.

Esa noche, apenas hubo terminado la comida, echó unos leños más al tarro, apuró un resto de ginebra y recargó la pipa, que fumó tirado en el catre, mientras miraba las vigas del techo.

Afuera, el viento blanco tornaba abominable cualquier intemperie.

2

Hansen reía a más no poder. Reía y sus ojos inflamados por la gripe se le llenaban de lágrimas. También tosía. Tosía y reía con espasmos, hasta doblarse, con los pies hundidos hasta las pantorrillas en el espeso manto de nieve que el sol doraba. En su mano izquierda enguantada una rama seca de coihue hacía las veces de improvisado báculo. El fusil, al hombro.

¿De qué reiría un hombre, ese hombre, fusil al hombro, en medio de la nada? Algunas personas ríen en circunstancias extremas, pero no era Hansen un individuo de ese tipo ¿Se reiría acaso por el recuerdo de algún hecho, de alguna historia propia o ajena, real o ficticia? ¿O por encontrar ridícula la situación? ¿Estaba borracho? En el poblado lo describían como un gigantón hosco, solitario, de pocas palabras, poco proclive a convites y mítines. Solo dos vecinos, Benicio Coney y Antonio Kuthjar, habrían podido afirmar que eran amigos o, más bien, compinches; pero ni siquiera estos podrían recordar a Hansen riendo. Tal vez sí con una mueca semejante a una sonrisa dibujada ante alguna situación particular; como cuando el finado Mancuello bajó de culo una pendiente escarchada, cierta noche de mayo, al salir del boliche de Pedro Mata[1]. Y aquella noche, Hansen, que apenas si sonrió ante el incidente, estaba como una cuba.

En la tarde soleada, Hansen reía. Reía y tosía, fusil al hombro, mientras avanzaba, a duras penas, con los pies hundidos hasta las pantorrillas en el grueso manto de nieve.

Regresaba a su rancho luego de un conato de cacería en el que apenas si había disparado dos tiros que se perdieron, sin pena ni gloria, en las aguas quietas del canal. Había pretendido cazar un huillín, que hubiera sido, para un experimentado tirador como él, presa fácil en otras circunstancias. Sin embargo, había fallado.

Un arrebato de tos le había jugado una mala pasada al

---

1 «Don Pedro Mata, de nacionalidad español, de baja estatura y muy delgado, con un toscano 'Avanti' encastrado en una curvada boquilla de marfil hecha con colmillo de lobo marino, tenía una figura en la que se destacaba lo que podría llamarse 'frondosos bigotes'. Era un vecino y personaje de la adormecida Ushuaia, solterón, hábil para hacer un buen puchero; su boliche estaba instalado en la calle N° 10 que hoy lleva el nombre de Triunvirato y estaba frente al hospital dependiente del Departamento Nacional de Higiene. Don Pedro tenía hospedaje y en su casa se albergaban varias personas del sexo masculino, que, como Don Pedro, eran solterones empedernidos y, por qué no, aventureros del mar; 'El Barril', 'Christoffersen', 'Hansen', todos ellos dueños de algún bote con el que iban al Cabo de Hornos en busca de la nutria o el lobo de dos pelos...» José Cabezas (*Presencia argentina en el canal de Beagle*).

trastornar imprevistamente su puntería. Por eso reía. Reía y tosía, mientras regresaba hacia el rancho, los pies hundidos en la nieve, sin presa alguna, con las manos vacías.

Extendido sobre el pedregullo de la playa, a contraluz del hiriente reflejo del sol que se estrellaba contra el agua, Hansen creyó descubrir la figura de un tronco ennegrecido y detuvo su andar por ese evento que, de tan usual, en otras circunstancias no le habría despertado ni un mínimo de interés. Sin embargo, aquella tarde de frustrada cacería presintió que debía acercarse para escrutar el hallazgo. Tal vez, más que por seguir una corazonada, lo haya hecho por mero aburrimiento. De todos modos, cambió la dirección de su recorrido para encaminarse hacia la costa.

La luz del sol parecía deslizarse sobre las aguas provisoriamente en calma del canal, que reflejaba en su tersura de espejo casi perfecta el cielo, algunos trazos de nubes y los picos nevados. Su reverberar encandilaba a Hansen y lo hacía maldecir por lo bajo. Apenas si podía ver por dónde pisaba. Hacia el oeste, un horizonte de montañas y mar se difuminaba tras una bruma dorada. Maldición tras maldición, Hansen logró acercarse a su objetivo, algo parecido a un madero ennegrecido extendido en el pedregullo de la playa.

Lo que semejaba a un tronco no lo era. Se trataba de una embarcación pequeña, tal vez un bote, al que Hansen, deslumbrado por el sol del ocaso reflejándose en la tersura del agua, veía como una canoa. Trató de inspeccionarla a la distancia. No alcanzó a ver en ella ni en sus alrededores nada que aportara noticias sobre sus ocupantes. Se propuso, entonces, rastrear unas huellas dispersas y apenas visibles por la playa pedregosa que se tornaba, unos cien metros más allá, en un escarpado murallón de piedra. Caminó en dirección a donde se perdían esos rastros que parecían pisadas, mientras repetía a voz en cuello algunas de las pocas palabras que conocía en la lengua de los canoeros. Su apreciación insistía en transformar aquello que probablemente fuera un esquife en una canoa o *ánan* yámana. Intentaba componer una frase aplicando un precario como ineficiente sistema que consistía en hilar sustantivos: «Yámana, kippa, ánan… ánan… yámana, kippa, ánan… ánan… yámana, kippa, ánan… ánan…».

Hansen trepó sin cejar en su intento comunicativo. «Yámana, kippa, ánan… ánan… yámana, kippa, ánan… ánan… yámana, kippa, ánan… ánan…».

Anduvo unos metros por entre las piedras agudas, hasta que un nuevo ataque de tos lo obligó a detenerse. Agitado y harto de la situación retornó a su lengua para lanzar una ristra de insultos destinados a la fortuna, a su mala salud y a los canoeros perdidos.

A poco de emprender la vuelta, le pareció oír un gemido. Regresó sobre sus pasos, ahora en silencio. Pudo percibir claramente un quejido que provenía de entre las piedras. Fue acercándose lentamente, fusil en mano. En un hueco entre las rocas vio al hombre. Tiritaba envuelto en un chubasquero. Tenía la fisonomía de un nativo y parecía un navegante, a juzgar por su vestimenta. No se lo veía lastimado, pero sí enfermo. La enfermedad se traslucía en sus ojos. «Me mira cómo ha de mirar un moribundo», pensó Hansen, o pudo haberlo hecho mientras se hincaba y extendía una mano en gesto de misericordia. El hombre, que aparentaba ser un adulto joven, masculló unas palabras entrecortadas: «Water, mister, water…».

Hansen se sorprendió por un instante. Esperaba que la garganta de aquel hombre emitiera voces distintas. Había predispuesto su oído para los sonidos acaso ásperos de la lengua de los canoeros y no para el inglés, idioma que podía reconocer y del que apenas si comprendía el significado de unas pocas palabras, tal vez algunas más que del yámana. «Water, mister, please… water…», alcanzó a repetir el moribundo.

Hansen, que no solía llevar agua en sus cacerías, le acercó el frasco con ginebra. El hombre fue sorbiendo el líquido en tragos breves, con suma dificultad. Amagó un movimiento para devolver la redoma a su dueño, pero no llegó a concretarlo. Hansen quitó la ginebra de las manos endebles antes de que estas la dejaran caer. A poco, el hombre cerró los ojos. Respiraba con dificultad, emitía jadeos casi inaudibles.

Hansen optó por cargarlo. Lo llevaría hasta el rancho. Aunque no tenía medicinas, podría proporcionarle abrigo y alimento. Al pretender alzarlo se encontró con un cuerpo flácido, inerme. Comprobó que ya era tarde. Volvió a tenderlo sobre la roca, se sentó a su lado. A modo de oración soltó unos versos de Blake, los que recordaba.

Lo sepultó cubriendo el cadáver con arena y piedras, al borde de la playa pedregosa, junto a la embarcación de casco ennegrecido. Estimó que no correspondía la cruz, por lo que plantó un remo a la cabecera.

Ya en el rancho, luego de alimentar con leños el tacho y poner a calentar el agua para el mate, mientras llenaba con yerba el jarrito de lata, Hansen tuvo un pensamiento que lo llevó a sonreír con una mueca. Si el canoero no se hubiera muerto, podría haberlo adoptado y rebautizado como hiciera aquel inolvidable mercachifle esclavista. No le hubiera puesto el nombre de *Viernes*, pues, aunque no tenía calendario, consideraba que era *Domingo*.

«Día de mierda», se dijo para sí Hansen y escupió el primer mate.

3

El pequeño cúter bordejaba en medio de un profuso oleaje. Las rachas del Oeste lo hacían escorar hasta recostarlo sobre sus baos. Cuando la proa cortaba la cresta de la ola, el pantocazo era inevitable. El golpe del casco contra el agua, que barría la cubierta en torrentes de espuma, alteraba el equilibrio y los nervios de los tripulantes. Pero el patrón había decidido no tomar una segunda mano de rizos; según su opinión, lo que perdían en comodidad, al mojarse algo menos, lo ganaban en impulso para sortear la marejada y evitar el abatimiento. Tenía a vista la entrada a la caleta y no quería ceder ni un metro, porque el viento comenzaba a tener carácter de temporal.

Hansen, que había salido a buscar leña al cobertizo, alcanzó a divisar, confundido entre la espuma, el blanco de un velamen que luchaba en medio del mar revuelto.

Arrojó los leños y corrió hacia la costa del canal. Desató la lona que cubría su chalupa puesta a seco para extraer de ella cordajes y un salvavidas. Pasó los cabos adujados en un rollo sobre su cabeza hasta dejarlos sobre su hombro izquierdo a modo de banda cruzando pecho y espalda. Aferró el salvavidas circular de madera y fue internándose en el mar a medida que el cúter se acercaba.

Con el agua helada a la altura de su cintura, se preparó para arrojar uno de los cabos atado al aro de madera. En el velero, que ya estaba a tiro, los tripulantes filaron las escotas. Las velas comenzaron a gualdrapear, hacían un ruido infernal. En medio del vocerío de los hombres que trataban de arriar el velamen, tirar el ancla y cobrar el cabo atado al salvavidas, que Hansen había arrojado, se destacaban en la cubierta la voz y la figura de un hombre regordete, que, con los brazos en cruz, gritaba:

—Hey, Vikingo, fueguino apretao, acá está «Borrasca» listo pa' llenar la manga.

Hansen no respondió, lo incomodaban las efusividades. Dio media vuelta y comenzó a salir del agua. Arrastraba tras de sí la soga que haría firme en una bita que había improvisado con un tocón de lenga.

Los del cúter ganaron la costa en un esquife usando de guía el extenso cabo, extendido desde tierra firme, para que la marejada no arrastrara la pequeña embarcación.

Hansen los esperaba, ya en su rancho, al que había corrido para secarse y mudar sus ropas mojadas por otras secas.

Se hallaba junto a la estufa desentumeciéndose cuando, precedido por su vozarrón, ingresó en primer lugar Benicio Coney, «el chilote» o, como le gustaba presumir, «Borrasca», apodo puesto por los parroquianos del boliche en Ushuaia, medio en broma medio en serio, al escucharlo narrar incansablemente sus historias, varias de ellas autorreferenciales, de barcos afrontando vendavales. Detrás de Coney, que envolvió en un abrazo a su camarada, entraron su perro, un *fox terrier* nutriero del que nunca se separaba, y tres jóvenes, uno de ellos gringo.

En seguida se inició la ronda de mates y ginebra con los que Hansen convidó a los recién llegados. Respetaba una acostumbrada norma de hospitalidad que hubiera preferido evitar. Durante la charla, rotundamente comandada por Coney, menudearon las bromas y anécdotas de poca monta. Hansen se limitó a responder las preguntas que le hacían los invitados con un mínimo de palabras, solo las indispensables y aún menos, mientras preparaba el guiso para la cena.

El grupo proseguiría su navegación hacia el Cabo una vez que amainara el temporal. Uno de los jóvenes, que se dio a conocer como sobrino de Coney, se mostraba entusiasmado y ansioso. Era la primera vez que salía a lobear y lo hacía con su tío, toda una leyenda entre cazadores y navegantes. El muchacho se estrenaría en las palizas en las roquerías del Sur, nada menos. El gringo y los otros dos eran loberos, con pocos años de experiencia. Según Coney, iba a hacer verdaderos hombres de esos *agüevonaos*.

Hansen no hizo ninguna acotación, simplemente depositó la olla en medio de la mesa. Los comensales, ya dispuestos, sentados sobre troncos que hacían las veces de improvisadas banquetas, llenaron sus platos y comenzaron a engullir el humeante guisado. A partir de ese momento, la algarabía de la perorata cesó para dar paso al sonido acuoso y ritual de la manducación. Aprovechando la pausa, Hansen intentaba hacer vagar sus pensamientos, pero una y otra vez retornaban a la mirada moribunda del canoero. Por un momento creyó que se le ocurriría, o más bien necesitaría, contarles a los cazadores de aquel encuentro. Sin embargo, era claro que no lo haría. No por desconfianza, o por subestimación de las posibles reacciones de sus visitantes, sino por hermetismo o puro desgano.

Terminada la cena, cada uno de los loberos eligió su lugar en el piso del diminuto rancho para dormir. Para ello extendieron mantas y algunas pieles.

Hansen prefirió salir. El temporal había cedido, para dar paso a la calma. El cielo de la noche se veía cubierto de nubes que parecían no decidirse ni por la lluvia ni por la nieve. Se arropó con un cuero de guanaco, con la pelambre hacia dentro; tomó un hato de leña del cobertizo y marchó hacia la costa. En la playa pedregosa, cerca de la tumba del canoero, dispuso unas piedras en círculo donde encerró el fuego.

Luego se sentó. Apoyó su espalda contra el casco ennegrecido de la pequeña embarcación, de frente al fogón. Encendió la pipa que había cargado de tabaco en el rancho antes de salir. Aspiró el humo con fruición. Enseguida extrajo de entre sus ropas el frasco con ginebra y sorbió un trago. Luego se quedó mirando el bailoteo de las llamas. Abismado, fuera del mundo, con la vista fija en la fogata, fumaba y bebía sin prestar atención a nada exterior ni a nada perteneciente al orden de la razón; sin prestar atención a nada que no formara parte del sabor, el gusto del tabaco y la ginebra; sin apreciar nada por fuera de la calidez y las formas del fuego.

Poco a poco se fue adormeciendo.

Cuando la nieve empezaba a caer en plumones que descendían ociosos en la serenidad nocturna, Hansen entreabrió los ojos y se los restregó, apenas si pudo percibir sobre el pedregullo su sombra difuminándose. El fuego se extinguía en un rescoldo que derramaba un resplandor mortecino. Agregó unos leños al fogón y atizó las brasas con un palo. El fuego se irguió nuevamente. Quedó un instante absorto, por contemplar esta resurrección. Luego se incorporó. Para estirar las piernas entumecidas se puso a caminar en círculos en torno a la hoguera. En ese estado, como de trance, le vinieron a la mente aquellos versos de Blake. Se puso a recitarlos a viva voz. Fue entonces cuando tuvo la idea de homenajear al canoero muerto.

Toda canoa o *ánan* yámana poseía una base de pedregullo en su centro para portar el fuego. Como el bote de madera ennegrecida, que la imaginación de Hansen había transformado en canoa, no poseía basamento para el fuego, lo armó cuidadosamente juntando piedras de la playa. Luego, usando un leño parcialmente encendido a modo de tea, con parte de la madera que había cargado desde el cobertizo hacia la playa encendió el corazón del bote. Una vez que el fuego empezaba a desbordar la embarcación, comenzó a empujarla para retornarla al mar. Ingresó con ella a las aguas heladas hasta que estuvo flotando. Entonces la dejó ir arrastrada por una leve corriente.

Hansen salió del canal para calentarse y secar sus ropas junto al fuego. Tonificó el garguero con un último trago y dejó su mirada abandonada sobre la navecita que flotaba encendida, solitaria, olvidando tras de sí una estela fulgurante en las aguas mansas.

«Cosa de borracho», pensó, antes de volver los pasos hacia la casilla.

Por la mañana, Jacinto Coney y los jóvenes loberos se despidieron. En medio de los gritos con que el patrón daba órdenes a los novatos, zarparon rumbo al Cabo de Hornos. Previamente habían desembarcado unas cajas con provisiones que traían para el puesto del Vikingo y que habían cargado en el puerto de Ushuaia a pedido del dueño de la estancia.

Hansen, mientras fumaba, observó inmutable la escena hasta que el velamen fue desvaneciéndose en la lejanía.

Una vez consumido el tabaco, buscó el hacha y se puso a partir leña.

4

Tendido en el catre Vikingo leía una novela de Salgari. La sostenía con los brazos estirados en dirección al techo. Llevaba más de tres días dedicados casi absolutamente a la lectura. Solo salía para proveerse de leña, ir al retrete o juntar nieve en un tacho, luego derretirla y así obtener agua, ya que el chorrillo se había congelado. A su alimentación le dispensaba un mínimo empeño, se preparaba refrigerios simples, generalmente sopa o un poco de carne asada. La mayor parte del tiempo permanecía acostado, pues le resultaba más cómodo leer en esa posición. Tomaba mucho mate y bastante ginebra. Como estaba bien aprovisionado de tabaco, con la misma voracidad con la que leía, fumaba cigarros armados o una vieja pipa, resabio de los días de faena en los balleneros. Invariablemente, cuando encendía la pipa recordaba a su padre, Gunnar Hansen, marinero noruego que había llegado al Sur para trabajar en las factorías del *Puerto de Grytviken*, en la isla San Pedro, y que, tiempo después, instalado provisoriamente en Buenos Aires, se casaba con Manuela Pérez, mujer culta, aunque sin estudios formales; aficionada a los novelas de autores románticos o naturalistas. Ya radicados en Ushuaia, nació Ion, que pronto recibió el apodo de Vikingo por sus compañeros de correrías, cuando formaba parte del piberío de la aldea. Unos años después, siendo un jovencito que embarcaba por primera vez como grumete, se llevaba consigo el mote que ya era parte de su identidad.

Ahora, luego de navegar millas por el mar abierto y los canales, luego de andar leguas por la tundra y los bosques montañosos, Hansen se hallaba echado en un catre, dentro del rancho, en lo que era el Puesto Oeste de la estancia, aunque esta orientación cardinal era relativa, como todas. Se lo había denominado de esa manera simplemente porque se hallaba al Oeste del casco de la hacienda.

El lugar, un estrecho vallecito costero, accesible solo por mar, era como una isla dentro de la isla, rodeado hacia el Norte y el Oeste por empinadas laderas boscosas. La caleta en la que se metía el canal se abría al Sudeste. Este paraje era conocido por los navegantes de la región, por sus dos atributos fundamentales: el accidente costero y su único habitante. Se lo mencionaba indistintamente como La caleta de Hansen o La caleta del Vikingo.

Ahora, Hansen leía a Salgari, echado en el catre. Con un brazo extendido sostenía el libro y se alisaba la tupida barba con su mano libre.

Aun dedicándole días enteros a la lectura, Vikingo cumplía con eficiencia la tarea que le había sido encomendada por su patrón: en primera instancia, disuadir a los potenciales invasores; de no ser esto posible, evitar a los tiros la ocupación de ese puerto natural, punto extremo de la hacienda. Sin embargo, en el transcurso de los siete años, o poco más, que llevaba viviendo en el Puesto Oeste, solo había usado el fusil para cazar y apenas si se habían acercado por allí algunos barcos con loberos y pescadores. Cada tanto, algún velero se metía a la caleta con el fin de refugiarse durante un temporal, pero rara vez sus tripulantes desembarcaban. Una vez al mes, recibía la visita de sus compadres, el Chilote Coney o Antonio Kuthjar, quienes eran los encargados de abastecer el puesto.

Según le había informado el patrón de la estancia al momento de conchabarlo, su idea era instalar un aserradero en el lugar y construir un muelle para facilitar el transporte de la madera. En ese entonces a Hansen no le importaron los proyectos de su nuevo jefe, solo pretendía afincarse durante un tiempo al menos. Lo del aserradero nunca se concretó, tan solo armaron las bases para un obrador que jamás levantaron. Algunos de los materiales que quedaron abandonados permitieron a Vikingo mejorar el rancho y montar un cobertizo para usar como depósito y tener un lugar donde acopiar leña seca. La construcción también le servía de refrigerador natural cuando carneaba algún cordero, de los pocos que le había ido enviando el capataz de la estancia y que él dejó que se criaran asilvestrados. Hansen era marino y cazador, nada tenía de pastor y poco sabía de esos menesteres.

Las provisiones que le llegaban eran más bien escasas. Lo único que solía sobrarle era el jabón. De todos modos, nunca se quejaba ni se preocupaba, le gustaba cazar, podía también mariscar y tenía sueltas por ahí algunas ovejas, que solas se criaban, se reproducían y parían. Sus compadres además le acercaban «el vicio»: tabaco, unas latas de alcohol y, cada tanto, algún libro usado. El alcohol lo usaba para preparar lo que él denominaba «ginebra campera», siguiendo una receta elemental: rebajar el alcohol con agua y saborizar el preparado con apio silvestre macerado y pimienta de canelo.

Hansen apoyó el libro sobre su pecho y se quedó con la mirada clavada en los tirantes de la techumbre. Luego comenzó a recorrerlos, uno a uno, con la vista. Se compenetró en ellos hasta poder sentir en las yemas de sus dedos la textura de los troncos despojados de la corteza, pelados y sin lijar. Uno a uno, los fue examinando una y otra vez. Sin tocar, a la distancia, fue palpando la tersura imperfecta de la madera, las salientes de las astillas, los tenues alabeos, su redondez irregular. Al cerrar sus ojos, continuó el recorrido. Entonces, su percepción se tornó más delicada y minuciosa. Con los ojos cerrados no solo su captación táctil remota mejoraba, en su mente la apariencia de los maderos se le presentaba más clara, podía «ver» en la idea hasta los mínimos detalles.

Esta ceremonia, que practicaba habitualmente, consistía en concentrarse para hacer foco en un aspecto minúsculo, y generalmente desapercibido, de la realidad. Hansen consideraba que, de este modo, restablecía la verdadera magnitud de ese elemento en el mundo.

5

Hansen se asfixiaba. Quería respirar, hacía un gran esfuerzo para que el aire ingresara a sus pulmones. Se ahogaba. Quiso abrir los ojos, los abrió, o creyó haberlo hecho. Lo apretaba la oscuridad, una tiniebla caliente y viscosa, que palpitaba como un organismo. Una especie de cerrazón viviente lo sofocaba. Logró que una hilacha de aire ingresara por su nariz y boca, pero era un aire viciado, espeso, saturado de humedad.

Despertó de bruces en el catre, babeante, enredado entre las cobijas. Entonces supo que la pesadilla del cachalote blanco había vuelto, para asediarlo en las noches como cuando era niño.

Su madre le había regalado una edición de *Moby Dick* el día que cumplía los diez años. Ella pretendía, además de saciar la avidez literaria de la criatura, que el niño tuviera un acercamiento, aunque fuera desde la ficción, al que había sido por años el trabajo de su padre, Gunnar, ya retirado y dedicado al comercio.

El noruego no compartía la decisión de la esposa, pero la aceptaba, con más desinterés que resignación. Para él el exceso de lectura podría llevar al niño a la locura, había en la historia pruebas suficientes que avalaban su idea. Por otra parte, la novela de Melville, que no conocía sino por comentarios, le parecía pueril y exagerada, nadie podía obsesionarse tanto con un animal. Además creía que una ficción así no podría reflejar cabalmente la verdadera vida en los balleneros, al menos no la que él había vivido.

Desde aquella temprana lectura, al infante Ion comenzó a perseguirlo ese cachalote blanco. Una y otra vez se despertaba transpirado y jadeante con el terror de sentir que había estado atrapado en sus fauces.

Varios años después, en una vigilia de ojos abiertos, llegó a encontrarse frente a frente con la ya mítica bestia.

Era un jovencito con unas pocas millas de navegación como lobero y quería iniciarse en las grandes cacerías en el mar. Anhelaba vivir las historias que su padre y la literatura le contaban cuando niño; deseaba estar a la altura de sus héroes y ser un *Queequeg*, un *Daggoo* o un *Ned Land*.

Precedido de una carta destinada al capitán Larsen, comandante de la flota de la «Compañía Argentina de Pesca», emprendió viaje rumbo al Norte, primero a Buenos Aires, luego a Montevideo. Allí pudo incorporarse a la tripulación del «Rolf», compuesta mayormente por marineros uruguayos, pero con capitán, contramaestre y piloto de origen noruego. El navío era un ballenero a vela ya obsoleto que libraba sus últimas batallas, resistiendo los embates de la nueva tecnología y su mayor rendimiento, fuerzas más poderosas que las del piélago bravo y los temporales.

Navegaba el «Rolf» por aguas antárticas. La noche era clara, fría y ventosa. El mar estaba revuelto y el barco se balanceaba con el oleaje. El viento que barría la cubierta aullaba al enredarse entre las jarcias que vibraban de una manera endiablada. Hansen realizaba su guardia nocturna, se desplazaba por la cubierta tratando de no golpearse. Ponía la mayor atención a la que era su responsabilidad, rastrear la presencia de témpanos en la ruta de navegación. Ya habían transcurrido casi las dos horas de su turno. A pesar del frío, le agradaba la noche. La luz lechosa de la Luna se filtraba a través del leve manto de nubes y se derramaba sobre la superficie encrespada del mar. La espuma y el rocío que arrastraba el viento perlaban el aire. Hansen volvió a otear el mar desde la banda de estribor; en ese momento avistó al animal. Se desplazaba a menos de un cable, a unos cincuenta o sesenta metros, en la misma dirección que el «Rolf», como si fuese una escolta. Era un cachalote, uno grande, más grande que los que había visto descriptos en las ilustraciones de los libros. El animal se dejaba ver, nadaba en la superficie durante largo trecho, sin apartar su curso. Se sumergía solo por segundos, dejaba un círculo de espuma plateada. Al instante emergía furioso, hendía el manto de agua con estruendo.

Hansen lo contemplaba entre admirado e incrédulo. ¿Era el único que podía verlo entre los marinos designados para la guardia, dos en cubierta, uno en el palo, más el timonel? Posiblemente. Al momento, los otros no habían develado la novedad. Hansen tampoco. Trataba de asimilar la aparición fantástica.

No tenía la piel de ese animal el gris característico de su especie, era mucho más clara, casi blanca, o definitivamente blanca. En un primer momento, Hansen pensó que el reflejo lunar lo estaba engañando; para verificar, miró a través de los binoculares. Constató que la piel del cetáceo era pálida, de un blanco níveo.

El animal se hundió en las profundidades nuevamente. Hansen aguardaba su reaparición, esperaba con ansiedad el estallido de agua que provocaba el gigante. Contó mentalmente los segundos, que dieron paso a los minutos. Durante ese lapso el corazón de Hansen era un caballo desbocado. El cachalote era tal como se lo describía en la novela de Melville que le había regalado su madre; al menos eso sentía, eso recordaba. Era un calco de la bestia que obsesionaba al capitán Ahab y del monstruo que lo devoraba en su pesadilla recurrente. Sintió una mezcla de temor y odio hacia esa cosa, pero, al mismo tiempo, ansiaba que volviera a la superficie para contemplar, al menos una vez más, aquella belleza impetuosa, terrible. Pasaban los minutos, estaba por llegar su relevo. Agitado, casi angustiado, recorría con la vista el mar a estribor y a babor, desde popa a proa. El animal, por fin, emergió nuevamente, fue por un instante. Apenas lo divisó, Hansen se arrimó los binoculares. Admiró la traza de la mole blanca deslizándose como un delicado navío de hielo sobre la superficie marina. A través de las lentes creyó distinguir uno de los ojos de la bestia, imaginó un círculo sombrío y acechante, que dirigía su mirada abismal hacia el «Rolf» para vigilar los movimientos del tripulante sobre la nave.

—¡Témpano por amura de estribor! —cayó el grito del vigía apostado en el nido de cuervo.

Hansen no reaccionó, estaba alelado, trataba de reencontrar al monstruo que había desaparecido.

—A descansar, Vikingo. Páseme los anteojos que me hago cargo —debió oír Hansen. Pero no se inmutó. Estaba inmóvil, sosteniendo aún los binoculares contra su rostro, rastreando el horizonte.

—Hansen, soy su relevo. ¿Estás dormido, bo? —le dijo en voz más alta un marino moreno, mientras le palmeaba la espalda.

Hansen pareció reaccionar, pero seguía conmocionado: —Sí, sí… digo no, no me he dormido, estaba…

Hizo una pausa que le permitió ordenar un poco sus ideas. Prefirió callar y no pasar como novedad el avistamiento.

—Guardia sin novedad —dijo. Le entregó los prismáticos a su relevo, que lo miraba extrañado, lo saludó y se dirigió hacia su camarote. Una vez echado en la litera, no pudo, tal vez no quiso, por excitación o temor, conciliar el sueño.

6

Al despertar, luego del agobio que le deparara su pesadilla, sin mediar instancia de estiramiento de sus músculos contraídos durante la noche, ni momento alguno para ingresar a una vigilia medianamente lúcida, saltó del catre y salió al exterior para vaciar su vejiga a punto de estallar. Orinó larga y placenteramente sobre la nieve fresca. Mientras lo hacía buscaba en su memoria, hallándolos tan solo en fragmentos confusos, estos versos de Rimbaud:

> *Después, tras engullirme mis Sueños con cuidado,*
> *me vuelvo y, tras beberme treinta o cuarenta jarras,*
> *me concentro, soltando mis premuras acérrimas:*
> *manso como el Señor del cedro y del hisopo*
> *meo hacia el pardo cielo, alto, alto, tan lejos…*
> *con el consentimiento de los heliotropos.*

Regresó al rancho con la prisa que le imprimía a sus movimientos el frío cortante del amanecer. Echó unos leños al tacho luego de remover las brasas. Cargó con agua la pavita tiznada y la colocó sobre la estufa. Llenó el jarrito del mate con yerba, buscó unos bizcochos secos y, mientras hincaba el diente en la masa crujiente, más bien dura, probaba la temperatura del agua en un primer mate que, invariablemente, debía escupirse. Expelió el primer sorbo y fue a sentarse a la mesa, donde previamente había dispuesto los elementos para un frugal desayuno.

A Hansen, que apenas podía escribir, le gustaba contarse historias en voz alta. Las iba hilvanando según le fueran apareciendo indicios, recuerdos u ocurrencias. Le permitían llevar consigo la literatura mientras realizaba sus tareas. Había creado una comarca en la que había dispuesto tres poblaciones bien distintas. El mítico territorio se hallaba en la Patagonia continental y abarcaba desde la estepa hasta la precordillera. Se había inspirado en los paisajes de Santa Cruz, provincia que había recorrido como peón y como cazador. Los personajes eran imaginarios, o no tanto. Incluso cada tanto se metía él mismo, aunque encarnando roles secundarios.

Así, entre mate y mate, otra parte del ritual consistía en narrar y escuchar los relatos que se inventaba. Por extraño que pudiera parecer, podía escindirse y la voz que llegaba a sus oídos le era parcialmente ajena, también la historia que esta le acercaba. De tal modo, que los hechos que se narraba le eran novedosos, como si no hubieran antes pasado por su mente, como si no hubieran sido creados por la misma persona, o el mismo pensamiento.

¿Por qué no escribía aquellas historias? Sus manos, embrutecidas por el trabajo bruto, no le permitían una adecuada caligrafía. Además carecía de paciencia. Tampoco le hubiera resultado sencillo conseguir papel en ese confín, alejado de todo. De haberlo tenido, de escaso, seguramente lo hubiera aprovechado mejor para limpiarse el culo, o encender la estufa.

Una vez concluida la mateada, continuó con su relato mientras se vestía y se preparaba para salir de cacería. Trataría de proporcionarse unas lonjas de carne de guanaco, las que pudiera acarrear solo y a pie. Colocó las municiones en un talego, en el que metió también un frasco con ginebra, tabaco y un poco de charqui. No debía olvidarse las cerillas y algo de yesca. Si el frío se le volvía insoportable, podría encender una fogata. Cruzó talego y fusil al hombro, la faca envainada a la cintura. Se colgó el par de raquetas, por si acaso se topaba con algún cúmulo de nieve blanda en alguna hondonada, encendió su pipa, agarró el bastón y salió del rancho.

Encaminó los pasos hacia el bosque que ascendía por las laderas. Después de tantas incursiones, tenía un sendero establecido, que evitaba las pendientes más abruptas y la fronda enmarañada. Al empezar la trepada, con la agitación en aumento, decidió interrumpir el relato y concentrar todo su empeño en ese andar fatigoso. De todos modos, cada cierto trecho, no podía evitar dispersarse. Algunas veces, un pájaro, o la forma rara de algún árbol, o los colores de una piedra lo hacían detener. Podía quedarse largos minutos contemplando un tronco ahuecado o el color y la apariencia de una seta u oyendo el sonido de las ramas azotadas por el viento. Luego, con un hálito renovado, continuaba su andar. Esta vez no fue la excepción. Se detuvo a escuchar el trinar y el aleteo de unos rayaditos que se desplazaban ligeros entre el ramaje. Le dispensó a ese acontecimiento el tiempo que le llevó la ceremonia de volver a cargar su pipa, encenderla y aspirar dos o tres intensas bocanadas. Luego retomó el rumbo.

Había recorrido el bosque montañés durante unas dos horas cuando ingresó a un turbal helado, cubierto por la nieve. Decidió colocarse las raquetas y avanzar tanteando el suelo con el bastón para evitar hundirse en un terreno que siempre le generaba desconfianza. Se hacía difícil distinguir los ojos de agua congelados y los huecos cuando la superficie estaba oculta bajo un manto blanco uniforme. Marchaba lento y con cuidado. No tardó demasiado en ver las primeras huellas de un animal sobre la nieve. Se hincó para inspeccionarlas de cerca. Eran un poco más grandes que las de los zorros, posiblemente eran de perros; si eran huellas de cánidos grandes y no estaban acompañadas de pasos humanos, en esos parajes alejados, pertenecían a cimarrones. Había nevado durante la noche, sin embargo los rastros eran claros, señal de que los animales habían pasado por allí recientemente; de no ser así, la nieve fresca habría cubierto todo vestigio. El hallazgo lo inquietó. Aunque estaba armado, el ataque de una jauría hambrienta era difícil de repeler, por la ferocidad y la forma en que los animales se disponían para hacer más vulnerable a su presa. Decidió abandonar ese llano abierto, sin árboles donde poder encaramarse, ni troncos o rocas que le sirvieran de trinchera ante una posible embestida.

Primero oyó un ladrido, luego otros más que confirmaron su hipótesis y lo pusieron en alerta. Levantó su vista para observar el entorno. Notó a lo lejos las figuras de tres o cuatro perros, no acertó a contarlos, pues lo habían detectado y se le acercaban a la carrera. Hansen no podía desplazarse con la velocidad suficiente. Sabía que no llegaría al bosque antes de que los animales lo rodearan. Entonces se preparó para repeler la acometida, quitó el seguro del fusil y quedó listo para disparar, también dejó presto a sacar de la vaina su cuchillo de destazar. Le apuntó al más adelantado del grupo y jaló el gatillo. El perro lanzó un aullido y rodó por la inercia de la carrera. Quedó tendido en la nieve dando sus últimos estertores. El resto no le dio tiempo de apuntar, tiró al bulto, tal vez hirió o mató a alguno. Uno de los perros, o el único que quedaba —Hansen no podía saberlo en medio de la refriega—, se le arrojó encima con tal violencia que lo tendió en el suelo y con una dentellada alcanzó el muslo de su pierna izquierda. Hansen se defendía enceguecido, actuaba por puro impulso. Pudo asestarle un culatazo en los cuartos y así lograr una tregua que aprovechó para incorporarse; quería resistir de pie la siguiente embestida. Dejó el fusil y aferró el cuchillo, que le sería más útil en el cuerpo a cuerpo. Esperó agazapado, presto para dar pelea, pero nada sucedió, el ataque había cesado. Al recuperar el aliento, pudo ver dos perros, uno escapaba renqueando, el otro iba dejando un rastro de sangre que resaltaba en la invariable blancura inmaculada del manto helado.

Hansen boqueaba agitado y tembloroso; había sentido el miedo metérsele hasta los cojones. Le dolía la herida en su pierna. Caminando con dificultad se adentró unos metros en el bosque y se sentó sobre un tronco caído. Con el cuchillo recortó un pedazo del pantalón desgarrado por los dientes del animal, para dejar al descubierto la carne lacerada. Echó sobre ella un chorro de ginebra. Decidió beber el resto para retemplarse, por eso empinó el frasco hasta vaciarlo. Necesitaba improvisar un vendaje, se quitó el abrigo para poder cortar una manga de su camisa. Luego la ató con fuerza en torno a su muslo herido.

Volvió a abrigarse, sentía frío. Sacó unas tiras de charqui y se puso a mascarlas. Precisaba algo de energía para un regreso que entreveía peliagudo. Encendió la yesca y le incorporó un puñado de charamusca. Anticipando las llamas, surgió el humo intenso provocado por la leña húmeda. Apenas hubo algo de fuego, Hansen puso nieve a derretir en un tarrito tiznado. Tenía sed.

Se quedó frente al fuego unos minutos. Una vez mitigado el frío, le urgía ponerse en movimiento. Cubrió el fogón con nieve, volvió a colgarse fusil y talego, aferró al bastón y se puso a desandar el sendero.

Se sentía cansado, se percibía como un hombre abatido, vapuleado. Esa dentellada en su carne había hecho mella en su ánimo, en su fortaleza; le había también desgarrado la confianza.

Mientras avanzaba lento, intentaba no ver más allá de donde pisaba. Se movía con sumo cuidado. Lo abrumaba mirar hacia lo lejos, por dentro del bosque interminable, y ver la espesura, el ramerío, los troncos dispersos, las piedras, las trepadas y las pendientes abruptas, los cauces, el barro negro. Todos ellos obstáculos, barreras oprobiosas, intimidaciones.

Debía detener su marcha a cada rato para reorientarse. Él, que se había internado en ese bosque más de un centenar de veces, vacilaba. Por momentos el lugar le resultaba irreconocible, extraño, ajeno. O, más bien, él mismo se sentía un intruso en aquel terreno antes confiable.

Se cayó tres veces, tres veces se levantó.

Cuando el bosque quedó sumido en la sombra crepuscular del final del día, debió guiar sus pasos dirigiendo su mirada al cielo, para ver los matices de su color y buscar el último resplandor hacia el Oeste.

Hansen llegó a su rancho ya entrada la noche. El tramo final lo recorrió arrastrando la pierna lastimada.

Encendió la estufa. Una vez que las llamas colmaron el tacho, puso agua a calentar. Sentía la necesidad de lavarse, además de limpiar la mordedura. Se desnudó y con un trapo embebido en agua tibia enjabonada fue refregando su cuerpo. Al llegar a la pierna, remojó la tela y la apoyó sobre la herida. El ardor era tan intenso que Hansen se descargó con un rosario de insultos. Procedió a secarse, para luego vestirse a medias. Se colocó una camisa y calcetines. Dejó sus muslos al aire para continuar las curaciones.

Completó con ginebra un vaso para tenerlo a mano. Puso al fuego su cuchillo de caza. Cuando el filo estuvo al rojo, se sentó en el catre, envolvió una rama con algo de tela, la colocó en su boca. Apretó los dientes con fuerza. Impregnó un trapo en alcohol y lo escurrió sobre la herida como para adormecerla. Al instante apoyó de plano el cuchillo caliente sobre la carne abierta, aún sangrante, para cauterizar. La intensidad del dolor hizo brotar un copioso sudor en cada rincón de su anatomía, los ojos se le inundaron de lágrimas. Soltó el cuchillo, que cayó al piso. Quitó el palo enfundado de su boca, alzó la ginebra y se echó un trago. Con la mano tembleque dejó el vaso sobre la mesa. Se fue dejando caer de espaldas sobre el lecho. Una vez acostado, inhaló hondo, hondo, bien bien hondo.

7

…dañado de distancias, inanimado de silencios,
arrasado de presagios…
Julio Leite, «Conociendo a un turbal»

Quemazón, ojo sol, infierno en miniatura, constante.
Luna blanca, de albura que incendia.
Fuego en lo profundo, adentro.

Hansen siente la sed, con voracidad de desierto.
Hansen, quieto y tembloroso, siente un frío de horas bajo la lluvia.
Hansen siente un dolor de a cuchilladas, latiendo.

Hansen yace adormilado en una sueñera poblada de espantajos, que no llegan a definirse. Un perro, negro, con negritud de carbón de hoguera muerta, aúlla y le muestra los dientes amenazante. El perro, negro, con negritud de tronco quemado, parece desdoblarse en tres fieras, o en tres fauces dentadas. Hansen no puede moverse, está encajado hasta la cintura en la nieve. No tiene ningún arma, solo cuenta con sus manos, con las que se cubre la cara. Sin embargo, el animal no llega a morderlo, porque la escena comienza a descomponerse en recortes, como un rompecabezas con las piezas entremezcladas, y se va hundiendo en las aguas de un mar sereno, apretado entre acantilados y nubes bajas. Hansen aparece al timón de su chalupa, la *Lucerna*, que tiene los maderos ennegrecidos, con negritud de carbón de hoguera muerta. Al pie del mástil, un fogón, del que se desprenden llamas que lamen ardientes una de las piernas de Hansen que, sin embargo, siente frío y tirita; que, además, siente sed. Al mirar hacia un lado, a babor, encuentra sentado a Sandokán. ¿Qué hace allí «El tigre de la Malasia»? ¿Por qué se asemeja tanto al finado Mancuello o por qué Mancuello está vestido como si fuese un príncipe malayo? Sandokán, es decir, el finado Mancuello, lo toma del hombro y le acerca una jarra dorada con agua. Hansen bebe como un desaforado. Se chorrea con el agua y bebe y bebe y bebe, el agua de la jarra nunca se termina, pero tampoco puede mitigar esa sed insaciable.

De pie sobre la proa, arpón en mano, su padre, Gunnar, señala un rumbo.

Si bien Ion está al timón, el barco no obedece a sus manejos, sigue el derrotero impuesto por la corriente que lo va llevando por canales estrechos, entre islotes. En la mayoría de ellos hay lobos marinos muertos dispuestos en pilas. La sangre mana de sus cuerpos apaleados, forma pequeños ríos entre las piedras; y estos cursos rojos desembocan en el mar y lo tiñen.

La chalupa por fin encalla sobre una costa pedregosa. El finado Mancuello y Gunnar desembarcan, también lo hace Ion. A los primeros se los nota familiarizados con el sitio y comienzan a internarse. Ion Hansen los sigue, sin saber adónde van. No pregunta. Los tres caminan callados. Ni siquiera oyen sus propios pasos. Todo el lugar está silencioso, muerto, y frío. Atraviesan un bosque de troncos retorcidos como serpientes, quemados, sin fronda, cubiertos con «barba de viejo». Desde diversos costados, van surgiendo unas formas humanas, son más bien sombras que los empiezan a rodear, parecen suplicar por algo, algo les reclaman. Ion Hansen, que nada entiende, se queda petrificado y un sudor helado le recorre la espalda cuando, de pronto, distingue a su madre, o la sombra de la que fuera en vida Manuela Pérez. La sombra lo mira desde unas cuencas insondables, sin poder acercársele. Ion siente una pena que lo desgarra y al mismo tiempo terror. Ha entendido las súplicas de los espectros.

8

Hansen abrió sus ojos. Había amanecido. Llovía. En la estufa solo quedaban brasas. Sentía frío. Lo hostigaban las puntadas insistentes en la pierna. Se levantó, pesado, adolorido. Curó su carne lastimada. Reavivó el fuego echando turba seca primero, leños después. Llenó de agua la pavita y la puso a calentar, dando inicio a la ceremonia del mate.

No se inventó o recreó ninguna historia, prefirió oír en su mente las palabras de otros y se concentró en la lectura.

Leyó durante todo el día. Llovió durante todo el día. El dolor lo hostigó durante todo el día, pero no tanto como esa angustia extensa.

Leyó durante todo el día siguiente. Llovió durante todo el día siguiente. El dolor lo hostigó durante todo el día siguiente, pero la angustia fue cediéndole paso a la abulia en el transcurso del día siguiente.

Leyó durante otros tres días. Sopló el viento del Oeste durante los otros tres días. El dolor apenas se aplacó en esos tres días. La desidia lo fue horadando durante esos tres mismos días.

Una de las noches alcanzó a atisbar por el ventanuco las farolas de una embarcación que ingresaba en la caleta. Luchaba contra la borrasca que en ese momento rugía, con rachas que levantaban el agua de la superficie del mar. El velero buscaba una tregua en ese refugio. Pudo fondear luego de unas difíciles maniobras, durante las que, más de una vez, estuvo a punto de ser arrastrado hacia las piedras de la costa.

El barco permaneció fondeado toda la noche, hasta entrada la tarde. Cuando cesó el temporal, levó anclas, desplegó sus velas para retomar la singladura. Hansen se quedó observando la partida a través de los vidrios mugrientos. Siguió con la mirada el desempeño de los marineros en cubierta hasta que hombres y nave fueron primero un punto oscuro en la lejanía y luego nada.

Afuera había un mundo que no lo necesitaba, una vida que se desarrollaba indolente. En el rancho estaba él, Hansen, la mayor parte del tiempo acostado y leyendo. Dentro de sí, dentro de Hansen, deambulaban voces ajenas que se imponían sobre su silencio.

En la séptima jornada trabajó. Por la mañana, trozó leña y empezó el calafateo de su chalupa, puesta a seco desde el otoño. Por la tarde sacrificó un cordero. Lo degolló y lo puso a colgar en uno de los tirantes del cobertizo para que terminara de desangrarse. Le quitó el cuero y procedió a destazarlo.

Esa noche, aprovechando el sosiego del clima, hizo fuego sobre el pedregullo de la playa para asar uno de los costillares, que comió allí mismo, sentado sobre un madero, iluminado y entibiado por las llamas.

9

Una vez que hubo terminado de calafatear la *Lucerna*, Hansen esperó una pleamar que le facilitara la botadura. Había decidido probar la calidad de su trabajo en una navegación. Por otra parte, necesitaba algunas herramientas y provisiones varias; así que pondría rumbo al casco de la estancia, distante a unas tres millas náuticas, en dirección al Este.

Con la marea alta, se encargó de empujar hacia el agua la embarcación que se apoyaba sobre una serie de troncos dispuestos en hilera para que rodaran por debajo de la quilla. A pesar de su corpulencia, debió realizar un gran esfuerzo para lograr que la chalupa ingresara al mar. Una vez que estuvo flotando, Hansen la abordó y con ayuda de los remos fue alejándose de la costa. Ya en el canal, desplegó las velas. La dirección del viento, que tomaba la nave por la aleta de babor o por la popa, según las correcciones de timón, le posibilitaría llegar hasta la bahía en la que se encontraba enclavado el caserío principal de la hacienda realizando casi un solo y extenso borde.

El sonido del mar abriéndose cuando el casco de la *Lucerna* lo hendía y el asibilar del viento fresco constante sobre la superficie tensa del velamen arrobaban a su capitán, mientras el sol alternaba entre apariciones y ocultamientos tras unos cúmulos grisáceos.

Hansen fumaba su pipa abstraído. Prestaba una atención mínima, la indispensable, para mantener el curso de la nave. Estaba disfrutando de su primera navegación en meses, y del tabaco en el mar.

Se iba inventando otra historia, de esas que a él le gustaban. Una que a él le hubiera gustado protagonizar. La historia de una pueblada en medio de un páramo asolado por el viento.

Cuando viró para ingresar a la bahía, supo que nada de lo que iba a hacer y decir en ese amarradero le importaba realmente. Estuvo a punto de alterar el rumbo para continuar con una singladura sin un destino determinado, una tan inútil como gozosa. Después de todo podría sobrevivir sin un hacha nueva, y sin clavos ni alambre, y sin galletas ni grasa, solo le preocupaba quedarse sin keroseno para la lámpara y no poder leer durante la noche. Este pensamiento fue el que lo hizo desistir de un navegar errante y lo conminó a enfilar la proa hacia el muelle de la estancia.

Abarloó la *Lucerna* junto al pontón usado para el transporte del ganado y se encaminó por el muelle de madera. Los primeros que lo percibieron fueron los perros que salieron a su encuentro. Del galpón asomó El Indio Robles que se acercó para saludarlo con un apretón de manos.

—Buenas tardes, Vikingo. Bienvenido.

—Gracias, Robles.

—¿Cómo anda la cosa por El puesto Oeste?

—Bien, Robles, todo en orden. ¿El jefecito está por acá?

—Recorriendo los corrales, pero vuelve enseguida.

—Habrá que esperar, entonces.

—Mientras lo espera, pase a tomarse unos mates.

—Estaría bueno, siempre y cuando no interrumpa su trabajo, Robles. No quiero que el capanga se le enoje.

—No hay problema, Vikingo. Acá el verde está siempre preparado. Venga nomás.

Entretuvieron el mate durante unos cuantos minutos, contándose poca cosa. No eran hombres locuaces Vikingo y el Indio. Su camaradería pasaba más por el respeto de los silencios propios y ajenos.

A la media hora se perfiló, a unos pocos metros, por detrás de la ventana, la figura de un jinete, era Humberto Shaw, capataz de la estancia, que llegaba montado en un manchado. Hansen, luego de agradecerle a Robles la gentileza de los mates, salió al encuentro del hombre. Se saludaron de manera formal, por pura convención. El capataz, sin desensillar, escupió: —¿Qué lo trae por acá, Vikingo? Ha de ser algo urgente, de otra manera no se hubiera largado en el bote dejando abandonado el puesto.

Hansen, que sabía de los modos de Shaw, desestimó aquellas palabras y pasó a informarle: —Ando necesitando algunas herramientas, municiones, combustible para la lámpara y unos pocos víveres, harina y grasa sobre todo.

Shaw negaba moviendo la cabeza.

—Usted, Vikingo, debe creer que esto es un almacén ¿Qué hizo con las provisiones que le mandó el patrón?, ¿las cambió por vicio? —se apuró a decir desde arriba del caballo mientras sonreía socarronamente.

Shaw nunca se bajaba del caballo para mangonear a los peones. Era petiso y de voz retraída, entonces pretendía compensar su poca presencia de a pie, manteniéndose sobre la cabalgadura. Hansen, que era un hombretón de pocas pulgas, pero un ser ajeno a las menudencias de las relaciones personales, sopesó en su mente la idea de largarle un parágrafo desafiante, hasta midió las palabras, algo así como «Shaw, no le hagás decir a tu hocico aquello que no vas a poder sostener con tu coraje al bajarte del burro». Pero esas palabras le sonaron internamente como una bravata de poco calibre.

—Acá las cosas no sobran, ni son gratis. Así que, o las paga o se vuelve a su rancho con las manos vacías.

Hansen no habló, ni siquiera amagó hacerlo. Le clavó al capataz la mirada, agarró la cabezada del caballo, como se hace con los niños que están aprendiendo a montar, y provocó que el animal amagara un corcovo que desacomodó a su jinete. Luego soltó el correaje y se fue a buscar las provisiones que necesitaba. El capataz, que lo seguía con la vista, encolerizado gritó: —¡Robles, asegúrese de que no saque nada de la despensa ni del galpón!

Pero Shaw debería saber que ninguna orden suya detendría al fornido puestero y que ninguno de los peones lo haría por él, por lo que, sin desensillar del manchado, se limitó a mirarlo con odio y a ladrarle amenazas que iban desde contarle al patrón sobre ese accionar pendenciero y despedirlo, hasta el encarcelamiento por hurto. Nada de eso amedrentó a Hansen que con total parsimonia se hizo de todo lo que necesitaba, lo cargó en la chalupa y zarpó en total silencio.

Tenía en claro que con aquel desaire se había conseguido un enemigo, y que se trataba de uno con poca dignidad, por eso mismo artero y peligroso. Mas no era algo que lo perturbara en lo más mínimo.

Por otra parte, aunque una de las bendiciones de esa tierra era su extensión, Shaw debería haber tenido en claro que si le jugaba una mala pasada a «ese endemoniado Vikingo», no encontraría en toda la Patagonia un lugar en el que este, muerto inclusive, no pudiera hallarlo. Lo que nunca podría llegar a saber, o a entender, según su forma de pensar, era que «lo demoníaco» en Vikingo se constituía desde algo parecido al desdén o la indolencia.

A Hansen tampoco lo importunaba el viento, que había borneado y contrariaba su rumbo, ya que la caleta le quedaba a barlovento. Cargó de tabaco su pipa, la encendió y, con el timón en una mano y las escotas en la otra, empezó a echar bordes ciñendo a rabiar y recibiendo con placer la brisa y el rocío de las olas en el rostro.

10

Con cada golpe volaban astillas. El tronco, antes aserrado, se partía. Un corte recto dejando al desnudo las vetas de la madera, con sus elipses ocres y rojizas. Otro golpe y el sonido de la pulpa abriéndose, el rasgarse de sus fibras. Otro golpe y el estallido del aroma retenido en las entrañas de la madera. Otro golpe, y otro golpe, y otro golpe.

El hacha nueva refulgía en el aire cuando bajaba formando un arco invisible. Las manazas de Hansen aferraban el mango y sus músculos se tensaban para imponerle su fuerza al metal que se descargaba feroz sobre el eje del cilindro de lenga. La frente de Vikingo se encharcaba de sudor. Sus ojos observaban primero el sitio del corte y luego las dos mitades, que se desplomaban hacia los lados. El mundo de Hansen, en esos instantes, se comprimía en esos pocos metros, se limitaba a ser un orbe de leños y acero afilado.

El hacha clavada en un tocón indicaba el final de la tarea. El grandote pasó por su frente sudada la manga de la camisa, buscó un cigarrillo armado en el bolsillo, lo encendió y se puso a fumar, mientras iba en busca de agua para echarse un buen trago. Recogía el agua del chorrillo con las manos, y bebía empapándose la barba y los bigotes amarilleados por el tabaco. Restregó sobre su boca la otra manga de la camisa para secarse. Se sentó sobre una piedra a fumar, a descansar, a reincorporar el entorno de mar, bosque y montañas a su mundo.

Fumaba. Mientras lo hacía miraba a lo lejos el vuelo de las gaviotas, oía el murmurar del chorrillo, percibía apenas la tibieza del sol, enseguida enfriada por la brisa. Con la última pitada se levantó y empezó a caminar hacia el rancho.

Echó leña al tacho, cortó unas tiras de carne de cordero y las puso a churrascar. Apenas estuvieron tostadas las dispuso entre dos rebanadas del pan que había preparado la noche anterior y salió del rancho para comer el sándwich en la playa, junto a la *Lucerna*, a la que había dejado encallada sobre el manto de guijarros y conchilla.

Masticaba lenta y suavemente, ensimismado en los sentidos de su boca. Iba rumiando y asociando las texturas y los sabores del pan y de la carne asada. Masticaba, rumiaba, lenta y morosamente, reconcentrada su percepción en el gusto. Masticaba, rumiaba, lenta y sosegadamente, inmerso en un deleite tan fugaz como intenso.

Al terminar su almuerzo, se tendió sobre la arena con la mirada abandonada en un celeste apenas manchado por algunos listones espumosos que se alargaban hacia el poniente. Poco a poco los párpados fueron cubriendo la escena hasta ocultarla definitivamente.

Dormitó unos minutos.

Al despertar, la marea había bajado. Aprovecharía para mariscar. Extrajo un balde de la chalupa y empezó a recorrer la fracción de lecho marino que había quedado al descubierto. Iba despegando de las piedras enmohecidas cholgas y mejillones, que depositaba dentro del cubo. No era una actividad que le requiriera demasiado esfuerzo, tampoco la que más le sentaba a su hábito de cazador, pero le proporcionaba una buena cantidad de moluscos que le permitirían variar su dieta.

Se entretuvo en ese menester durante un tiempo, hasta que hubo cargado en el balde unos dos quilos de mariscos. Volvió al rancho para dejar lo recolectado y para prepararse los mates de la tarde.

El cielo se había encapotado y la intensidad del viento aumentaba, se avecinaba un chubasco.

Agregó leña a la estufa, puso a calentar la tiznada llena de agua. Echó yerba en el jarrito, colocó la bombilla. A la espera de que la temperatura del agua fuese la correcta, completó con keroseno el depósito de la lámpara y la encendió. La nubosidad había adelantado el ocaso.

Ese sol minúsculo colgado de una viga irradiaba un halo ambarino. Como en los rincones resistía la penumbra, el contraste provocaba un claroscuro que tornaba acogedora la rusticidad del ambiente.

Hansen eligió un nuevo libro de los que alojaba en el baúl, lo llevó hacia la mesa, donde aguardaban el mate y la pavita morocha. Entre sorbo y sorbo inició la tercera relectura de *Una excursión a los indios ranqueles*, de Mansilla.

La lectura se prolongó hasta bien entrada la noche, la mateada un tanto menos. Cuando el hambre le hizo chillar las tripas, entendió que era hora de cocinar. Preparó de manera rápida y simple los mejillones, que acompañó con pan y ginebra.

No dejó de leer hasta que, ya acostado en el catre y arropado, el sueño lo fue aislando de las páginas y del entorno.

11

Lo despertó un crujido de conchillas aplastadas por pasos que atravesaban la playa.

Por la intensidad de la luz que ingresaba por los vidrios mugrientos del ventanuco, Hansen calculó que sería media mañana. Tomó el fusil colgado a la cabecera y se incorporó para escudriñar. Vio goleta fondeada en la caleta, un esquife en la arena y una figura que se acercaba. Enseguida oyó un batir de palmas a modo de llamado, o advertencia, y luego una voz que lo invocaba: —Hansen… Vikingo…

Pero Hansen no se asomó, destrabó la puerta y se sentó contra el rincón opuesto, refugiado en la penumbra, con el arma presta, apuntando.

Cuando el Indio Robles ingresó al rancho, se encontró con un cañón de fusil señalándolo. Eso lo sorprendió. Se quedó quieto, como alelado. No lograba a emitir palabra.

—Ah, es usted, Robles. Bienvenido al Puesto Oeste —dijo serenamente Hansen y bajó el arma—. Disculpe mis modales, pero en estos parajes hay que estar prevenido, vio.

Se levantó y extendió su mano hacia el recién llegado.

—Entiendo, Hansen, lo entiendo. Pero me acojonó. En lo oscuro no supe si era usted o…

—Yo tampoco lo reconocí a lo lejos… pero siéntese, por favor. En un rato ya estamos tomando unos amargos —dijo Hansen mientras se ponía los pantalones sobre los calzoncillos largos y comenzaba con los ritos de la preparación del mate.

—¿Qué lo trae por el puesto, mi amigo?

—Primero, unos cimarrones al garguero y luego charlamos…

—Habrá de ser algo serio, entonces —malició Hansen que, como no quería incomodar a su visita, cambió de tema—. ¿La goleta esa es nueva? No la tenía vista.

—La mandó a construir el patrón. La hicieron los hermanos García. De seguro los conoce.

—Algo. ¿El patrón está esperando en el barco, no? —inquirió Hansen y le tendió un mate a su convidado.

—Sí. Anduvo por la estancia. Ahora que vuelve me lleva a Ushuaia para que me vea un médico… Hay días en los que ni me puedo mover por los dolores en los huesos, y me agito…

—¿Se queda allá?

—Hasta mañana o pasado nomás. Me vuelvo con el transporte de las provisiones.

Los dos quedaron callados por unos momentos, generando un silencio incómodo; al menos para Robles que, aunque sentado, movía sus piernas inquieto. El mate pasaba de manos y solo se oía el sonido de la succión en la bombilla. En verdad, ninguno tenía mucho más para contar, o sí, pero la confesión no estaba en sus modos, en sus ganas.

El puestero rompió el mutismo: —Bueno, Robles, ¿qué venía a decirme…? Desembuche…

La voz humana fue interferida por un sonido metálico. Ambos pudieron oír el replicar de la campana. Provenía de afuera, de la goleta. Era un llamado.

—Parece que el patrón anda apurado —dijo Hansen, entre agrio y burlón.

Robles asintió bajando su cabeza con un movimiento leve, en silencio. Permaneció callado unos segundos en la misma posición, luego habló:

—Mire, Vikingo, la cosa es que el patrón quiere que deje el puesto… en una semana… Parece que se va a hacer nomás lo del aserradero y quiere poner a otra gente… vio cómo son estas cosas… Yo creo que…

—Está bien, Robles, ya entendí. No siga, no necesita hacerlo —lo interrumpió Hansen, y agregó—: Ya cumplió con el encargo, estoy avisado.

—El patrón dijo que, si tiene algo para reclamar, pase por lo del administrador, en Ushuaia.

Hansen se limitó a sorber el mate hasta hacerlo sonar de vacío. Robles que lo miraba de reojo le preguntó: —¿Le comunico algo al patrón?

—De mi parte, no le diga nada.

Entre los hombres medió un breve, pero incómodo, silencio, roto por el insistente repicar de la campana del barco.

—Vaya, mi amigo, vaya —murmuró—. No se haga esperar al cohete.

El Indio Robles se levantó lentamente de la única silla disponible en el rancho y que el puestero le había cedido por cortesía. Cabizbajo se le acercó y extendió su brazo para la despedida. Hansen le correspondió el saludo apretando con firmeza la mano del peón. Apenas atravesó la entrada, este se volvió hacia Hansen, levantó la cabeza para mirar al gigantón a los ojos y le reveló: —Me enteré de que el patrón va a mandar a unos tipos para que vean si se ha ido, y por si usted se le retoba… Tenga cuidado, Hansen, es gente brava.

Dicho esto se encaminó hacia la playa.

Hansen cerró la puerta del rancho. Atizó las brasas y agregó un poco de leña. Llenó de tabaco la pipa y la encendió. Movió la silla hacia el ventanuco y, aprovechando la claridad que por él ingresaba, continuó leyendo la novela de Mansilla.

12

Hansen salió del rancho silbando, pasó por el retrete y, de regreso, se metió bajo el cobertizo, descolgó una mitad de cordero, se la puso al hombro y desanduvo con la carga el breve camino hacia su refugio. Una vez dentro, tomó la cuchilla, le pegó una afilada en la piedra y se puso a lonjear la carne hasta dejar los huesos pelados, que dispersó sobre la estufa para secarlos. Podría con ellos después preparar caldo.

Con las lonjas de carne hizo charqui.

Gastó toda una mañana en esos menesteres, apenas deteniéndose para cargar su pipa y reencenderla, o para calentar agua para el mate. Sin embargo, durante todo ese lapso, la acción que tuvo mayor significación para su ánimo fue la de narrarse una historia.

La tarde la usó para trabajar en la *Lucerna*. Con troncos finos y rectos, más algunas tablas, armó una estructura que podría cubrir con lona impermeable, de la que tenía una buena cantidad de retazos. Este armazón, una vez cerrado, le proporcionaría una carlinga donde refugiarse. También tapó y selló los pequeños compartimentos de la chalupa para que quedaran lo suficientemente estancos como para acopiar en ellos los víveres, algo de leña y, fundamentalmente, sus libros. Al anochecer aún no había terminado la totalidad de las tareas previstas para ese día.

La intención de Hansen era, una vez abandonado el Puesto Oeste, hacer de la *Lucerna* su hogar, además de usarla para navegar por los canales y recorrer las islas en busca de sustento y amparo. Tenía en claro que no sería una vida confortable, la chalupa era una embarcación pequeña, pero no tenía, o no pasaban por sus ganas, otras opciones.

La mañana siguiente lo encontró mateando desde el alba. Se había propuesto terminar de acondicionar la *Lucerna* para su periplo. Solo dejaría una tarea pendiente para su último día en el Puesto Oeste: sacar la estufa del rancho e instalarla en la chalupa, en la que había dispuesto ya un lugar. En realidad, si lo pensaba mejor, le restaba una tarea más, el trabajo final.

Por la cantidad de cosas por hacer, sería un día de poca lectura. Quizás a la noche, después de la cena, pudiera leer algo. Lo que no le impedirían sus actividades era la narración en voz alta. Sería otra jornada de faenas en la que sus personajes, inventados o tomados de prestado, lo acompañarían.

Cuando el resplandor último del sol caído tras los picos nevados apenas si resistía el avance de las sombras, Hansen se despidió de la *Lucerna*. Restaban los ajustes finales. Estaba cansado y con la cintura adolorida.

Volvió al rancho, encendió la lámpara y reavivó el fuego en la estufa. Se sirvió un vaso de ginebra. Pensó que sería uno de los últimos en mucho tiempo, ya casi no tenía alcohol y, a partir de entonces, no le sería fácil conseguirlo. De todos modos, se dispuso a disfrutar al máximo ese trago. Hizo recorrer el líquido picante por los puntos sensibles de su boca, buscando extraer los escasos matices del licor agreste, que luego hizo asomar a la garganta y fue dejando deslizar con morosidad hacia el interior de su cuerpo fatigado.

Buscó algo para cenar que no debiera cocinar, ni asar y no le requiriera más participación que la de masticar. Cortó cuatro rodajas de pan a las que agregó tiras de carne salada.

Apenas hubo terminado aquella cena frugal, apagó la lámpara y se desplomó vestido sobre el catre.

13

No había amanecido cuando, una vez abrigado, apagó la estufa. La dejaría enfriar para luego quitarla de allí e instalarla en la chalupa. Al grandote no le demandaría demasiado esfuerzo transportarla hacia su nuevo lugar de emplazamiento, donde quedaría fijada, por medio de bulones, a una base de madera y chapa. Tampoco le sería complicado quitar el tiraje, que estaba apenas sujeto. Usaría un tramo de este como chimenea una vez puesto el tacho en la embarcación. Pero antes debía terminar de colocar las lonas en la proa y cargar los víveres, agua, ropas, mantas, una parte de las municiones, unos pocos utensilios, la lámpara y los libros. Lo demás, como herramientas y combustible, ya estaba almacenado. El fusil, una caja con balas y el cuchillo iban con él.

Hansen trabajó a contrarreloj con la intención de aprovechar la pleamar de la tarde. Pasado el mediodía, la Lucerna estaba lista para zarpar y así lo hizo. El gigantón, con un esfuerzo titánico, empujó la chalupa atiborrada hacia aguas más profundas. Una vez que la embarcación comenzó a flotar, la abordó. Como el viento le era favorable no usó los remos para salir. Desplegó la vela mayor e inició la navegación hacia su nuevo destino.

El plan de Hansen era esconder provisoriamente la *Lucerna* en un fiordo cercano, de entrada estrechada entre rocas y poca profundidad. Solo podían ingresar allí canoas o embarcaciones con un calado mínimo, siempre y cuando el viento y la marejada lo permitieran.

En poco más de una hora, la chalupa dejaba prudentemente por estribor el grupo de piedras negras que eran la referencia de ingreso al fiordo. Hansen, entonces, bajó la vela y empuñó el remo. Usando su fuerza la arrimó cerca de la costa, una playita de arena gruesa y piedra laja de no más de veinte metros de extensión, con forma de herradura. Una vez allí, se quitó las botas, las medias y desembarcó. Con el agua a la altura de sus rodillas, fue llevando la embarcación hacia la ribera, donde la varó. Después la aseguró tirando un cabo desde la proa y haciéndolo firme en un árbol cercano. Pasaría la noche allí y al amanecer caminaría hacia el Puesto Oeste para la última faena.

La primera actividad en ese paraje fue reunir troncos y ramas, armar el fogón y encenderlo. Lo hizo en el centro de un conchal, restos de un antiguo campamento yagán, para aprovechar su forma de cuenco. Cerca del fuego puso a secar sus pantalones y calzoncillos mojados. Sobre las brasas colocó la pavita llena. Se disponía a matear para recuperar las energías, tanto físicas como anímicas. Esta ceremonia le proporcionaba placer y sosiego.

Se tendió sobre la hierba, junto al fuego para recibir la tibieza de las llamas. Entre mate y mate, repasó mentalmente el sino de lo que sería su nueva vida, su periplo. Estatismo y movilidad, calmas y esfuerzos, placeres y necesidades. Debería cazar para comer y, en lo posible, comerciar pieles; navegar para no quedar preso. Quedaría más expuesto a los rigores del clima, a las inclemencias de la decrepitud, a las penas del desarraigo. Debería racionar la yerba y las municiones, tendría poco tabaco, conseguiría menos libros, y casi nada de ginebra. Rara vez podría coincidir en el rumbo con sus compadres; quizás alguna autoridad dispusiera perseguirlo y solo a hurtadillas, como un bandido, podría regresar alguna noche a su pueblo.

«¡Qué se le va a hacer…!», soltó Hansen como en un suspiro.

Dormiría en la *Lucerna* que reposaba con su proa sobre la arena, apenas recostada sobre la banda de babor. Ya no tenía catre, por lo que extendió unas pieles de cordero sobre el piso a modo de colchón. La forma del fondo de la chalupa, más la disposición abigarrada de la carga y los elementos del barco, dejaban poco lugar para que la corpulencia de su tripulante pudiera extenderse. Encendió primero la lámpara, luego la estufa, buscó la edición de *Una excursión a los indios ranqueles*, se acomodó lo mejor que pudo y se dispuso a leer.

Leyó durante casi una hora. En ese lapso, su situación, sus planes para el día siguiente y el resto de los días, sus miedos y sus ansias, los dolores y los recuerdos quedaron suspendidos, flotando como islas errantes, apenas perceptibles en la lejanía.

Apagó la lámpara. Durmió. Tuvo pesadillas leves. Lo despertó el golpeteo de la lluvia sobre la lona. Asomó apenas su cabeza. Clareaba. Echó un hato de leña fina al tacho para hacer llama y poder calentar el agua para el mate. Se asomó nuevamente, ahora sacó casi todo su cuerpo para orinar por sobre la borda hacia el agua. Inició la mateada, retomó la lectura. Le quedaban unas pocas páginas para terminar otra vez la novela de Mansilla. Cuando cerró el libro, comenzó a vestirse. Después cargó el morral con balas, charqui, tabaco y pipa, el frasco con ginebra, algo de yesca y un puñado de fósforos. Apagó la estufa, luego la lámpara. Se embozó con el chubasquero, cruzó al hombro el fusil y la faca a la cintura. Salió de la improvisada carlinga, cerró desde afuera la lona para que no ingresara la lluvia, desembarcó de la *Lucerna* y se puso a caminar hasta internarse en el bosque.

14

Hansen marchaba por la ladera boscosa que rociaba una lluvia fina y consecuente. Cada cierto trecho, por entre el follaje reverdecido, unos treinta metros debajo, hacia el costado, se podían ver las olas rompiendo contras las piedras. Pero Hansen no las percibía, casi no miraba, o casi no veía más allá de sus narices. Iba escuchando, apenas intervenida por el repiqueteo de las gotas sobre la tela engomada que lo cubría, su propia voz y la historia que ella le contaba. Iba tan concentrado en el relato que por momentos el bosque se le iba diluyendo en manchones verdes y pardos hasta volverse invisible.

De pronto se encontró descendiendo casi a la carrera por la pendiente embarrada. Puso su mayor empeño en evitar tropezar con las raíces y resbalar al pisar las ramas húmedas esparcidas por el suelo. Ya estaba de regreso en el Puesto Oeste. Poco antes del final del bosque se detuvo. Miró hacia el claro, hacia la costa. El sitio estaba desierto. Nadie había llegado todavía. Debería esperar. Bajó, cruzó la breve planicie reverdecida por la lluvia, se detuvo a beber del chorrillo, revisó por si acaso el cobertizo y el rancho. Luego rumbeó hacia el acantilado, sobre el que se encaramó para otear el horizonte. A lo lejos divisó el blanco de un velamen. «Quizás la espera sea corta», se dijo. Decidió quedarse apostado allí, en lo alto, encumbrado sobre las piedras y oculto en sus recovecos. Desde lo alto tenía un panorama claro del canal, de la costa y de todo el puesto. Era un atalaya natural y lo había usado en muchas ocasiones durante los años de puestero para escudriñar la zona.

La que se acercaba era una chalupa, no tan manguda como la suya y de mayor eslora, con un casco estilizado. Dedujo que sería veloz con vientos suaves, pero inestable y peliaguda con un soplo arrachado. La tripulaban tres hombres. Viraron a la altura de la entrada a la caleta y, como el viento les era favorable, navegaron con la vela desplegada hasta unos metros cerca de la costa, luego la arriaron rápidamente y, por la arrancada que traía la embarcación, llegó con el impulso hacia la playa, donde se detuvo y quedó varada.

Hansen, que fue siguiendo toda la maniobra desde lo alto, ni bien la vela dejó de estorbar su visión de la cubierta, comenzó a buscar la alineación exacta entre su primera presa y la mira del fusil. En el mismísimo instante en que la quilla de la chalupa se apoyaba en la arena de la costa pedregosa, sonó el disparo. El hombre que miraba la arena con la boza en la mano, presto a saltar para asegurar la pequeña nave, sintió la explosión en su pecho y un fuego que se le metía y no sintió nada más. El segundo quedó paralizado, confundido por la detonación y por ver a su compañero desplomarse. Nunca supo que la segunda bala le estaba destinada e ingresaría por su garganta. Al tercero, el más viejo del grupo, el sorpresivo ataque no lo amedrentó. Era un hombre curtido en disputas a los tiros, también en las cacerías de animales, de indios, cuatreros y rebeldes de toda laya. Tuvo el tiempo suficiente para tirarse de panza sobre las maderas del fondo de la chalupa e intentar alcanzar las armas, que estaban cubiertas bajo una lona contra la popa. Pero, apenas intentó moverse, empezaron a sonar los tiros y con ellos a volar las astillas que las balas desprendían.

Hansen desde lo alto esbozaba una mueca satisfecha. Sabía que iba a matar a ese hijo de puta desde el día en que despertó, con un dolor de mil demonios, sobre una cama en el hospital de Punta Arenas.

El Loco Schrader era un cazador sanguinario, un matón.

Cuando un Hansen jovencito y larguirucho, recién iniciado como lobero, se encamotó con la Polaquita, no sabía que Schrader ya le había puesto el ojo y la había apartado para su rebaño. El Loco decidía sobre sus hombres y elegía primero las mujeres en los burdeles. Se había autodesignado jefe del grupo, con la venia del dueño del barco. Hacía ostentación de su jerarquía y la sostenía con ferocidad. Sin embargo, hasta el momento en que los encontró juntos, a Hansen y a la Polaquita, en uno de los cuartos del boliche, el Loco Schrader había tenido al joven Vikingo bajo su tutela, defendiéndolo de las burlas y provocaciones de los demás cazadores. Fue él quien le había enseñado a usar el cuchillo para faenar y para defenderse, el único que cada tanto le hacía alguna pregunta sobre las historias que leía con fanatismo.

Pero aquella noche Vikingo conoció el lado salvaje de su «tutor» y jefe. A Schrader, que estaba borracho, de pronto le llamó la atención que la Polaquita no estuviera en el salón, siendo que todos sabían que le estaba reservada para cuando se le antojase. Se incorporó algo tambaleante y gritó con voz pastosa: «¡Polaquita, vení para acá, carajo...!».

Sin esperar alguna respuesta enfiló para los cuartos maldiciendo. Fue descorriendo las cortinas en cada uno de ellos hasta que los encontró en el último del pasillo. Hansen no pudo reaccionar, una trompada como un mazazo le hizo tronar las costillas. La siguiente le rompió la mandíbula. Quedó en la cama, inconsciente, boca abajo, echando una mezcla de sangre y espuma por la boca. La peor parte se la llevó la muchacha a la que el Loco arrastró hasta los fondos del tugurio. Nadie intentó detener a Schrader. La Polaquita murió a la mañana siguiente en el mismo hospital donde Hansen iniciaba un largo periplo de dolores y curaciones. A Schrader no lo encontraron y nadie intentó buscarlo, unos cuantos le debían favores.

Ahora Hansen esbozaba una mueca satisfecha. Su compadre Coney lo había enterado de que el dueño de la estancia tenía al viejo Schrader como jefe de sus laderos. Con la advertencia de Robles supo que eran ellos a quienes iba a mandar al puesto. Y ahí lo tenía, tirado de panza en el fondo de la chalupa. Lo iba a dejar acercarse al fusil para después matarlo. Pero Schrader solo intentó alcanzar el arma una vez, después se quedó quieto.

Hansen le gritó desde el acantilado al cuerpo tendido:

—Schrader, ¿te acordás de la Polaquita?

Desde la chalupa no salió ninguna respuesta.

Hansen insistió: —Schrader, ¿te acordás de la Polaquita?

Silencio e inmovilidad.

Insistió, insistió e insistió a los gritos: —Schrader, ¿te acordás de la Polaquita?… Schrader, ¿te acordás de la Polaquita?… Schrader, ¿te acordás de la Polaquita?… Schrader, ¿te acordás de la Polaquita?… Schrader, ¿te acordás de la Polaquita?

Aunque Schrader sentía por primera vez en su vida que lo acechaba el final, era «El Jefe», no se asociaba con ese hombre viejo y vencido tirado de bruces. Era «El Jefe» y no podía demostrar flaqueza ante ese Vikingo arrogante. Se incorporó como si nada pasara, iba a intentar descender del barco, sin el fusil, solo con el cuchillo. Posó sus pies en la playa y comenzó a caminar. El primer balazo le dio en el muslo, lo hizo trastabillar primero y luego caer; el segundo no lo tocó, solo levantó una mata de pasto; el tercer disparo se le metió en las tripas y lo sumergió en una agonía turbia y dolorosa. Su última visión fue la de una forma borroneada que se le acercaba. Lo último que oyó fue una voz ronca que le susurraba al oído: «Schrader, ¿ahora te acordás de la Polaquita?».

15

Hansen movió con un pie el cuerpo del Loco Schrader. Estaba muerto. Fue hacia la costa y comprobó que los otros dos, a quienes nunca había visto antes, también lo estaban. Se sentó sobre una roca en la playa. Había dejado de llover. Cargó la pipa con tabaco y la encendió. Entonó su garganta con un largo trago de ginebra y se puso a contemplar las aguas del canal onduladas por impulso del viento fresco. Fumaba en paz, embelesado.

Como el clima comenzaba a aborrascarse, decidió terminar la

tarea que había iniciado.

Arrastró cada uno de los tres cuerpos hacia el cobertizo. Sacó un cabo adujado de la embarcación y cortó tres tramos de unos dos metros cada uno. Con estos enrolló y ató las piernas de los muertos. Los colgó cabeza abajo, uno tras otro, en las vigas, donde estaban los ganchos que antes usaba para destazar los corderos.

Se quedó de pie unos minutos, quieto, contemplando los tres cuerpos que pendulaban por efecto del viento que iba aumentando su intensidad.

De la chalupa tomó municiones y un fusil, el tabaco y tres botellas con caña. Con el morral lleno y los dos fusiles cruzados, comenzó a caminar hacia al bosque, retornaba a la *Lucerna*.

El viento azotaba las ramas en lo alto. Los troncos chirriaban al rozarse unos contra otros en la espesura abigarrada. Hansen, mientras avanzaba, recibía con alborozo el espectáculo del temporal zamarreando la fronda.

Hansen llegó a la *Lucerna* aterido. Durante el trayecto de regreso había recibido de frente la nevisca, que se había desatado a poco de haber iniciado su andar. Si bien contaba con el reparo del bosque, la espesura de este no era suficiente para impedir que los copos minúsculos fueran arrastrados casi horizontalmente, en la dirección contraria a su sentido de marcha y le dieran de lleno sobre el rostro, la única parte del cuerpo que llevaba al descubierto. Una vez dentro del casco de la chalupa, ya cerrada la cubierta de lona, encendió la estufa, primero con un puñado de charamusca para que hiciera llama, mucha llama, y le posibilitara desentumecerse de manera rápida y poner a calentar agua en la pavita. Luego agregó unos leños para generar brasa duradera. En medio de esta tarea prendió la lámpara, puso yerba en el jarrito, clavó dentro la bombilla, cebó el primer mate, que escupió hacia afuera, descorriendo la lona, por la borda opuesta a la que recibía el viento. Tomó una pieza de pan duro, algo de charqui y empezó a matear. Con los primeros bocados y sorbos se sintió retemplado. Organizó mentalmente los pasos a seguir: Si el temporal se aplacaba en las primeras horas de la noche, ya próxima, zarparía para tratar de alcanzar el canal Murray en la oscuridad, a lo sumo con las primeras luces del día. De no ser posible, esperaría escondido en la cala hasta la siguiente noche.

Una vez que hubo repasado su plan, abrió el baúl de los libros y extrajo de él uno de cuentos de Conrad. Leyó un relato mientras mateaba. Después otro más. Con la oscuridad en ciernes, entreabrió la lona, se abrigó y salió para observar las nubes y el clima. Si bien el viento continuaba soplando, había bajado un poco su intensidad y ya no nevaba. Esto lo alentó. Decidió esperar un tiempo más. Si las condiciones mejoraban un poco, iniciaría la navegación.

Retomó la lectura. Recorrió unas pocas páginas antes de quedarse dormido.

Cuando despertó, era noche cerrada. El viento del oeste todavía soplaba con fuerza, lo percibía por el ruido de la lona y el follaje. De todos modos, lo tenía decidido, era el momento de largarse de allí.

En esa oscuridad
completa, el mar era
una boca de negrura
y les mostraba sus
dientes de restinga.
Nicolás Romano,
«Un mar de ginebra»

Como entrevió una navegación movida se abrigó convenientemente, apagó la estufa, aseguró todo lo que pudiera bandearse. Envergó la vela y la achicó con dos manos de rizos. La ató con una vuelta simple para que no se desplegara antes de lo requerido. Bajó de la embarcación, soltó el amarre, cobró los cabos, los adujó rápidamente y comenzó a empujar la chalupa hasta tenerla por completo en el agua y flotando. En ese momento, de un salto la abordó y, con el remo ya presto, la fue guiando hasta la salida. Debió hacer un enorme esfuerzo, el viento y la marejada le dificultaron la maniobra, estuvo al límite de golpear el barco contra las piedras a sotavento. Una vez en la boca de la cala, desplegó la vela, y, en un mismo movimiento, aferró la escota y el timón. Cuando la vela recibió de pleno el viento por la amura de estribor, la *Lucerna* pegó una guiñada hasta quedar por un instante recostada sobre los baos de babor. En ese movimiento embarcó algo de agua por la borda. Pero Hansen no se inmutó, filó la escota y derivó para adrizar la chalupa. Una vez que tuvo el control ajustó el rumbo e inició la singladura prevista.

Con ese viento y oleaje era una navegación difícil, peligrosa para una embarcación tan pequeña y atiborrada. Si bien Hansen había tenido la precaución de tapar toda la cubierta con lona impermeable, a excepción la bañera, su rincón en popa junto al timón, las olas que rompían sobre la proa y las amuras por momento inundaban superficie y parte del agua se filtraba por las uniones de la tela y se deslizaba hasta la sentina.

El chubasquero que protegía a Hansen tampoco evitaba que algo del agua que rociaba la cubierta lo mojara. Seguir el rumbo tampoco le era fácil en una noche tan oscura y con el viento y el rocío del mar dándole en la cara y metiéndosele en los ojos. Timoneaba casi a ciegas, con su instinto de supervivencia a flor de piel.

El viento cedió apenas antes de comenzar a clarear. El oleaje poco a poco se fue calmando también. Hansen estaba helado, temblequeaba sin poder contenerse, ya no sentía su mano enguantada que sostenía la caña del timón. Abrió una botella de caña y bebió un largo trago. Se puso a masticar unas tiras de charqui. Amanecía, el sol comenzaba a abrirse paso entre las nubes que se teñían de rosado. La *Lucerna* ingresaba al Murray. Hansen recostó la chalupa sobre la costa a barlovento en busca del amparo de sus murallones de bosque y piedra. Buscó un fiordo donde fondear. Lo halló un trecho más adelante. Se adentró en él y tiró el ancla. Su tarea más urgente fue encender la estufa. Se encontró con que la mayor parte de la leña estaba mojada con agua de mar. Apenas si pudo encontrar un poco de turba seca dentro del morral. Pudo hacer un fuego mínimo, que duró unos minutos, pero que le sirvió para volver a sentir algo de calor en su cuerpo entumecido y para preparar el indispensable mate.

16

Vivía en su minúsculo cutter al calor del
tacho, cuyo humo salía con dificultad por un ojo
de buey del tambucho de popa; este humo y los
aires salinos del mar habían penetrado su dermis,
dándole a su piel un color cetrino; parecía que
jamás se hubiera lavado la cara.
José Cabezas, *Presencia argentina en el canal*
de Beagle

Hansen tomó un tarro vacío para achicar el agua que había abordado la *Lucerna* en su travesía nocturna. Descorrió la lona que hacía las veces de cubierta para tener mejor acceso a la sentina y para airear la leña y las cajas que se habían mojado. Había salido el sol y una brisa del sur apenas movía las ramas de los árboles de una ladera que se desplomaba hacia el agua, a la que llegaba convertida en un muro de piedra laja. Si bien los paredones dificultaban el desembarco, proporcionaban abrigo de vientos y oleaje.

Estuvo un largo rato sacando agua de la chalupa antes de proceder a arranchar. Al terminar intentó encender la estufa con la leña menos mojada. Consiguió una leve llama luego de envolver la embarcación en un humo blanco azulado, que poco a poco fue dispersando el suave viento del Sur. A pesar de los ojos llorosos, Hansen disfrutó ver los rayos de sol atravesar la humareda.

Decidió permanecer allí durante todo ese día, con la *Lucerna* fondeada en el seno del fiordo. Necesitaba reposo, su cuerpo se lo clamaba. Tal vez tuviera fiebre, y la tos lo volvía a mortificar. Se preparó un caldo, que bebió con ganas y saboreó con gran deleite.

Leyó un poco y se echó a dormir dentro de la carlinga de lona junto a la estufa.

Lo despertó un acceso de tos. Tiritaba y se sentía afiebrado. En el tacho resistía un rescoldo tibio que a duras penas pudo convertir en llamas con un poco de la leña todavía mojada. Otra vaharada de humo inundó el compartimiento y envolvió la embarcación nuevamente.

Atardecía entre nubes que variaban su coloración del rosado al zarco y al gris. Hansen las entreveía por las rendijas de las costuras de la lona. Le agradaba ese recorte de cielo de colores suaves. Puso agua en la pavita para el mate. No tuvo ganas de encender la lámpara, prefería la penumbra azulosa cortada por los resplandores rojizos que escapaban de la estufa.

Hansen despertó cuando comenzaba a clarear y el manto leve de nubes se iba tiñendo de rosado. Atizó las brasas, agregó algo de leña. Otra vez la humareda azulada fue envolviendo a la *Lucerna*. Completó la pavita tiznada con agua, la apoyó sobre la estufa. Echó yerba en el jarrito de lata y hundió en ella la bombilla. Probó la temperatura del agua en un primer mate que escupió hacia el canal cuya superficie apenas rizaba la brisa. Orinó larga y placenteramente antes de comenzar la mateada solitaria, sin narración, sin lectura. Hansen sorbía uno, otro y otro mate mirando las formas y la coloración de las nubes que iban transformándose mientras se desarrollaba la aurora. A veces el vuelo de un pájaro o una bandada rasgaba la imagen. Surgía otro día, entre tantos, de una alborada distinta, como todas.

Cuando la pavita tiznada quedó vacía, volcó la yerba usada en una pequeña lata, atada con alambre contra la estufa, para secarla. Se abrigó convenientemente, descorrió parte del toldo para dejar libre la zona de maniobras junto al timón y preparó la vela. Fue hacia la proa y levantó el ancla. La *Lucerna* estaba liberada. Maniobró con el remo hasta posicionarla más allá de la entrada del fiordo, en el canal. Izó la vela, tomó el timón en una mano, las escotas en la otra. Ya estaba navegando.

Hansen y la *Lucerna* surcan las ondas de un mar apenas mecido por el viento suave del Oeste en una singladura sin un destino definido, unidos en un derrotero de vagabundos.

La figura de la chalupa y la del hombre al timón forman una sola e indivisible imagen bajo el cielo rojizo del amanecer.

Nota

La sentencia con la que el viejo Guillermo o Willem despide al grupo de cazadores en «Ese lejano Sur» pertenece a la saga de *El Señor de los Anillos* creada por J. R. R. Tolkien. Se trata de la inscripción en «lengua negra» grabada en el Anillo Único, son versos que componen el «Poema del Anillo».
Una posible traducción al castellano de esos versos: «Un Anillo para gobernarlos a todos. Un Anillo para encontrarlos. Un Anillo para atraerlos a todos y atarlos a las tinieblas».

AGRADECIMIENTOS Y MÁS DEDICATORIAS

Especialmente, a mi hermano y mis sobrines: José, Lucía, Agustín, Juliana.

A la barra de siempre: Chiqui, Fabián, Ariel, Pícaro, Mario, Wati, quienes posiblemente tengan el tino de no leer este libro.

A Roberto Santana, José Luis González, primer lector de LTdH, y Damián Álvarez.

A Darío «Gaita» Gutiérrez, como «El Vecino de al Lado».

A Nicolás Romano por sus generosos aportes, también por las charlas y el convite de vino patero aquella tarde en su casa.

A Florencia Lobo, Juliana Salazar, Fabián Díaz y Marcelo Saltal por sus lecturas y palabras.

Al equipo de la Editora.

Y por supuesto, a Lorena, con un brindis.

ÍNDICE